The Last Unicorn
Peter S. Beagle

最後的獨角獸

彼得．畢格 著

劉曉樺 譯

謹以此書紀念歐弗特．達波醫師（Dr. Olfert Dapper），
他曾於一六七三年在緬因州的森林裡見到一頭野生的獨角獸。
並獻給羅伯特．納森（Robert Nathan），
他在洛杉磯也見過一兩頭獨角獸。

《最後的獨角獸》媒體好評

彼得．畢格用自己獨特的魔法將幽靈、獨角獸和狼人這類尋常老套的元素變得光彩出眾。——娥蘇拉．勒瑰恩，《地海傳奇》作者

《最後的獨角獸》是我讀過最棒的一本書，你非讀不可；如果已經讀過了，就再讀一次。——派崔克．羅斯弗斯，《風之名》作者

這是《魔戒》之後我最早讀到的讓人大呼過癮的奇幻小說之一。推薦閱讀和重讀，以及大聲的朗讀。是的，它就是這麼棒。——羅蘋．荷布，《刺客正傳》系列作者

彼得．畢格是名傑出的作家、優秀的人類，還是個會偷讀者心的盜賊王子（以上排列無特定順序）。——泰德．威廉斯，《回憶、悲傷與荊棘》系列作者

我最愛的作家之一。——麥德琳．蘭歌，「時光五部曲」作者

《最後的獨角獸》將純粹的奇想與大膽的幽默精巧揉合，既有粗暴的諷刺模仿，也透著溫柔的純淨。畢格的文筆活靈活現，又時常出人意表且巧妙地一轉，變得極具詩意，時而動人，又時而荒謬……這是一個瘋狂、異想天開，而且結局美妙感人的童話故事。神奇之中又帶著一

絲莊嚴。——美國詩人、評論家 路易斯・昂特梅耶（Louis Untermeyer）

畢格是奇幻創作的高手，當代作家中唯有他能與托爾金比肩……畢格的童話故事既溫和又尖銳，天馬行空的同時又平常稀鬆，令人不由得拿來和另一個偉大的名字——格林兄弟——相提並論。——《書單》（*Booklist*）雜誌

畢格擁有驚人的創造力，讓故事一頁接著一頁都是種享受……書中不只充滿笑點，文筆也出奇優美。畢格是真正的文字魔法師，擅長詩文，精通寫作。他常被拿來和路易斯・卡洛爾和托爾金相提並論不是沒有理由的，而他也始終牢牢鞏固住自己的地位。——《週六評論雜誌》（*The Saturday Review*）

讀了這本書，會令人再次想起人類心靈的無限可能，而且講述這些故事的顯然是一個深深愛著自己角色的作家。他的每一個故事都讓我沉浸其中，而且夜裡放下書本許久之後心裡都仍惦念著那些角色。——《神話季刊》（*Mythprint*）

宛如最後的童話，自寂寞躲藏的童年森林現身，《最後的獨角獸》就像所有受人喜愛的童話故事一樣，充滿了神奇的魔力……精緻、敏銳，但又強而有力地呈現出所有讓童話故事永難忘懷的無形要素。——《聖路易郵報》（*St. Louis Post-Dispatch*）

彼得・畢格不僅擁有充沛的想像力，而且風格獨具。——《紐約時報書評》（*The New York Times Book Review*）

彼得．畢格顛峰之作，比星星、月亮、太陽和整個銀河系都還要閃耀。——《西雅圖時報》（*Seattle Times*）

本書所散發的真實與人性光輝就如同畢格筆下的獨角獸一樣熠熠生輝。——奇異地平線網站（StrangeHorizons.com）

迷人、機智、別出心裁……是本每個作家都該一讀再讀的小說。——《芝加哥時報》（*Chicago News*）

畢格的文筆極具詩意，充滿異想天開的幽默以及對於人性的哲理反思，織就出一篇永恆不朽的類中世紀童話。——《時代雜誌》（*Time*）

奇幻文學中最受喜愛也最歷久不衰的經典著作。——科幻評論網（SFReviews.net）

就像書中的神話生物主角一樣平和優雅，故事飽滿豐富、觸動人心、完備俱足，並且深入淺出。讀起來樂趣無窮。——Tor.com

《最後的獨角獸》是一部真正的奇幻經典，比肩托爾金的《哈比人》、勒瑰恩的「地海六部曲」和路易斯．卡洛爾的《愛麗絲夢遊仙境》。——亞馬遜網站

【導讀】體驗有限，成就獨特

（本文涉及部分故事內容。）

鍾穎

這是一篇關於春天的神話。

什麼意思？意思是我們如何度過生命的低潮與寒冬，又如何在長長的退行（regression）過程中找到生命的本源，找到重生的憑藉。

跟所有精彩的作品一樣，這是一本充滿象徵的書。作者或許是有意如此，但他卻在無意中成就了更偉大的故事。他成就了永恆與有限、寒冬與春天、現實與魔法、遺憾與希望。在這樣的對比中，人被勾起了對超越性的嚮往。但真正的超越並非向上，而是向下。獨角獸離開了她的森林，成為了人，一種魔法朝向現實、永恆朝向有限的退化。

但就在這樣的退化中，真正有意義的事物悄然出現了。

獨角獸，一種故事裡開宗明義就告訴你的永生動物。而主角則是世界上的最後一隻獨角獸，她所居住的森林樹木長青，永不下雪，她就是永恆的春天。而這樣的美麗生物也有自己的個體化任務，那就是尋得她的同伴，哪怕她一直以來都享受著靜謐的生活。

個體化意味著完整，如果不涉及對完整的尋求，那麼故事就會失去治癒讀者的魔力。有趣的是，故事裡的獨角獸本身就擁有治癒他人的本領，但她卻無法治癒自己的孤獨。當她知道自己可能是世界上最後一隻獨角獸時，這終於迫使她走出了舒適圈，尋求同伴。

從心理學的角度來看，這就是愛的開端。

我們的身邊可以沒有同伴，但卻不能沒有想像中的同伴。換言之，真正孤獨的人不是身邊無人陪伴的人，而是心裡失去依靠的人。孤獨會使我們尋求同類的支持與認同，它使我們轉向愛。而故事就是這樣開始的。獨角獸離家越遠，就越發現沒有人認識自己，人人都把她錯看成一匹白馬。在孤獨面前，連永生都失去了魅力，這是小說吸引人的第一個地方。

遲遲不來的春天也象徵著長長的退行過程，如我在開頭所說的。那是我們每個人在成長階段中都曾遭遇過的墜落，不論那是愛麗絲跳入的兔子洞，還是睡美人與城堡的百年沉睡。故事中的男女主角都會在某個階段受到逸出常軌的引誘，不論那是意外，還是冒險。

但沒人可以保證你能成功歸返，我們都可能永遠卡在成長的那道坎。

瘋王黑格的城堡就象徵著這樣的難關。在紅牛所代表的原始黑暗面前，逃與戰都失去了意義。人會逐漸變得麻木、無感，以至於所有偉大的魔法都無法讓他露出笑容。他是那種在現實中取得無上成就，卻將生命與好奇遺落在身後的「成功人士」。那裡破敗又老朽，他唯一的快樂是看世上所有的獨角獸都被困於象徵潛意識的大海，不敢上岸。

但真正不敢且不能上岸的並非獨角獸，而是對生命抱持恐懼心態的黑格自己。故事精準地指出了這類人用盔甲所掩藏的事物：絕望的自我。這是小說吸引人的第二個地方。

前往尋訪獨角獸同伴的冒險小隊終於湊齊了四個人，數字四是人類用來定位時序與空間的數字，例如：春夏秋冬、前後左右。它也是我們用來描述人生歷程的數字，例如：生老病死、成住壞空。在前往奧茲國的路上，桃樂絲結識了三個伙伴；在出發打鬼的路上，桃太郎也藉由糰子認識了三隻動物朋友。童話裡不厭其煩地讓我們知道伙伴的重要，數字四的重要。獨角獸、魔法師、莫麗與里爾王子所組成的四人小隊同樣如此。

不同的是，這次的主角不再是人類，而是地位遠高於人類的魔法生物。但即便是這樣神聖的存在，也有必要走入凡塵。魔法將獨角獸變成了人類，要讓她體驗愛與失落，否則她就無法激發自己最大的潛能，將紅牛逼至海中。而這意味著什麼呢？

它意味的並非當代奇幻文學大師保羅・柯爾賀所說的，「當命運對我們十分慷慨時，總有一口深井，讓我們的夢想都跌落其中。」恰好相反，正是因為跌落其中，我們才知道命運真正的慷慨。若不是在半獸人的洞穴裡與矮人伙伴失散，比爾博就找不到失落已久的魔戒。若不是拆骨割肉，哪吒就無法以蓮花真身重生。

故事真正要說的是痛苦，作為永生與春天之神的象徵，獨角獸必須經歷愛的痛苦，才可能為更偉大的事物獻身。就像讀者都曾經歷到的那樣，為了愛，或許是孩子，或許是戀人，你成為了過去意想不到的模樣。每個人都是這樣長大的，獨角獸也是如此，否則春天就無法打破隆冬的限制，她也將和所有的同伴一起在大海裡躲藏，永遠望著岸上，卻畏懼著離開。

因此當我說這是一篇關於春天的神話時，我想說的是穿越黑暗後的重生。那裡永遠有失望，一如里爾王子失去了愛人，莫麗失去了對獨角獸的念想，魔法師失去了永遠的青春。可還有偉大的事物在前方等著他們，獨角獸的最終離開將讓他們成為自己生命的主人，成為個人故事裡的英雄。正是體驗有限，我們才能成就獨特。他們將因此脫離配角的人設，各自偉大。作者雖未明言，但我們知道故事將開枝散葉，每個人都將迎來自己的春天。

一篇傑出的故事就具備這樣的元素，恰如其分的冒險與意外，恰如其分的愛與被愛。以及最重要的，恰如其分的希望與失望。這些元素在這本書裡全部匯聚了。

「過去，在她的林子裡，時間總是與她擦身而過，但如今踏上旅途，卻是她走進了時光之中。」彼得．畢格在故事的第一章裡這麼說。

走進時光之中的獨角獸最終以人的身分體驗到了愛，那是她永生以來傷了多少少女的心都不曾體驗到的，直到她自己成為少女，她的永生淪為一個有限的生命。我們有理由相信，正因為體驗了有限，她才在真正意義上活出了自己獨一無二的生命。否則，她永遠只會是萬千獨角獸的其中之一而已。翻開這本書的你，也將如此。

你也會因為走入黑暗、接納痛苦，最終活出獨一無二的生命。正如這篇精彩的故事以及所有動人的神話所保證的那樣！

鍾穎：諮商心理師／愛智者書窩版主

【導讀】在《最後的獨角獸》裡，看見你我共有的「存在」習題

蘇益賢

在閱讀這部作品時，我不時想起存在主義取向的思想。以西方存在心理學的發展來看，從早先維克多・法蘭克（Viktor Frankl）提出意義治療，羅洛・梅（Rollo May）把抽象的存在概念變得具體，後由歐文・亞隆（Irvin Yalom）完整架構了人生而在世，多半終將面對的四大存在議題：「死亡、自由、孤獨，以及無意義感」，這統稱為終極關懷（ultimate concerns）的概念，不但圍繞、也構成了這本特別的小說。

在意義與存在取向的諮商學派裡，人對於「自身遭遇之詮釋」擁有選擇的自由。事實上，對於生命是什麼、生命價值何來、我們該如何追尋生命意義……這些探問並不只存在於諮商室裡，更是多數民眾曾在人生路途上思考的大哉問。而這部小說與其踏上的旅程，或許可提供我們更多思考的想像。

存在主義學派認為，我們的人生過程不斷在變化，充滿著各種未知與不可預期。在面對這種變與未知，我們必然感到焦慮。就像小說主角獨角獸，從原先習慣的生活場域、看似穩定的

自我認同，因為遇上了不同角色，而不斷撼動著她本來習以為常的一切。可以這樣說，出發踏上旅程，既是她不斷焦慮的原因，也同時是她積極應對這些焦慮的努力。

另一個讓這部小說很「存在」的點在於：生命的本質是孤獨的。所有人的生命經驗都如此獨特，也因此，沒有誰能比我們還了解自己的感受與想法（這種隱性的孤獨狀態在小說角色中十分常見）。此現實引發了我們的孤獨感。在小說的開頭，作者便將這種被拋擲於世界的孤獨感開到了最大，以「這世界上所剩的最後一隻獨角獸」作為故事的起點。

為了緩解孤獨、處理焦慮，存在主義的治療者會帶著案主重新理解自己的生命經驗，並試著找到自己的生命意義。仔細一想，小說裡的不同角色，其實都在用著各自的方式，去面對這樣的孤獨與焦慮。這提供了我們理解這些角色各種作為的新視角。

除了上述討論的孤獨（isolation）之外，無可避免的死亡（inevitable death）以及此所帶來的情緒，在小說裡則透過獨角獸獨特的設定——不老不死、永垂不朽——強烈地與其他角色產生對比。表面上來看，死亡是每個生命必然的終點，但更深刻地說，死亡也意味著我們終將失去所愛之人。這也同時扣回到之前提到，生命的本質充滿未知與不可控制，我們時常會迷失在這種狀態裡，不斷懷疑生命的意義與目的。這種無意義（meaninglessness）感，在這部作品中也扮演著重要的支線。

最後，終極關懷的自由與責任（freedom & responsibility）則強調，每個人都有選擇的自由，但正因這樣的自由，我們必須為自己的選擇和後續的一切負起責任。讀者將有機會透過小說的劇情發展理解到：「行動」或是「不行動」，都是一種選擇，我們都有不同該負起的責任。

再講得更直白些，生命意義到底何來？存在主義給出的一個答案是：意義是我們在選擇走上一段關於愛、關於人生冒險的路途中，隨著故事上演，我們一路上獲得的「副產物」。

本文試著以不劇透的形式，借用存在主義取向的思想，期待能讓讀者在閱讀的過程中，有機會發現，其實你、我都是獨角獸，也都是史蒙客、莫麗與其他不同角色……面對這份「存在」的習題，每個人的不同選擇，最終構成了截然不同的人生。

蘇益賢：臨床心理師，專長為心理諮商、心理學大眾推廣、心理學講座，著有多本大眾心理學讀物；「心理師想跟你說」共同創辦人

第一章

獨角獸住在一座丁香色的森林內，遺世獨立。她很老很老了，但她自己並不知道，她身上再也不是那飛揚奔放的浪花白，而是雪落月夜的色彩。但她眼神依舊清亮奕奕，行動也依舊宛如海面飛掠的光影。

她看上去完全不像一頭長了角的馬，如同獨角獸常被描述的那樣。她體形比較小、偶蹄，渾身散發一種最古老也最桀驁不馴的優雅，那種優雅是馬從來不曾擁有的，在鹿身上只是淺薄羞怯的模仿，在山羊身上不過是蹦蹦跳跳的滑稽仿效。她的脖頸修長苗條，讓她的頭顯得比實際上還小，鬃毛幾乎一路披垂至背中央，輕柔有如蒲公英的棉絮，纖細有如藤蔓的鬈鬚。她有著尖尖的耳尖、細細的長腿，足踝處生著白髮般的羽毛，而雙眼之上的長角，即便在最深沉的午夜也搖曳閃耀著海貝般的光華。她曾用這支角屠過龍、治癒過一名國王身上無法癒合的毒創，也曾替幼熊撞落成熟的栗實。

獨角獸是永生不死的。他們天生便習於獨自居住在一處地方，通常是一座森林，而那座林子內會有一汪清澈的水潭，讓他們能照見自己——因為他們有那麼點虛榮，知道自己是全世界最美麗的生物，更別說還有魔法。他們鮮少交配，而且世上沒有一個地方比獨角獸誕生之地還要迷人。她最後一次見到其他獨角獸的時候，那些偶爾還會來找尋她的純潔少女，還是用不同的語言呼喚她。但她並不知曉時日與年歲，甚至是季節。因為有她在，她的森林永遠是春天，而她便鎮日在高大的山毛櫸間徐徐漫步，守護那些住在土裡、樹叢、巢窩、洞穴、地面和樹梢的動物。一代又一代，無論是狼是兔，那些動物們獵食、相愛、生子、死去，儘管這些事獨角獸一件也不曾做過，卻從不曾看膩。

有一天，兩名攜著長弓的男子騎馬穿過她的林子，他們是來獵鹿的。獨角獸尾隨兩人，她的步履如此謹慎，就連馬兒都不曾察覺她就在一旁。看見那兩人，讓她心裡滿溢一種古老、和緩又奇特的親切與恐懼。如果可以，她絕不讓人類看見她，但她喜歡看著他們騎馬而過，聆聽他們談話。

「我不喜歡這座森林的感覺。」較年長的那名獵人嘟噥道，「住在獨角獸森林裡的動物，時間久了也會些小小的魔法，大多是讓自己消失。我們在這找不到獵物的。」

「世上早就沒有獨角獸了。」第二名男子說，「就算他們真的存在過。這座森林也和其他的沒兩樣。」

「那為什麼這裡的葉子永遠不會掉落、也從來沒下過雪？我告訴你，這世上還有一頭碩果僅存的獨角獸——祝那孤單的老傢伙好運——而且只要他住在這森林一天，就算是想獵隻山雀掛在馬鞍旁帶回家都別想。走吧，繼續往前走，你等等就知道了。我很了解那些獨角獸。」

「是看書上寫的吧。」另一人接腔，「你都只是從書啊、故事啊、歌謠裡知道的。都換過三任國王了，不管是這裡或別的國家，完全沒聽說有人見過獨角獸。你對獨角獸的了解也沒比我多到哪兒去，我也讀過同樣的書、聽過同樣的故事，而我這輩子可是一頭獨角獸也沒見過。」

頭一名獵人沉默了一會兒，另一人自顧自吹著走音的口哨。接著，第一人又說：「我曾祖母見過一次獨角獸，我小時候她常跟我說。」

「喔？是嗎？那她有用黃金馬轡抓住他嗎？」

「沒有，她沒有什麼黃金馬轡，你也不需要黃金馬轡才能捉住獨角獸，那不過是童話故事裡的情節。你只需要一顆純淨的心。」

「是啦是啦。」年輕人咯咯笑了起來，「那她有騎那頭獨角獸嗎？像古代女神那樣，不用馬鞍騎著穿梭在樹林裡？」

「我曾祖母怕大型動物。」第一名獵人說，「她沒騎那頭獨角獸。但她動也不動地坐著，那頭獨角獸將他的頭枕在她腿上睡著了。直到他醒來前我曾祖母都沒動過。」

「他長什麼樣子？普林尼[1]把獨角獸描述得非常凶惡，馬身、鹿首、象足、熊尾，吼聲低沉，長著一根黑色的犄角、長兩腕尺[2]，而中國人——」

「我曾祖母只說那頭獨角獸很好聞，她向來受不了任何動物的氣味，連貓或牛都不行，更不用說野獸了，但她很愛那頭獨角獸的味道。她有次說著說著還哭了。當然啦，她那時年紀很大了，任何能讓她想起青春的事都會讓她掉淚。」

「我們掉頭去別的地方打獵吧。」第二名獵人忽然說。兩人掉轉馬頭時，獨角獸悄悄地踏進一片灌木叢裡，一直等到他們再次遠遠走在前方時才又跟上。兩人默默騎著馬，直到快到林子邊緣時，第二名獵人才輕聲問：「你覺得他們為什麼都消失了？如果這世上真有過獨角獸的話。」

「誰知道？時代不同了。你覺得現在對獨角獸來說是個好的時代嗎？」

「不，但我也不覺得以前的人會認為，自己的時代對獨角獸來說是好的時代。而且現在想想，我那時好像聽過一些故事——但我那時不是醉得昏昏欲睡，就是在想其他事。算了，不重要。如果我們快點的話，還有足夠的天光可以打獵。走吧！」

兩人竄出樹林，策馬飛奔，疾馳而去。但在他們消失於視線之外以前，第一名獵人回過頭，

1 Pliny，23or24-79，古羅馬作家、政治家與博物學家，現今僅存的著作為《自然史》一書。
2 Cubit，古代一種度量長度的單位，由手肘至中指頂端為基準，約在四十五至五十五公分之間。

開口呼喊，好像他能見到佇立陰影中的獨角獸一樣。「待在那兒，可憐的野東西，這世界不適合你，留在你的林子裡，讓你的樹木永保長青、讓你的朋友百歲長命。別理那些年輕女孩，因為她們到頭來只會變成愚鈍的老太婆。祝你好運。」

獨角獸動也不動佇立森林邊緣，出聲道：「我是世上唯一的獨角獸。」這是她超過百年以來開口說的第一句話，在這之前，她甚至不曾自言自語過。

她心想，不可能。她從來不在意形單影隻，也不在意從來不曾見過別的獨角獸，因為她一直都知道世上還有其他像她一樣的同伴，而對獨角獸來說，只要知道這點就夠了。「但若其他獨角獸都消失了，我會知道的。我也會消失。發生在他們身上的事，不可能不發生在我身上。」

她被自己的聲音嚇一跳，想要拔腿就跑。她沿著她林子裡的黝暗小徑奔馳，輕盈迅捷、閃閃發亮。她穿過一方方驀然出現的林間空地，有些青草綠得刺眼，有些因林蔭顯得柔和朦朧。她能感覺到身旁一切：從拂過她足踝的野草，到風掀起樹葉時那迅如蟲影、一閃即逝的藍色和銀色光芒。「喔，我絕不能離開這裡，永遠不行，如果我真是世上最後一頭獨角獸就更不可以。我知道要如何在這裡生活，我熟悉這裡所有的氣味和味道，我了解這裡的一切。除了這些，我在這世上還有什麼要找尋的？」

但等她終於停止奔跑，靜靜站在原地，聆聽頭頂上烏鴉鼓譟和松鼠爭吵不休時，她思忖，若是他們全都躲在一個很遠很遠的地方呢？如果他們都躲了起來，而且就等著我呢？

疑慮一旦浮現，她便再無安寧。打從她第一次想像自己離開這座森林開始，她便坐立難安，身在一個地方，心思卻總是飄到另一個地方。她在水潭旁來回踱步，煩躁不安、鬱鬱寡歡。獨角獸並不擅長做選擇，她先是說不，又說好，然後又說不。日日夜夜，這是她第一次感到時間像蟲子般在她身上爬行。「我不會走的。只因為人們許久不曾見過獨角獸，不代表他們全都消失了。就算真是那樣，我也不會離開。我住在這裡。」

但她終究在一個溫暖的夜裡醒來，說：「好，就是現在。」她匆匆穿過森林，試著不去看、也不去聞身旁的一切，不去感受她偶蹄下的土地。貓頭鷹、狐狸、鹿，那些在黑暗中出現的動物都在她經過時抬起頭來，但她看都不看。我一定要儘快離開，她想，然後儘早回來。或許我不需要走得太遠。但無論我有沒有找到其他獨角獸，我都很快就會回來，越快越好。

月色下，自森林邊緣迤邐而出的道路如水波般熠熠生光，但等她踏足其上、離開樹林時，她才感到路面有多麼堅硬、多麼漫長。她幾乎就要掉頭了，但她沒有，反而深深吸進一口仍舊朝她飄來的樹林氣息，當作花兒般啣在口中，久久不放。

這條長路不知倉皇趕往何處，也沒有盡頭。它穿過村莊與小鎮、平原與山嶺，穿過亂石嶙峋的荒原，也穿過野草自石間竄長而出的草地，但這條路並不屬於任何一個地方，也不曾在任何一處停歇。它催促著獨角獸前進，如潮汐般拉扯著她四蹄，使她憂心忡忡，沒有一刻能夠靜下來聆聽空氣，像她過去習慣的那樣。她的眼裡總是充滿沙塵，沾染泥土的鬃毛變得僵硬沉重。

過去，在她的林子裡，時間總是與她擦身而過，但如今踏上旅途，卻是她走進了時光之中。樹木的色彩更替，沿途見到的動物長出厚實的皮毛復又褪去。雲朵在善變的風中或者緩緩移動、或者匆匆遠去，在陽光照耀下顯得金黃粉紅，在暴風雨中又轉為青灰。無論去到哪兒，她都找尋著自己的同類，卻遍尋不著半點影蹤。而一路上無論聽到何種語言，都不曾提及過他們。

一日清晨，就在她要離開路面準備入睡時，她看見一名男人在菜園裡鋤草。她知道自己應該要躲避，卻靜靜佇立原地，看著他幹活，直到男人挺直腰桿，看見她站在那兒。男人的身材肥胖，每走一步，雙頰就跟著抖動。

「喔，」他說，「喔，你好美啊。」

看見他解下腰帶，繞成一圈，笨拙地朝自己走來時，獨角獸是開心多過害怕的。這人知道她是什麼，也知道自己在做什麼：挖蕪菁，以及追捕一頭跑得比他還要快的耀眼生物。她閃身避開他的第一次撲擊，輕盈地像是風把她吹開一般。「一直以來，人們都是用鈴鐺和旗幟來捕捉我，」她告訴男人，「他們知道，要捉到我，唯一的方法就是用奇妙的追逐吸引我上前觀看。但即便如此，我還是從未被捉到過。」

「我一定是腳滑了。」那人說，「別動，你這美麗的傢伙。」

「我一直不明白，」獨角獸一面看著那人站起，一面若有所思地說，「你們捉到我之後，打算要做什麼呢？」那人又撲上前，她卻如雨絲般從男人身邊溜開。「我覺得你們並不了解自己。」她說。

「嘿，別動。別動，別緊張。」男人汗涔涔的臉上流淌著一道道泥土的痕跡，幾乎喘不過氣來。「好美啊，」他上氣不接下氣地說，「好美的小母馬。」

「**母馬**？」獨角獸尖叫，聲音刺耳到男人停止追趕，用手摀住耳朵。「母馬？」她質問，「我？馬？你把我當成馬？那就是你看到的嗎？」

「乖馬兒，」胖男人氣喘吁吁地道，他靠著籬笆，抹了抹臉。「只要把你好好梳理一番、洗得乾乾淨淨，保管你走到哪兒都會是最美的一頭小母馬。」他又伸出那條腰帶，「我要帶你去市集。」他說，「來吧，馬兒。」

「馬。」獨角獸說，「你要抓的是一匹馬，一匹鬃毛上黏滿雜草的白馬。」男人靠近時，她用頭上的角穿過腰帶，猛力將它從男人手中扯開，扔到路對面的一畦雛菊中。「我是馬？」她冷哼，「最好我是一匹馬！」

有那麼片刻，男人離她很近，她大大的眼就這麼直勾勾地望進男人那雙疲憊又詫異的小眼中。接著，她轉身，在路上飛奔而去，速度快到看見她的人都驚呼：「看，這才是馬呀！一匹貨真價實的馬！」一名老翁輕聲跟他妻子說：「是亞拉伯馬。我有次坐船，船上就有匹亞拉伯馬。」

從那時起，除非真的無法繞道而行，否則就算是夜裡，獨角獸也會避開城鎮。即便如此，還是有幾人企圖追捕她，但他們總以為自己在追的是一頭遊蕩的白馬，不曾有人展現出追逐獨角獸時應有的歡欣和敬意。

他們帶著繩子、網子，和當作誘餌的方糖，對她吹口哨，喊她貝絲或奈莉。有時候，她會放慢速度，讓他們的馬能捕捉到她的氣味，然後看著那些牲畜立起後腿、疾轉過身，載著驚恐的騎士落荒而逃。馬總是認得出她。

「怎麼會這樣？」她不明白，「如果人們只是單純忘了獨角獸，或是變得對所有獨角獸都懷恨在心，看到就巴不得能殺了他們，我想我還可以理解。但完全認不出他們、把獨角獸看成別種生物——若是如此，他們在彼此眼中又是什麼？樹是什麼？房子呢？真正的馬呢？他們自己的孩子呢？」

有時候，她會想，如果人們再也分不清自己看到的是什麼，那麼這世上或許還有獨角獸存在，既不為人所知，也樂得開心。但不管再期望、再虛榮，她都非常清楚，人類變了，這世界也跟著變了，因為獨角獸已經消失了。但她仍沿著堅硬的路面前進，儘管每一天，她都更加希望自己從未離開她那座林子。

接著，一日午後，一隻蝴蝶搖搖晃晃地乘著微風而來，停在她的角尖頂端。他全身上下如絲絨一般，黝黑光滑，粉塵滿布，翅膀上金斑點綴，宛如一片纖薄的花瓣。蝴蝶在她的角上翩翩起舞，用捲曲的觸角向她致意。「你好嗎？我是個流浪的賭徒[3]。」

這是打從獨角獸上路以來頭一回笑了。「蝴蝶，今天風這麼大，你出來做什麼呢？」她問，「你會著涼然後早夭的。」

「死亡帶走人之所欲，留下人之所棄[4]。」蝴蝶說，「吹吧，風，吹破你的臉[5]。我用生命之火暖手[6]，遍體得到撫慰。」他就像一抹黃昏，在她的角上閃爍著微光。

「蝴蝶，你知道我是什麼嗎？」獨角獸期盼地問。

他回答：「再清楚不過啊，你是魚販[7]。你是我的一切[8]，你是我的陽光[9]；你年邁髮蒼，昏昏欲睡[10]，你是我的苦瓜臉，體弱多病的瑪莉珍[11]。」他頓了會兒，迎風拍動翅膀，接著又喋

3 出自英文老歌〈I Am A Roving Gambler〉。此處蝴蝶的話大多是引用歌謠、詩詞、戲劇、典籍等拼湊而成。
4 出自葉慈之詩〈John Kinsella's Lament for Mrs. Mary Moore〉。
5 出自莎士比亞《李爾王》。
6 出自英國詩人蘭德（Walter Savage Landor）之詩〈I Strove with None〉。
7 出自莎士比亞《哈姆雷特》。
8 出自英文老歌〈You're My Everything〉。
9 出自一九四〇年的美國流行歌曲〈You Are My Sunshine〉。
10 出自葉慈之詩〈When You Are Old〉。
11 出自老歌〈Hungry hash house〉，原歌詞是 She's my freckle-faced consumptive Mary Jane，但作者將 freckle-faced 改成 pickle-faced。

喋不休地說下去，「你的名是懸在我心的一只金鈴[12]。我願粉身碎骨只為再次呼喊你的名。」

「那就喊出我的名字吧。」獨角獸懇求，「如果你知道我的名字，請你告訴我。」

「侏儒怪[13]，」蝴蝶喜孜孜地回答，「抓到你了！你拿不到獎牌了。」他在她的角上跳躍閃耀，唱著，「回家吧，比爾．貝利，你不回家嗎？[14]那是他曾回不去的地方。全力以赴吧，溫索基[15]，去接住一顆墜落的流星[16]。肉體動也不動，血卻四處漫流[17]，所以這裡的人都該叫我屠魔者[18]。」他的眼在獨角獸角上的光芒中閃耀著鮮紅。

她嘆了口氣，踏著沉重的腳步繼續前行，一方面覺得有趣，一方面卻也失望。是妳活該，她對自己說，妳本就不該期望一隻蝴蝶會知道妳的名字，這點妳很清楚。他們只知道歌謠、詩句，和他們聽過的東西。他們也是出於好意，只是腦子不太清楚。況且清楚又有何用呢？他們生命如此短暫。

---

12 出自法國劇作《西哈諾》（*Cyrano de Bergerac*），電影《大鼻子情聖》即改編自此劇作。
13 Rumpelstiltskin，格林童話中的一種矮人妖精。
14 出自一九〇二年的美國流行歌曲〈Bill Bailey〉。
15 出自歌舞劇《眾星拱月》（*Best Foot Forward*）裡的歌曲〈Buckle Down, Winsocki〉。
16 出自英國詩人約翰．多恩（John Donne）之詩〈Song: Go and Catch a Falling Star〉。
17 出自英國詩人豪斯曼（A.E. Housman）之詩〈Reveille〉。
18 出自英國劇作家馬婁（Marlowe）所著之《浮士德博士悲劇史》（*The Tragical History of Doctor Faustus*）。

蝴蝶在她眼前神氣活現地搖搖擺擺，唱著：「一、二、三，老賴瑞[19]。」他一邊旋轉一面吟唱，「不，我不從腐肉中求安慰[20]，看看那條寂寞的路[21]。一方面痴心疼愛，一方面又滿腹猜疑，那才是活受罪[22]。快啊，歡笑，帶來瘋狂的幻想，由我指揮[23]，夏日減價大拍賣，只限三天。我愛你，我愛你，喔，討厭，真討厭，走開，巫婆，快走開[24]，對，沒錯，你翅膀受傷就不該來這[25]。柳樹、柳樹、柳樹。」他的聲音在獨角獸腦中叮噹作響，宛如銀幣墜落。

天光漸暗，接下來的時間蝴蝶便一路跟著她前進，但當太陽下山，天空布滿魚兒般的玫瑰色雲彩時，他自她角上飛落，在她面前流連盤旋。

「我得去搭 A 線列車了[26]。」他彬彬有禮地說。在雲彩的映照下，她能看見蝴蝶的絲絨翅膀上爬著細緻的黑色紋理。

「再會了。」她說，「祝你能聽見更多歌謠。」——這是她能想到送給蝴蝶最好的道別語了。

19 出自歌曲〈One, Two, Three, O'Lairy〉。
20 出自英國詩人傑拉德．曼利．霍普金斯（Gerard Manley Hopkins）之詩〈Carrion Comfort〉。
21 出自美國歌曲〈Look Down That Lonesome Road〉。
22 出自莎士比亞劇作《奧賽羅》。
23 出自英詩〈Tom o'Bedlam〉，作者不明。
24 出自莎士比亞劇作《馬克白》。
25 出自魯德亞德．吉卜林（Rudyard Kipling）所著之短篇故事〈小灰獴〉（Rikki-Tikki-Tavi）。
26 出自歌手艾靈頓公爵的歌曲〈Take the A Train〉。

但蝴蝶沒有離開，只是在她的頭頂上拍動翅膀。在藍色的夜空中，他忽然間看起來沒那麼瀟灑，而且顯得有些緊張。「去吧。」她催促蝴蝶，「外頭對你來說太冷了。」但蝴蝶依舊徘徊不去，自顧自地哼唱著。

「他們騎著那匹你叫馬其頓的馬，」他心不在焉地吟詠著，隨後又無比清晰地唱道，「獨角獸，古法語拼作 unicorne，拉丁語為 unicornis。字面意義即為一隻角，unus 是一，cornu 是角。一種傳說中樣貌似馬、頭上長著一根犄角的動物。喔，我是廚師，也是英勇的船長，還是南西號上的船員[27]。這裡有人見到凱利嗎[28]？」他在空中興高彩烈地飛舞著，首批現身的螢火蟲又好奇又充滿疑慮地在他身旁閃呀閃爍著光芒。

終於聽見自己的名字被說出來，獨角獸實在是太開心也太驚訝，以至於忽略了說她像馬的那些話。「喔，你認得我！」她喊道，雀躍地噴了口氣，把蝴蝶吹出六公尺外。等他趕忙飛回她面前後，她懇求道：「蝴蝶，假若你真的知道我是誰，告訴我，你可曾見過我的同類；告訴我，我得往哪兒走才能找到他們？他們都去哪兒了？」

「蝴蝶啊蝴蝶，我該躲去哪兒？」蝴蝶在消逝的天光中唱著，「那個可愛又尖酸的傻瓜馬

27 出自英國作家W．S．吉伯特（W. S. Gilbert）之詩〈The Yarn of Nancy Bell〉。
28 出自英國歌曲〈Has Anybody Here Seen Kelly?〉。

上就要出現[29]。主啊，讓我將我的愛擁在懷裡，而我將再次安睡[30]。」他再次停駐在獨角獸的角上，她感覺得到他在顫抖。

「求求你，」她說，「我只想知道世上還有沒有其他獨角獸。蝴蝶，只要告訴我世上還有我的同類，我就會相信你，然後回到我的森林、我的家。我已經離開太久，我說過我很快就會回去的。」

「越過月之山，」蝴蝶開口，「走下影之谷，去吧，勇敢地去吧[31]。」他驀然住口，接著又用一種奇怪的語調說，「不，不，聽著，別聽我的話，聽好了。只要鼓起勇氣，妳就能找到同類。好久好久以前，他們走遍所有的路，紅牛在後頭緊追不捨，掩蓋了他們的腳步。別讓任何事擊倒你[32]，但也別以身犯險[33]。」他的翅膀拂過獨角獸的肌膚。

「紅牛？」她問，「紅牛是什麼？」

蝴蝶開始歌唱：「跟著我，跟著我，跟著我，跟著我。」但他又大力地搖起頭來，唸誦道，

29 出自莎士比亞劇作《李爾王》。
30 出自英詩〈Western Wind〉，作者不明。
31 出自愛倫・坡（Edgar Allan Po）之詩〈Eldorado〉。
32 出自聖誕頌歌〈God Rest You Merry, Gentlemen〉。
33 出自英文老歌〈Don't Be Half Safe〉。

「他為牛群中頭生的，有威嚴；他的角是野牛的角，用以抵觸萬邦，直到地極[34]。聽啊，聽啊，快快聽好了。」

「我在聽。」獨角獸喊道，「我的同類在哪兒？那頭紅牛究竟是什麼？」

但蝴蝶飛撲到她耳邊，邊笑邊唱著：「我做了個噩夢，夢到我在地上爬，那些小小狗，特瑞、布蘭奇，還有蘇，全都對著我吠叫[35]，那些小小蛇，全都對著我吐信，乞丐就要進城了[36]，最後上桌的是蛤蜊[37]。」

暮色中，蝴蝶又在她面前飛舞了會兒，然後便顫抖著遁入路旁的紫色陰影中，一邊還挑釁地唸著：「飛蛾啊，是你還是我！手拉著手拉著手拉著手拉著手……」獨角獸最後見到的，是他在樹林間飛掠而過的小小身影，但她也可能是被自己的雙眼所矇騙，因為此刻的夜裡已處處都是飛舞的翅翼。

至少他認得我，她悵然若失地想著，那總意味著些什麼吧。但她又回答自己，不，那毫無意義，不過是有人曾編了一首有關獨角獸的詩詞或歌謠。但那頭紅牛呢，那到底是什麼意思？我猜又是一首歌吧。

34 出自《聖經》〈申命記〉第三三章第十七節。
35 出自莎士比亞劇作《李爾王》。
36 出自英國童謠〈Hark, Hark! The Dogs Do Bark〉。
37 出自美國歌舞劇《旋轉木馬》（*Carousel*）中的歌曲〈A Real Nice Clambake〉

她緩緩前行，夜色朝著她圍攏。天幕低垂，幾乎是全然的黑，只有一輪漸漸轉黃的銀輝，那是藏在濃密雲層之後移行的月。獨角獸輕輕對自己唱起，那是許久許久以前，她曾在她的林子裡聽見一名少女唱過的歌。

麻雀和貓兒會先住進我鞋裡，
在我能與你同住之前。
魚兒會先走出大海，
在你回到我身邊之前。

她不明白歌詞的意義，但這首歌讓她渴切地想起家園。她覺得，從她踏上旅途的那一刻起，彷彿便聽見秋日開始搖動著山毛櫸。

終於，她躺在冰冷的草地上睡去。世上再沒有野獸比獨角獸更警醒，但他們一旦入睡，就睡得平穩酣甜。然而，若非夢回家園，她一定會被夜裡逼近的車輪聲與鈴鐺聲吵醒，即便那些車輪上都裹著布條，小小的鈴鐺上也纏著毛線。但她那時在一個好遠好遠的地方，遠到那些輕柔的鈴鐺聲無法企及，所以她沒有醒來。

總共有九輛馬車，每輛車上都罩著黑布、每輛車都由一匹削瘦的黑馬拉著，而每當風吹起那些黑色布幔，就可以看見每輛車的兩側都架著牙齒一般的柵欄。駕駛領頭馬車的是一名矮胖的老嫗，蓋著布簾的車身上掛著招牌，上面用大字寫著：**好運嬤嬤**[38]**的午夜嘉年華**，下方則用較小的字體寫著：**闇夜之獸，現身光明**。

當領頭的馬車來到靠近獨角獸睡著的地方時，那名老嫗忽然勒住她的黑馬。其他馬車跟著停了下來，靜靜等著老嫗用難看的姿態翻身下車。老嫗無聲無息地朝獨角獸走去，垂眼看了她好一會兒，然後開口道：「瞧瞧，瞧瞧，我這把老骨頭走大運了，在我眼前的，可不是世上最後一頭獨角獸嗎。」她的聲音在空氣中留下一股蜂蜜和火藥的餘味。

「他八成不曉得。」她說，微笑時露出一口石礫般的牙，「但我也沒打算告訴他。」她回頭望向那些黑色的馬車，彈了兩下手指，第二和第三輛的車伕下車朝她走來。其中一人像她一樣，又矮又黑，看起來冷酷無情，另一名男子又高又瘦，帶著一臉堅決的迷惘。他披著一件老舊的黑色斗篷，雙眼碧綠。

「你看到什麼？」老嫗問那名矮小的男人，「盧克，躺在這裡的是什麼？」

「一匹死馬。」他回答，「不，沒死，可以拿去餵蠍尾獅或那頭龍。」他吃吃的笑聲聽起來就像火柴摩擦。

38 Mommy Fortuna，Fortuna 是羅馬神話中的幸運女神。

「蠢貨。」好運嬤嬤說，接著又問另一人，「你呢？這位巫師、先知、奇術師？你這雙術士之眼又看到了什麼啊？」她跟著盧克一起發出刺耳的怪笑，但看到那名高個兒依舊盯著獨角獸，笑聲便戛然而止。「回答我啊，你這騙人的小丑！」她怒吼，但高個兒男子沒有轉頭。老婦人伸出一隻蟹爪般的手，將他下巴用力一扭，硬扳過他腦袋。她那雙濁黃的眼珠猜疑地瞪著他。男子垂下視線。

「馬。」他喃喃道，「一匹白色的母馬。」

好運嬤嬤端詳他良久。「你也是個笨蛋，魔法師。」她最後終於嗤笑了聲，「不過比盧克更蠢，也更危險。他只會出於貪婪而撒謊，但你會因為恐懼而撒謊。或者，是出於善心嗎？」男人一語不發，好運嬤嬤自顧自笑了起來。

「好，」她說，「白馬就白馬，我要她加入我們嘉年華馬戲團。第九輛的籠子是空的。」

「我需要繩子。」盧克說。但就在他要轉身離開時，老婦人喊住了他。

「唯一能綁住她的繩子，」她說，「是遠古眾神用來捆綁惡狼芬里爾[39]的繩索。而那條繩索是用魚的氣息、鳥的唾液、女人的鬍鬚、貓的叫聲、熊的肌腱，還有一樣，我想起來了——是山的根所做成的。我們既沒有這些材料，也沒有矮人幫我們織繩，只能想辦法用鐵欄杆困住

39 Fenris-wolf，北歐神話洛基與女巨人安格爾波達所生之子。

她了。這樣吧，我來對她下個昏睡咒。」好運嬤嬤的雙手於是在夜色中比劃了起來，喉嚨裡同時咕噥了些令人不舒服的詞語。待老婦人施完咒後，獨角獸周遭透出一股閃電的氣味。

「把她關起來吧。」她對兩名男子說，「現在，無論你們發出多大聲響，她到天亮前都不會醒來——除非你們像平時一樣蠢，伸手去摸她。把第九個籠子給拆了，在她四周重新架起來，但小心！就算你們的手只是輕輕擦過她的鬃毛，也會立刻變成驢子蹄，到時可是你們活該。」她又譏諷地看向那名高高瘦瘦的男子。「若是如此，你那些小戲法，可是會變得比現在還要難施展呢，巫師。」她氣喘吁吁地說，「快動手啊，天就快亮了。」

等她遠遠走出聽力範圍，好像只是出來看個時間，就又悄聲無息地藏回馬車的陰影中之後，那名叫盧克的男子吐了口口水，好奇地問：「現在我倒想知道那老太婆在擔心什麼，我們摸了那畜生會怎樣？」

魔法師的回應幾乎細不可聞：「就算是惡魔親自施咒，讓她陷入最深沉的睡眠，只要一被人類的手觸碰，她也會立刻醒過來。而好運嬤嬤可不是惡魔。」

「她就希望我們這麼以為。」黝黑的男子冷笑著說，「驢子蹄！呿！」但他將兩隻手深深插進口袋裡，「咒語為什麼會破除？她不過是頭白色的老母馬啊。」

但魔法師已然朝著最後一輛黑色馬車走去。「快，」他回頭招呼，「天就要亮了。」

接下來的一整晚，他們就忙著將第九座籠子的柵欄、地板、籠頂拆下來，然後再重新組裝在沉睡的獨角獸四周。正當盧克用力拉了拉車門，確保門牢牢鎖上時，東方灰濛濛的樹影開始亮了起來，獨角獸也睜開了眼。兩名男子匆忙開溜，但那名高個兒魔法師又回過頭，恰巧看見獨角獸站了起來，注視她面前的鐵柵欄，低垂的頭就像一匹老邁的白馬搖搖擺擺。

第二章

陽光下，午夜嘉年華的九輛黑色馬車看起來小了些，而且毫無威脅性，反而像枯葉般單薄脆弱。車上的布幔不見了，現在換掛起用毯子剪成的破爛黑旗，還有一條條粗短的黑色絲帶在微風中扭曲飄動。車隊在雜草叢生的野地上排成奇怪的隊形：五座籠車排成一個五芒星，中間圍著一個三角形，而好運嬤嬤的馬車就盤踞在正中央。只有這座籠子仍蓋著黑布，看不見裡頭藏什麼。到處不見好運嬤嬤的蹤影。

那名叫盧克的男子正領著一隊散亂的村民緩緩從一座車籠走到下一座車籠，用陰沉的語氣介紹籠裡的野獸。「這是蠍尾獅，人首、獅身、蠍尾。他是在大半夜被逮到的，那時他正大啖狼人，好讓自己口氣好聞一點。闇夜之獸，現身光明。這裡關著的是一頭龍，他時不時會噴火——通常是對戳他的人，小鬼頭。他體內熱得像地獄，表皮卻冰冷刺骨。這頭龍會說十七種語言，但說得很差，還容易痛風。這位是薩特[40]，女士們，請後退，他可是個不折不扣的惹禍精。他是在一個奇特情況下被捕捉的，只有男士才能知道，若想了解，節目後我們將酌收些象徵性的費用。闇夜之獸。」內圈有三座籠子，獨角獸就關在其中一座，那名高個兒魔法師此刻就站在她的籠子旁，看著人群沿著外圍的五角形移動。「我不該在這的。」他對獨角獸說，「那個老太婆要我離妳遠一點。」他愉快地輕笑幾聲，「打從我加入她的那天起，她就一直嘲笑我，但我也一直都讓她如坐針氈。」

獨角獸沒聽他在說什麼。她在牢籠裡不停兜圈，身體因為碰觸到四周的鐵欄杆而瑟縮。沒有任何生存於人類黑夜的生物喜歡冰冷的鐵，雖然獨角獸能忍受它的存在，但那股危險的氣味卻彷彿要將她的骨頭磨成砂礫，把她的血化成雨水。她籠子四周的鐵條一定被施過某種咒語，因為它們不停用喋喋不休的刮擦聲彼此交換邪惡的低語。那枚沉重的鎖扣像隻發狂的猴子般一下傻笑、一下哀哀叫。

「告訴我妳看見了什麼。」魔法師說，就像好運嬤嬤問過他的一樣，「看看妳身旁那些傳說中的動物夥伴，告訴我妳看到了什麼。」

盧克鐵一般的聲音鏗然穿透昏暗的午後。「冥界的守門者。如你們所見，他有三顆頭，而

40 希臘神話中的自然神靈，具有半人半馬或半人半羊的形象，巨大的陽具時時刻刻處於勃起狀態。

且身上的皮毛是一層密密麻麻的毒蛇。他上次現身人間是在海克力斯[41]的時代，他單手就把他拖上了地面。不過呢，我們是把他拐上來的，向他保證上頭的日子更舒適，他才再次回到陽光下。這是賽伯勒斯[42]。看看這六隻狡詐的紅眼。你們總有一天會再看到它們。接下來是中土世界[43]的巨蟒，這裡走。」

獨角獸透過柵欄注視籠內的野獸，不可置信地睜大雙眼。「那是隻狗而已。」她低聲說，「一隻飢腸轆轆、悶悶不樂的狗，只有一顆頭，毛也幾乎掉光了，可憐的傢伙。那些人怎麼會把他看成賽伯勒斯？他們是都瞎了嗎？」

「妳再瞧瞧。」魔法師說。

「還有那個薩特，」獨角獸又說，「那個薩特是頭人猿，扭了一隻腳的老人猿。那頭龍是尾鱷魚，嘴裡會吐的八成是魚而不是火。至於那頭雄偉的蠍尾獅是隻獅子——一頭再健康不過的獅子，但也沒比其他動物可怕到哪裡去。我不懂。」

「整個世界都被他所纏繞。」盧克用低沉單調的聲音接著說。魔法師還是那句話：「妳再瞧瞧。」

41 Hercules，希臘羅馬神話中的大力士。
42 Cerberus，希臘神話中看守冥界的惡犬。
43 Midgard，即北歐神話中的人類世界。

片刻後，就像她的眼睛適應了黑暗一般，獨角獸開始在每座籠子裡看見第二個形體。他們巨大的身影籠罩著午夜嘉年華的俘虜，同時又與他們融為一體：那是自真實的微粒中湧現的狂暴幻夢。因此，在裡頭的既是一頭蠍尾獅——有飢餓的雙眼、淌著唾液的嘴，怒吼咆哮，致命的蠍尾倒捲在背部上方，尖端的毒刺垂在耳朵上方晃呀晃——也是一頭普通的獅子，相較之下顯得又小又可笑。但他們同為一體。獨角獸困惑地踱著步。

其他所有籠子都一樣。那條幻影龍張開嘴，嘶嘶噴出無害的火焰，觀眾看得目瞪口呆、倒抽涼氣，怕得縮起身子；而那頭覆滿毒蛇的地獄看門犬怒聲咆哮，詛咒背叛他的人遭受三重的死亡與毀滅；薩特一拐一拐地走向柵欄，色瞇瞇地狂拋媚眼，引誘年輕女孩在大庭廣眾之下享受超乎想像的歡愉。至於那隻鱷魚、那頭人猿、那條可憐的狗，他們在神奇的幻象前持續消褪，直到自己也變成了幽影，即便在獨角獸那雙能看穿一切的眼裡亦是如此。「這法術真奇特，」她輕聲說，「不僅僅是魔法而已。」

魔法師鬆了一大口氣，發出愉快的笑聲。「說得好，說得太好了。我就知道那老巫婆的蹩腳咒語迷惑不了妳。」他的語氣變得嚴肅又神祕，「現在，她犯了第三個錯誤。」他說，「而這對像她那樣一個又老又疲憊的詭術士來說，犯一個錯都嫌多。時候快到了。」

「時候快到了。」盧克對群眾說，好像他偷聽到了魔法師的話一樣。「諸神黃昏。在那一天，當眾神殞落時，中土世界的巨蟒將朝偉大的索爾吐出猛烈的毒液，直到他像中毒的蒼蠅般翻滾墜地。因此，他等待著審判日到來，想像他將在其中扮演的角色。或許是這樣吧——我也不確定。闇夜之獸，現身光明。」

籠內空間完全被大蛇填滿。不見首，不見尾——唯有一波黝暗的黑潮自籠子一頭翻湧至另一頭，除了他雷鳴般的吐息外，完全容納不下任何東西。只有獨角獸看見了，一條陰沉的蟒蛇蜷曲在角落，沉思著些什麼，或許是自己對這午夜嘉年華的審判。但在巨蟒的幻影下，他就像條蟲子的幽靈般，顯得如此渺小、如此模糊。

一個呆頭呆腦的傢伙疑惑地舉起手問盧克：「如果這條大蛇真像你說的，把整個世界都纏住了，那你們怎麼有辦法把他的一部分關在馬車裡？如果他光是伸伸懶腰就能粉碎大海，你們要怎麼防止他把你們整個馬戲團當項鍊一樣戴著走？」低喃的附和聲此起彼落，其中有些人還開始警戒地後退。

「很高興你這麼問，朋友，」盧克一臉不悅地回答，「剛好呢，中土世界的巨蟒是存在於另一個空間、另一個維度。所以呢，一般來說是看不見他的，只是他被拖進了我們的世界——就像他也被索爾拖出來過一樣——然後就變得像閃電一樣清楚可見，他也會從別的地方出現，在那裡他或許又是另一種不同的樣貌。當然啦，假如他知道自己一部分的肚皮，天天都被擺在好運嬤嬤的午夜嘉年華裡供人觀賞，除了週六以外，大概會大發雷霆，不過他不知道。比起自己的肚皮會變怎麼樣，他有其他更多事需要考量，所以我們就冒險賭上一把——你們也一樣——

看他會不會保持平靜。」他像擀麵糰般吐出最後兩個字，聽眾們發出戰戰兢兢的笑聲。

「幻影咒，」獨角獸說，「她沒辦法憑空造出東西。」

「也無法真正改變他們。」魔術師補充，「她那手三腳貓功夫只是一種偽裝，不過就連這種把戲都非她所長，能成功還不都是因為那些傻瓜和好騙的肥羊，一心只想相信那些最不用傷腦筋的答案。她沒辦法把乳脂變成奶油，但能滿足那些想在這裡看見蠍尾獅的眼睛，讓一頭獅子看起來酷似蠍尾獅——那些眼睛會把一頭真正的蠍尾獅看成獅子、把龍看成蜥蜴、把中土世界的巨蟒誤認成一場地震，還有把獨角獸看成一匹白色的母馬。」

原本緩緩在籠子裡絕望兜圈的獨角獸停下腳步，這是她第一次意識到魔法師聽得懂她的話。他微微一笑，然後獨角獸發現，以一名成年男子來說，他的面孔看起來異樣年輕——沒有歲月的痕跡、也未曾有過悲傷或智慧的歷練。「我認得妳。」魔法師說。

柵欄在他們之間不懷好意地竊竊私語。此刻，盧克正領著觀眾來到內圈的車籠。獨角獸問這名高個兒男子：「你是誰？」

「我是魔法師史蒙客[44]，」他回答，「妳不可能聽過我名字。」

獨角獸差一點就要解釋她不太可能聽說過任何巫師，但史蒙客的聲音裡有種哀戚與果敢，

44 Schmendrick，在意第緒語裡有「傻子」的意思，此處用蒙取其蒙昧之意。

讓她沒有把話說出口。魔法師說：「群眾開始聚集圍觀的時候，我就負責娛樂他們，都是些小魔術、小戲法──像是把花變成旗子、旗子變成魚，嘴裡同時不停唸著逼真的咒語，還暗示我有能力表演更邪惡的魔術。這不是什麼值得說嘴的差事，但我做過更糟的，未來也總有一天會得到更好的工作。這並非終點。」

但他聲音裡的語調，讓獨角獸覺得自己好像會永遠被禁錮。她又開始在籠子裡踱步，不停地移動，以免自己的心因為對囚禁的恐懼而炸裂。盧克現在站在一座空蕩蕩的籠子前，裡頭只有一隻褐色小蜘蛛在欄杆間結著一面不起眼的蜘蛛網。「呂底亞的奧拉克妮，」他對觀眾說，「保證是全世界最偉大的織匠──她的命運就是最好的證明。她在一場紡織比賽中，很不幸地贏了女神雅典娜，雅典娜輸不起，所以奧拉克妮就變成了一隻蜘蛛。經過特殊的安排後，她現在只為好運孃孃的午夜嘉年華織網。以雪為經，以火為緯，永不重複相同的花樣。各位觀眾，奧拉克妮。」

結在柵欄間的網樣式十分簡單，幾乎沒有任何色彩，只有當蜘蛛匆匆跑開、拉直絲線時，才偶爾會透出一抹顫抖的虹彩。但那依舊吸引了觀眾的目光──以及獨角獸的目光──他們的視線來來回回，越陷越深、越陷越深，彷彿自己正凝視著切分世界的巨大裂隙，那些漆黑的裂痕不停擴大，然而，只要有奧拉克妮的網綁著、撐著，這世界就不會分崩離析。獨角獸嘆了口氣，抖抖身子，回過神，她又看見那面真正的蜘蛛網，樣式非常樸素，而且幾乎毫無色彩。

「這和其他的不一樣。」她說。

「對。」史蒙客勉為其難地附和，「不過那並非好運嬤嬤的手筆。懂嗎，是因為蜘蛛自己這麼相信。她看見那些精細的花樣，以為都是她自己造出來的。因為信念，好運嬤嬤那種魔法才有辦法成功。不然，若是那群自以為聰明的傢伙收回他們的驚嘆，她的魔法就什麼也不剩，徒留蜘蛛的啜泣和悲嘆。那可沒人聽得見。」

獨角獸不想再細看那面蜘蛛網。她瞥向離她最近的那座籠子，忽然間覺得體內的氣息變成了冰冷的鐵。籠子裡，一根橡木枝上蹲踞著一頭生物，她有著巨大的青銅鳥身，卻頂著一張巫婆的面孔，一雙致命的利爪死死抓著腳下的棲木。她有著熊一般毛茸茸的圓耳，一頭濃密又年輕的月色長髮環繞在那張寫滿憎恨的人臉周圍，披垂在覆蓋著鱗片的肩膀上，最後混雜進一身由閃耀的刀刃組成的羽毛之中。她如此光彩奪目，但看著她，卻能感到光芒自天上熄滅。看見獨角獸時，她發出一種古怪的聲音，又像嘶鳴又像輕笑。

獨角獸低聲說：「這是真的。她是鳥身女妖塞萊諾。」

史蒙客的臉色變得像燕麥粥一樣白。「那老婆子是偶然捉到她的。」他低聲說，「趁她睡著的時候，就像妳一樣。但那是場災難，她們倆都心知肚明。好運嬤嬤的本事只夠關住這怪物，但光是她的存在，就幾乎要把她的法力耗損殆盡，不用多久，她會連把蛋煎熟的力氣都沒有。她根本就不該捉住她，根本就不該招惹真正的鳥身女妖和真正的獨角獸。真實會瓦解她的法力，向來如此，但她就是忍不住要把它收為己用。但這一次——」

「信不信由你，這是彩虹的姊妹，」他們聽見盧克用刺耳的叫嚷聲，對臉上寫滿敬畏的觀眾喊道，「她的名字意謂『黑暗者』，暴風來臨前，她的翅翼會讓天空變得一片漆黑。她和她兩個親愛的姊妹把國王菲紐斯的食物搶走、弄髒，讓他沒東西可吃，差點活活餓死。但北風神的兩個兒子阻止了她們，是不是啊，我的小美人？」鳥身女妖一聲不吭，盧克咧嘴的笑容宛如一座牢籠。

「她的反抗比其他所有怪物加起來都還要猛烈。」他接著說，「感覺就像要用一根頭髮捆住整座地府，但好運嬤嬤法力高強，應付她也綽綽有餘。闇夜之獸，現身光明。小鸚鵡想要來片餅乾嗎？」群眾中有幾人笑了起來。鳥身女妖收緊抓在棲木上的爪子，樹枝不由嘎嘎作響。

「她逃脫時妳也必須逃走。」魔法師說，「不能讓她抓到妳被關在籠子裡。」

「我不敢碰這些鐵條，」獨角獸回答，「我的角可以把鎖撬開，但我搆不著。我出不去。」她因畏懼那名鳥身女妖而不住發抖，但聲音仍相當冷靜。

魔法師史蒙客挺直背，身子又抽長了幾公分，獨角獸沒想到他還能再變得更高。「別怕，」他豪氣干雲地說，「別看我一副神神祕祕的樣子，我可是有著一顆柔軟的心。」但他的話被走上前的盧克和他身後的群眾給打斷。比起先前對著蠍尾獅嘻皮笑臉的模樣，這群烏合之眾此刻安靜多了。魔法師趕緊開溜，回頭輕聲喊道：「有我史蒙客在，妳不用害怕。在聽見我消息前千萬不要輕舉妄動！」他的聲音朝獨角獸飄來，如此微弱，又如此孤單，以至於她無法確定自己是真的聽見了，還是只感到那些話語輕輕地與她擦身而過。

天色漸暗，觀眾站在她的籠子前，帶著一種奇異的羞怯看著她。盧克說：「各位觀眾，獨角獸。」說完，他便退至一旁。

她聽見心跳隆隆，淚水匯聚，大家倒抽了口氣，但沒有人開口說一句話。從他們臉上的悲傷、失落和溫柔，她看得出他們認得她，她也將他們的渴望視為一種敬意。她想起那名獵人的曾祖母，想像著變老與哭泣是什麼樣的感受。

一會兒後，盧克又說：「大部分的節目會在這裡結束，畢竟，在一頭真正的獨角獸之後，他們還拿得出什麼？但好運嬤嬤的午夜嘉年華還有一樣神祕的壓箱寶——這個惡魔比龍還要可怕、比蠍尾獅還要嚇人、比鳥身女妖還要恐怖，當然，更比獨角獸還要廣為人知。」他的手朝最後一輛馬車一揮，車上的黑布在沒有人拉扯的情況下，居然就這樣扭動打開了。「看啊，」盧克喊道，「看啊，看看這最後的精采壓軸！各位觀眾，這就是厄厲！」

車籠內是一片比夜晚更深沉的黑，寒意彷彿有生命般在柵欄後翻湧。有什麼在那片冰冷中動了動，獨角獸看見了，是厄厲——籠子裡，一名骨瘦如柴、衣衫襤褸的老婦人蹲在一團不存在的火堆前，搖晃著身子取暖。她看起來是那麼弱不禁風，彷彿連這黑暗的重量都能將她壓垮。她如此孤獨、如此無助，那些觀眾本該在同情心的驅使下爭先恐後地衝上前釋放她，但他們沒有，反而開始悄悄地後退，就好像厄厲正步步朝他們逼近一樣，但她甚至連看都沒看他們一眼。她坐在黑暗裡，自顧自用她的破鑼嗓子唱著一首歌，歌聲好似鋸子在樹幹上拉扯，也像那棵樹已搖搖欲墜。

摘除的會再長回來，
殺死的會繼續存在，
偷走的會留下來——
失去的就是失去了。

「看起來不怎麼樣，是不是？」盧克問，「但沒有一個英雄能在她面前屹立，沒有任何神能將她擊倒，沒有任何魔法能將她阻擋在外——或拘禁在內，她並非我們的禁臠。即便在我們展示她的同時，她依然行走在你們之間，觸碰你們、拿走你們的一部分。因為厄厲即衰老！」

籠內的寒意朝獨角獸襲來，只要是被它觸碰到的地方就會變得僵硬無力、虛弱不堪。她感到自己正逐漸枯萎、逐漸凋零，感到她的美麗隨著每一次吐息離去。醜陋在她的鬃毛上搖擺，逼她垂下頭、磨蝕她的尾、枯竭她的身軀、啃噬她的毛皮，用她過往的回憶折磨她的心。不遠處，那名鳥身女妖發出渴切的低鳴，但獨角獸情願蜷縮在她的銅翼之下，好躲避這最後的惡魔。

厄厲的歌一刀刀剜著她的心。

生於海的死於陸，

柔軟的被踐踏。

給予的會燙手——

失去的就是失去了。

展示結束，人群悄悄離去，不是三三兩兩，就是成群結伴，沒有一個人落單。不相識的人牽著彼此的手，不時回頭查看厄厲是否跟在後頭。盧克哀怨地大喊：「男士們不留下來聽聽薩特的故事嗎？」隨後又對著緩緩撤退的隊伍發出嘲弄的大笑。「闇夜之獸，現身光明！」眾人費力穿過凝結的空氣，經過獨角獸的牢籠，逐漸遠去。盧克的轟笑聲驅趕他們返家，而厄厲依舊哼著她的歌。

這都是幻覺，獨角獸告訴自己。這都是假象——她使勁抬起被死亡壓得沉甸甸的頭顱，深深望進最後一只牢籠的漆黑之中，卻看見在裡頭的並非衰老，而是好運嬤嬤。她帶著她那令人害怕的從容，一面伸展、一面竊笑，一面使勁地在地上爬。這時候，獨角獸明白了，她並沒有失去她的永生，也沒有變得醜陋，但也不再覺得自己美麗。或許那也是假象，她疲憊地想著。

「我玩得很開心。」好運嬤嬤對盧克說，「每次都是，我想我骨子裡就是愛表演。」

「妳最好去看看那個該死的鳥身女妖。」盧克說，「我這回是真的感覺到她要掙脫了，我像是一條綁住她的繩子，但她正在把我解開。」他打了個顫，壓低了音量。「除掉她。」他啞聲說，「別等她把我們撕成碎塊，像血雲一樣撒在空中。她時時刻刻都在盤算這事，我感覺得到她在盤算。」

「閉嘴，你這蠢貨！」巫婆自己的聲音都因恐懼變得格外激動，「她敢逃，我就把她變成風、變成雪、變成七個音符。但我選擇留下她。世上沒有任何女巫抓到過鳥身女妖，以後也不會有。就算要留下她的唯一辦法是每天餵她一塊你的肝臟，我也會這麼做。」

「喔，那還真是不錯啊。」盧克說，側著身子悄悄退開，「如果她只要妳的肝臟呢？」他問，

「那妳打算怎麼辦？」

「還是拿你的肝去餵。」好運嬤嬤說，「她才分不出來，鳥身女妖沒那麼靈光。」

月光下，老婦人獨自無聲無息在車籠間逡巡，扯一扯門上的鎖扣、試探一下她的魔咒，就像家庭主婦在市場上捏瓜看它甜不甜一樣。來到鳥身女妖的籠子前時，那頭怪物發出一聲尖銳有如長矛的嘶鳴，並展開嚇人又壯觀的雙翼。有那麼瞬間，獨角獸覺得牢籠的柵欄似乎開始扭動，並且像雨水般流淌，但好運嬤嬤彈了彈她枯瘦的手指，柵欄又恢復成原本的鐵條，鳥身女妖蹲回她棲息的樹枝，靜靜等待。

「還不是時候。」巫婆說，「還不是時候。」她們用同樣的眼神瞪著彼此。好運嬤嬤說：「妳是我的。就算妳殺了我，妳還是我的。」鳥身女妖沒有動，但有片雲遮蔽了月光。

「還不是時候。」好運嬤嬤說，轉身望向獨角獸的籠子，「嗯，」她用那甜膩沙啞的嗓子說，「我方才嚇著妳了，對不對？」她的笑聲宛如蛇群在泥地上匆匆爬行，然後朝獨角獸走近。

「不管妳那個魔法師朋友說了什麼，」她接著道，「我終究還是有點本領的。要騙一頭獨角獸相信自己變得又老又醜──那可需要一定的功力，不是嗎？況且，只憑個三腳貓的魔咒，關得住『黑暗者』嗎？在我之前──」

獨角獸回答道：「別吹噓了，老太婆。妳的死神就坐在那座籠子裡，聽著妳說話呢。」

「是啊。」好運嬤嬤從容不迫地說，「但起碼我知道它在哪兒，妳可是出來外頭自尋死路呢。」她又笑了起來，「我還知道妳的死神在哪兒，但我替妳省了這麻煩，不用去找它，妳該感謝我的。」

一時間，獨角獸忘了自己所在何處，只是將身子壓上前，緊貼著柵欄。她感到疼痛，但沒有退開。「那頭紅牛，」她問，「我要去哪兒找那頭紅牛？」

好運嬤嬤走上前，幾乎要貼上籠子。「瘋王黑格的紅牛。」她喃喃道，「原來妳知道那頭紅牛。」她露出兩顆牙，「沒差，他得不到妳，」她說，「妳是我的。」

獨角獸搖搖頭：「妳很清楚，」她柔聲回答，「趁還來得及之前，放了鳥身女妖，也放了我。

妳想的話，留著那些可悲的幻影，但讓我們走。」

巫婆混濁的眼珠燒起熊熊烈火，熾亮到一群亂糟糟、出來享受黑夜狂歡的月蛾朝著她雙眼直撲而去，轉瞬間燒成雪白的灰燼。「那我會先結束我的馬戲團，」她怒吼，「拖著一群我親手打造出的怪物，辛辛苦苦地穿越永恆——妳覺得在我年輕又惡毒的時候，那會是我的夢想嗎？妳以為我會選擇這愚蠢貧乏的爛魔法，是因為我不懂真正的巫術嗎？我拿狗和猴子變戲法是因為我碰不了青草，但我知道其中的差別。現在，妳要我放棄妳，放棄妳帶來的力量。我告訴盧克，必要的時候我會拿他的肝去餵那個鳥身女妖，我真的會這麼做。而為了留住妳，我會抓住妳的朋友史蒙客，我會——」她氣到語無倫次，最後終於住口。

「說到肝，」獨角獸說，「真正的魔法從來不用獻祭他人的肝臟。妳必須掏出自己的，而且別指望還能把它拿回來。真正的女巫知道這一點。」

好運嬤嬤瞪著獨角獸，幾顆沙粒自她面頰滾滾落下。所有女巫都是如此哭泣。她轉身，疾步朝她的馬車走去，但忽然間，她又轉回身，咧嘴一笑，露出那口石礫般的牙。「但我總歸是在妳身上施了兩次魔法。」她說，「妳真以為不靠我幫忙，那些睜眼瞎子認得出妳來嗎？不，我得賦予妳一個他們能夠理解的樣貌、一根他們看得到的角。這年頭啊，得靠一個低俗馬戲團的巫婆才能讓人認出一頭真正的獨角獸。妳最好是帶著這副假象跟著我，因為這世上，只有紅牛見到妳時，認得出妳是什麼。」好運嬤嬤消失在她的馬車內，鳥身女妖讓月亮再次現身。

第三章

史蒙客在破曉前不久回來，像水一般無聲無息穿梭在籠子間，只有鳥身女妖在他經過時發出聲響。「我沒辦法早點抽身，」他對獨角獸說，「她派盧克監視我，而他幾乎不睡覺的。不過我說了個謎語給他猜，每次都要花上他一整夜才能想出答案。下一次，我會跟他說個笑話，讓他忙上一星期。」

獨角獸憂戚地站在原地，動也不動。「我被施了魔法，」她說，「你為什麼沒告訴我？」

「我以為妳知道。」魔法師溫言回答，「畢竟，妳就沒想過他們怎麼會認出妳嗎？」說完，他微微一笑，讓他看起來成熟了些，「喔，不，當然沒有，妳從來都不會去想這種事的。」

「我從來沒有被施過魔法。」獨角獸說，她打了個又深又長的冷顫，「我待過的地方從來沒有人不認得我。」

「我很了解妳的感受。」史蒙客熱切地說。獨角獸用她那雙幽黑深邃的眼望著他，魔法師緊張地微微一笑，看向自己雙手。「很少有人能看清他人的真實樣貌，」他說，「在這世上，錯誤的判斷比比皆是。我第一眼見到妳，就知道妳是獨角獸，也知道我是妳的朋友，但妳卻把我看成一個小丑、傻瓜，或是叛徒，如果妳是這麼看待我的，那我肯定就是這樣的人。妳身上的魔法只是魔法，一旦妳重獲自由，它就會消失無蹤，但妳加諸於我的誤解魔咒，卻永遠無法從妳眼中抹除。我們不見得總是外表看起來那樣，更鮮少是自己所夢想的模樣。但我仍然讀過，或聽過那樣的歌謠，說天地初開時，獨角獸能分辨光芒的真假，看得出嘴角的笑容和內心的哀愁。」天色逐漸明亮，他沉靜的語調也隨之高昂，有那麼一會兒，獨角獸聽不見柵欄的嗚咽，也聽不見鳥身女妖翅膀輕微的顫動。

「我認為你是我的朋友。」她說，「你會幫我嗎？」

「我不幫妳，還能幫誰。」魔法師答，「妳是我最後的機會了。」

一個接一個，午夜嘉年華裡的可憐囚獸開始低狺、打噴嚏、抖著身子醒來。一個夢見了岩石、蟲子與柔軟的樹葉；另一個夢見在炎熱的長草間裡跳躍；第三個夢見泥巴和血，還有一個夢見有隻手抓撓著他耳朵後方的寂寞。只有鳥身女妖沒有睡，此刻，她坐著凝視太陽，眼睛眨也不眨一下。史蒙客說：「如果她先逃脫，我們就完了。」

他們聽見盧克的聲音在不遠處響起——他的聲音聽起來總在不遠處，盧克喊著：「史蒙客！嘿，史蒙客，我猜到了！是咖啡壺，對不對？」魔法師慢慢地提起腳步，「今晚，」他壓低音量對獨角獸說，「就信我到天亮之前。」說完，他便慌慌張張地匆忙離開了，看起來跟先前一樣，好像有部分的他留下沒有走。沒多久，盧克便大步經過籠子前，兩人險險錯開。好運嬤嬤藏在她的黑色馬車裡，自顧自低聲哼著厄厲的歌。

此即是彼，高即是低；
無常才是世間理。
什麼是真，無人知曉——
失去的就是失去了。

不多久，又有一批新觀眾悠悠哉哉地晃過來看秀。盧克吆喝他們上前，像隻鐵鸚鵡般喊道：「闇夜之獸！」史蒙客站在箱子上變魔術。獨角獸饒有興味地看著他，但越看越是懷疑，不是懷疑他的心，而是他的手藝。他用一隻豬耳朵變出一整頭豬；將一場冗長的布道變成一塊石頭；將一杯水變成手心裡的一掬水；把一張黑桃五變成一張黑桃十二，又把一隻兔子變成一隻溺死的金魚。每變出一次令人摸不著頭腦的把戲，他就會飛快朝獨角獸瞥上一眼，眼神彷彿在說：「喔，但妳知道我在做什麼，對吧。」有一次，他還將一朵枯萎的玫瑰變回一顆種子。獨角獸喜歡這把戲，即便它最後變回的是蘿蔔的種子。

節目再次拉開序幕。盧克再次領著群眾一一觀賞好運嬤嬤造出來的蹩腳神話。巨龍噴火、賽伯勒斯怒吼咆哮，召喚地獄來解救他，薩特勾引女人，讓她們淚眼婆娑。觀眾斜眼打量蠍尾獅，對他發黃的獠牙和隆起的毒刺指指點點，但在中土世界的巨蟒面前都安靜下來，動也不敢動。他們讚嘆奧拉克妮結的新網，那花樣好似一面撈著滴水月亮的漁網。所有人都相信那網子是真的，但只有蜘蛛相信網裡撈到了真正的月亮。

這一次，盧克沒有講述菲紐斯國王和阿爾戈英雄的故事；實際上，他還盡可能用最快的速度催促觀眾離開鳥身女妖的籠子，只是隨便介紹了一下她的名字和意涵。鳥身女妖揚起嘴角，除了獨角獸外，沒有人看到她的微笑，獨角獸由衷希望自己那時能恰巧轉頭望向其他地方。

群眾站在她的籠子前，安靜無聲地盯著她瞧。獨角獸苦澀地想著，他們的眼神是如此哀傷。若是我身上的偽裝魔咒消失了，他們眼前只剩一匹普通的白馬，不曉得他們會有多難過？那巫婆說的沒錯——沒有人會認得出我。但這時，有個輕柔的聲音——聽起來像是魔法師史蒙客的聲音——在她腦中說：但他們的眼神是如此哀傷。

接著，盧克尖聲喊道：「各位觀眾，壓軸好戲！」黑布滑開，厄厲現身，在冰冷與黑暗中喃喃嘟噥。這時候，獨角獸又感到那份把觀眾嚇跑的恐懼——對於變老無能為力的恐懼，即便她很清楚，籠子裡關著的不過是好運嬤嬤。她想：那巫婆自己都不知道她自己知道的有多少。

夜色迅速降臨，也或許是鳥身女妖要它快點降臨。太陽如石沉大海般，沒入汙濁的雲層中。也如石沉大海般，再無昇起的機會，天上瞧不見一顆星，也不見月亮的影蹤。好運嬤嬤悄然無聲地巡視她的囚籠，接近鳥身女妖的籠子時，裡頭的巨獸動也不動，老婦人於是停下腳步，注視她良久。

「還沒。」她最後終於喃喃道，「時候還沒到。」但她的聲音聽起來疲憊又不確定。她飛快瞥了獨角獸一眼，陰沉狡猾的眼神裡激起一抹猜疑。「哼，再一天。」她說，一面怪笑一面嘆了口氣，再次轉身離去。

她離開後，馬戲團內靜得一點聲音也沒有。所有動物都睡了，除了蜘蛛，她仍織著她的網；還有鳥身女妖，她依舊等待著。但夜越繃越緊、越繃越緊，獨角獸覺得它就要裂開了，把天空撕開一大道裂口，露出——更多的柵欄，她想。魔法師去哪兒了？

終於，史蒙客匆匆穿過這片無聲的寂靜，像寒風中的貓一樣又轉又跳著，還被影子絆著了腳步。等他來到獨角獸的籠子前，他興高彩烈地鞠了個躬，自豪地說：「史蒙客與妳同在。」在離她最近的那只牢籠內，獨角獸聽見了青銅銳利的顫抖。

「我想我們時間不多了。」她說，「你真有辦法救我出去嗎？」

高個兒男子微微一笑，就連他蒼白嚴肅的手指都變得歡欣鼓舞。「我說過，那巫婆犯了三個嚴重的錯誤。捉住妳是最後一個，捉住鳥身女妖是第二個，因為妳們都是真的，好運嬤嬤沒辦法將妳們收為己有，就像她無法延續寒冬。但把我當成像她一樣的江湖郎中——那是她所犯下的第一個致命愚行。因為我也是真的，我是魔法師史蒙客，是最後一名炙手可熱的斯瓦米[45]，而且我實際年齡比外表看起來還要老。」

「另外一個人呢？」獨角獸問。

史蒙客捲起袖子。「別擔心盧克。我又跟他講了個謎語，一個沒有解答的謎語。他大概永遠都不會動了。」

他說了三個有稜有角的字，並彈了下手指。籠子消失了，獨角獸發現自己站在一座果園裡——有柳橙、檸檬、梨子、石榴、杏樹，還有洋槐——腳下踩著春日鬆軟的泥土，天空在她頭頂上方漸次展開。她的心變得像煙一般輕盈，她卯足全力，準備大步躍進這甜美的夜色之中。但她最終還是任由那股衝動消散，沒有任何動作，因為她知道，儘管看不見，那些柵欄依舊存在。她活得如此之久，不可能不明白。

「對不起。」史蒙客在黑暗中的某個地方說，「我本希望這咒語能釋放妳。」此刻，他又唱起某種冰冷又低沉的咒語，那些奇異的樹木於是像蒲公英的絨毛般吹散風中。「這個咒語比較有把握。」他說，「現在，這些柵欄變得像陳年乳酪一樣脆，我可以直接把它們捏碎。」但他隨即倒抽了口氣，馬上把手縮回來，每根修長的指頭上都滴著鮮血。

「一定是發音不標準。」他啞著嗓子道，將手藏進斗篷裡，努力擠出輕快的語調。「那咒

45 Swami，印度教中對出家人的稱呼，通常指苦行僧或瑜珈士，或用來尊稱大師或導師。

語變來變去的。」

這次是一段冷硬的句子，史蒙客血淋淋的雙手在空中擺動。某種像熊一樣，而且齜牙裂嘴的灰色形體出現了，但它又比熊還要大，還發出混濁不清的笑聲。它不知從哪兒一跛一跛地冒了出來，急著要把籠子像堅果一樣敲開，爪子還同時從獨角獸身上扯下了一點肉。史蒙客命令它退回黑夜之中，但它不肯聽從。

獨角獸退到角落，低垂下頭。但鳥身女妖在她的籠子裡微微動了動，發出叮噹聲響。那灰色形體轉過應該是它頭顱的部位，看見鳥身女妖。它發出一陣含混不清的恐懼聲響，隨即消失不見。

魔法師一面哆嗦一面咒罵。他說：「很久以前，我也召喚它出來過一次，那時候我也無法控制它。現在我們都欠鳥身女妖一條命，但她大概會在日出之前就討回去了。」他無言佇立原地，擰絞著受傷的手指頭，等待獨角獸開口。「我再試一次，」最後他說，「要我再試一次嗎？」

獨角獸覺得，她仍然可以看見方才那灰色怪物走過的地方，夜色依舊沸騰。「好。」她說。

史蒙客深吸了口氣，吐了三次口水，咒語聲宛如在海底迴盪的鈴響。他朝地上的唾液撒了把粉末，看到一股發光的青煙無聲竄起，他露出勝利的笑容。待光芒消退後，他又說了三個字，聽起來像是蜜蜂在月亮上嗡嗡飛舞。

籠子開始變小。獨角獸沒有看到柵欄在動，但史蒙客每喊一次：「喔，不！」她能站的空間就又變得更小。她已經無法轉身，柵欄依舊逼近，像潮汐或黎明一般冷酷，它們將切穿她的身體，直到圈住她心臟，把她的心永永遠遠關在其中。史蒙客召喚出的那頭怪獸齜牙裂嘴地朝她撲來時，她沒有喊叫，但此刻，她發出了聲音，微弱、絕望，但她還不打算屈服。

史蒙客阻止了柵欄，但獨角獸永遠也不會知道他是怎麼做到的。就算他唸了什麼咒語，她也沒有聽到，但總之籠子在柵欄就快碰到她時停止縮小。不過她依舊能感覺到它們，每一根都像一小陣寒風，飢餓地嗚嗚叫著。但它們搆不著她。

魔法師垂下雙臂。「我不敢再試了，」他鬱悶地說，「下一次，我可能無法……」他的聲音痛苦地消散空中，眼神頹喪，就像他的雙手。「那巫婆沒有看錯我。」他說。

「再試一次。」獨角獸說，「你是我的朋友。再試一次。」

但史蒙客臉上掛著苦笑，手在口袋裡叮叮噹噹地摸索。「我就知道會這樣。」他喃喃道，「跟我期望的不同，但我就是知道。」他掏出一枚環扣，上頭掛著好幾把生鏽的鑰匙。「服侍妳的，該是一名偉大的巫師，」他對獨角獸說，「但現在，恐怕有個二流扒手來幫妳，妳就該慶幸了。」獨角獸不懂什麼是需要、什麼是羞愧、什麼是懷疑、什麼是虧欠——但人類呢，或許妳已經注意到了，只要是拿得到的東西都想拿到手。而盧克一次只能專注在一件事上。」

獨角獸忽然察覺到午夜嘉年華裡的所有動物都醒了，沒有發出半點聲音，只是看著她。隔壁的籠子裡，鳥身女妖開始一腳又一腳交替著緩緩踱步。「快啊，」獨角獸說，「趕快。」

史蒙客已經將一把鑰匙插進竊笑不已的鎖扣中。第一次的嘗試失敗了，鎖扣安靜下來，但在他試第二把鑰匙時，鎖扣放聲叫了起來：「哈哈，厲害啊，魔法師！還真不賴！」居然是好運嬤嬤的聲音。

「啊，閉嘴啦。」魔法師嘀咕道，但獨角獸可以感到他臉紅了。他轉動鑰匙，門鎖發出最後一聲輕蔑的嘟噥，接著啪地打開。史蒙客一把拉開籠門，輕聲道：「出來吧，女士，妳自由了。」

獨角獸輕巧落地，魔法師史蒙客冷不防吃了一驚，向後退開。「喔，」他小小聲說，「隔著柵欄時妳看起來好不一樣，比較小，而且沒那麼——喔，天啊。」

她回家了，她的森林變得陰森、潮溼，又破敗，因為她離開了好久好久。有人在遠處呼喚她，但她回家了，在那兒溫暖她的林子、喚醒地上的青草。

然後，她聽見盧克的聲音，就像船底在鵝卵石上刮擦而過。「好吧，史蒙客，我認輸。烏鴉為什麼像一張書桌？」獨角獸躲進最漆黑的陰影中，因此盧克只看見魔法師和那座空蕩蕩的縮小牢籠。「好啊，你這個卑鄙的小偷，」他說，咧嘴扯開一個冷酷的笑容，「她會把你串在鐵絲網上，當項鍊送給那個鳥身女妖。」說完，便轉身直接朝好運嬤嬤的馬車跑去。

「快跑。」魔法師說。他卯足全力、笨手笨腳地往前一撲，跳到盧克的背上，用他一雙修長的手臂牢牢箍住那名黝黑的男人，擋住他的視線、摀住他嘴巴。兩人一起跌在地上，史蒙客先手忙腳亂地爬起，兩隻膝蓋將盧克的肩膀釘在地上。「鐵絲網是吧，」他氣喘吁吁地說，「你這個白痴、蠢材、廢物。我要用痛苦把你身體塞爆，直到從你眼眶滿出來。我要把你的心臟變成青草，把你愛的東西都變成綿羊。我要把你變成一個滿懷夢想的蹩腳詩人。我要讓你的腳趾甲全部倒著長，你好膽再惹我啊。」

盧克甩甩頭，坐了起來，把史蒙客摔到三公尺外。「說什麼啊你，」他咯咯笑了起來，「你連要把乳脂變成奶油都做不到。」魔法師正要起身，但盧克又把他推倒在地，還一屁股坐在他身上，「我從來就沒喜歡過你。」他愉快地說，「你老是在那邊擺架子，但根本就沒什麼了不起。」他雙手如黑夜般沉重，緊緊掐住魔法師咽喉。

獨角獸沒有看到，她在最遠的那座籠子前，籠裡的蠍尾獅咆哮、嗚咽幾聲後又躺下了。她用角尖碰了碰門鎖，隨即頭也不回地走向關著巨龍的牢籠。一個接一個，她把他們全放了出來——薩特、賽伯勒斯，還有中土世界的巨蟒。一察覺自己自由了，他們身上的魔咒便跟著消失了，或走或跳或爬地消失在黑夜中，恢復成原本的獅子、人猿、蛇、鱷魚，和一條歡天喜地的狗。沒有一隻動物向獨角獸道謝，她也沒有目送他們離去。

只有蜘蛛沒有理會在敞開的門口輕聲呼喚的獨角獸。奧拉克妮正忙著織網，但那面網看起來就像是銀河開始如雪花般墜落。獨角獸低聲道：「織娘，自由比這值得，自由比這些更好。」但蜘蛛充耳不聞，只是匆忙地沿著她的柵欄機杼爬上爬下，從未有一刻停歇，即使獨角獸大喊著：「奧拉克妮，妳的網真的很美，但它不是藝術。」剛結好的新網又如雪花般從柵欄上飄落。

起風了，蜘蛛網飄過獨角獸眼前，消失無蹤。鳥身女妖開始拍動翅膀，凝聚她的力量，就像低伏的海浪將沙與水轟隆隆地捲下灘頭。血紅的月自雲層後竄出，獨角獸看見她了——金色的光芒膨脹、奔瀉的髮絲像著了火般，冰冷緩慢的翅膀搖撼著車籠。鳥身女妖哈哈大笑。

史蒙客和盧克跪在獨角獸牢籠的陰影中。魔法師手裡緊抓著那串沉重的鑰匙，盧克則是搖著頭，兩眼眨個不停。兩人目不轉睛地看著逐漸站起的鳥身女妖，臉上寫滿盲目的驚恐，在風中相互倚靠。風把他們吹得不得不靠在一起，身上的骨頭嘎嘎作響。

獨角獸邁步走向鳥身女妖的牢籠。渺小又蒼白的魔法師史蒙客不停對著她掀動雙唇，儘管聽不到，但獨角獸知道他在高喊什麼。「她會殺了妳，她會殺了妳的！跑啊，妳這傻瓜，趁她還被關著的時候快跑啊！如果妳放她出來，她會殺了妳的！」但獨角獸沒有停下腳步，只是跟隨她角上的光芒繼續向前走，直到站在「黑暗者」塞萊諾面前。

有那麼一瞬，那對冰冷的翅膀像雲一般靜靜停滯空中，鳥身女妖那雙蒼老的黃眼深深沒入獨角獸心底，將她一把拉上前。「放了我，我會殺了妳。」那眼神在說，「放了我。」

獨角獸低下頭，用她的角觸碰鳥身女妖的牢籠鎖扣。門沒有突然打開，鐵欄杆也沒有立刻消融成星光。但鳥身女妖揚起雙翅，車籠的四面柵欄就這麼緩緩癱倒，猶如某種巨大花朵的花瓣在夜裡綻放。而鳥身女妖就從這殘骸中昂然而起，可怕且自由，她發出淒厲的尖叫，頭髮如長劍般甩動。月亮也變得黯淡，慌忙逃走。

獨角獸聽見自己喊出聲來，但並非出於恐懼，而是驚嘆：「喔，妳跟我一樣！」她歡欣鼓舞地直立而起，迎向鳥身女妖的俯衝，犄角刺入邪惡的陰風之中。鳥身女妖出擊，但卻撲了個空，旋即盪了開去，雙翅鏗然作響，呼吸溫熱，又腥臭難聞。她在頭頂上空熊熊燃燒，獨角獸看見自己的身影倒映在鳥身女妖的青銅胸口上，感覺到怪物的身體在發光。她們繞著彼此轉圈，猶如一對雙子星。在萎縮的天空之下，除了她們，再也沒有任何東西是真實的。鳥身女妖開懷大笑，眼珠變成蜂蜜的顏色，獨角獸知道，她又要出擊了。

鳥身女妖收起雙翅，如星辰般下墜——不是朝著獨角獸，而是她後方，但距離如此之近，擦身而過時，她的一根羽毛在獨角獸肩上劃出血來。那雙發亮的爪子朝好運嬤嬤的心臟攫去，好運嬤嬤也高舉自己鋒利的雙手，彷彿要迎接鳥身女妖回家。「只靠妳們自己是逃不了的！」巫婆對著她們勝利嚎叫，「光憑一己之力，妳們是永遠不可能重獲自由的！我控制了妳們！」旋即，鳥身女妖撲到她面前，巫婆如枯枝斷折倒地。鳥身女妖蹲在她的屍體前，遮蔽所有視線，那雙青銅翅膀變得通紅。

獨角獸轉身，她聽見一個孩童的聲音從附近傳來，要她趕快跑，非跑不可。是魔法師。他的眼又大又空洞。當獨角獸向他望去時，那張看起來總是過分年輕的臉虛脫崩潰，退回至幼年的歲月。「不，」獨角獸說，「跟我走。」

鳥身女妖發出一聲厚實又愉悅的聲音，讓魔法師雙膝發軟。但獨角獸又說了一遍：「跟我走。」於是，他們一起走出午夜嘉年華。月亮不見蹤影，但在魔法師眼中，獨角獸就是明月，清冷、潔白，又如此古老，照亮他的路，帶領他走向安全，或是瘋狂。他跟著獨角獸，即便是聽見絕望的掙扎、聽見沉重的腳步打滑、聽見銅翅發出的轟鳴、聽見盧克戛然而止的尖叫，他都不曾回望。

「他用跑的。」獨角獸說，「在任何永生不死的事物面前，你絕對不能跑，那會吸引它們的注意。」她的聲音溫煦，沒有半點同情。「絕對不要跑。」她說，「慢慢走，假裝在想別的事。唱歌、唸詩、變戲法都好，總之慢慢走，那麼她或許不會跟上來。要走得很慢很慢，魔法師。」

就這麼樣，他們一同逃離黑夜，一步接著一步，一名高䠷的黑衣男子，與一頭長著角的白色野獸。魔法師大起膽子，盡可能挨著獨角獸的光芒悄悄地走，因為在她的光芒之外，有飢餓的影子騷動，那是鳥身女妖在摧毀所剩無幾的午夜嘉年華時，由她的叫聲所形成的陰影。但在這些陰影消失後，還有另一個聲音繼續跟著他們走了好久好久，和他們一同踏上陌生的道路，走進晨光之中——那是蜘蛛微小且乾澀的哀鳴。

第四章

魔法師像個新生兒般，哭了好久好久才總算有辦法開口：「可憐的老太婆。」他最後終於小小聲說。獨角獸一語不發，史蒙客於是抬起頭，用一種奇怪的眼神看著她。灰濛濛的晨雨開始飄落，雨絲中，獨角獸宛如海豚般閃閃發亮。「不，」她開口，回應魔法師的視線，「我永遠不會後悔。」

他沉默不語，蹲在雨中的路旁，拉起溼淋淋的斗篷裹住自己身子，看起來活像把壞掉的黑傘。獨角獸等著，感到她生命中的時光隨著雨絲一同墜落身旁。「我會悲傷，」她溫言解釋，「但那不一樣。」

等到史蒙客再次看向她時，他已成功控制住表情，只是五官仍掙扎著想要逃脫。「妳現在打算去哪？」他問，「被她捉住時妳本來要去哪？」

「我在尋找我的同類。」獨角獸說，「你見過他們嗎，魔法師？他們不曾被馴服，一身海沫般的白，就像我一樣。」

史蒙客嚴肅地搖搖頭：「我從未見過像妳一樣的生物，至少在我醒著時沒有。我小時候世上應該還有些獨角獸，但見過獨角獸的人，我只知道一個。他們一定都消失了，女士，除了妳之外。妳走動時，妳的腳步聲會在他們曾經所在之處發出回音。」

「不，」她說，「還有其他人見過他們。」聽到魔法師說他小時候還有獨角獸存在，她很開心，那時代距離現在還不久。她說：「有隻蝴蝶跟我說過紅牛的事，那個巫婆也提到了瘋王黑格，無論他們在哪兒，我都要去找他們，打探他們所知道的一切。你可以告訴我黑格的王國在哪兒嗎？」

魔法師的表情差點就撐不住，但他按捺下來，很慢很慢地在臉上拉出一抹微笑，好像他的嘴變成了鐵一樣。他及時將嘴角彎成適當的角度，但笑容依舊僵硬如鐵。「我可以告訴妳一首詩。」他說。

哪裡的山嶺削瘦如刃，
死氣沉沉，草不長，物不生；
哪裡的人心酸臭難當——
黑格就是那裡的王。

「好，那等我到了我自然會知道。」她說，以為魔法師在嘲弄她，「那你知道任何有關紅牛的詩嗎？」

「完全不知道。」史蒙客回答。他站起身，蒼白的臉上帶著微笑，「關於瘋王黑格，我也只知道一些聽來的傳聞。」他說，「他是個老人，像十一月底的晚秋一般吝嗇，統治著海岸邊的一個貧瘠國度。據說在黑格到來之前，那裡的土地也曾鬆軟青翠，但一經他觸碰，一切就都枯萎了。農人間流傳著一種說法，當他們看到一片被大火、蝗蟲或風災蹂躪肆虐過的土地時，他們會說那裡像『黑格的心一樣荒蕪』。他們還說他的城堡裡無光也無火，他會派他的人出來偷雞、偷床單，還有窗台上的派。傳說瘋王黑格最後一次發笑——」

獨角獸跺了跺腳。史蒙客說：「至於那頭紅牛，我聽得越多，就知道得越少，因為傳聞實在是太多太多了，每種說法又各有不同。有人說那頭牛是真的，有人說那頭牛是幽靈，還有人說那是太陽下山後黑格化身的。有人說那頭牛在黑格到來之前便已存在，也有人說是跟著他一起來的，或者是那頭牛去找他的。有人說紅牛保護黑格不受攻擊或革命的侵擾，還替他省下武裝軍隊的費用。還有人說紅牛讓黑格成為他自己城堡的囚犯。有人說紅牛是惡魔，黑格將自己的靈魂賣給了他，也有人說他是黑格出賣靈魂換來的。有人說黑格是紅牛的主人，也有人說紅牛才是黑格的主人。」

獨角獸感覺到，有種確認感在她體內顫慄蔓延，如漣漪般自中心向外擴散。她腦裡又可以聽見蝴蝶尖細的歌聲：「好久好久以前，他們走遍所有的路，紅牛在後頭緊追不捨，掩蓋了他們的腳步。」她看見白色的形體被怒吼的狂風捲去，黃色的犄角簌簌顫抖。「我要去。」她說，「魔法師，你救了我，我欠你一份情，在我離開前，你要我為你做什麼？」

史蒙客長長的雙眼像是陽光下閃閃發亮的葉。「帶我一起走。」

獨角獸輕巧沉靜地退開，沒有回答。魔法師說：「我說不定派得上用場。我知道要怎麼去黑格的王國，也會說不少地方的方言。」獨角獸看起來就像要消失在溼黏的霧氣裡，史蒙客趕緊道：「何況，對旅人來說，有巫師作伴總是件好事，即便是獨角獸也不例外。別忘了那個偉大巫師尼可斯的故事，有一回，他在樹林裡看見一頭獨角獸將頭枕在一名嬌笑的少女腿上睡著了，這時，有三名獵人拉著弓逼近，要殺了他砍下他的角。尼可斯只有瞬間的機會。他手一揮，念了個咒語，就把獨角獸變成一名英俊的年輕人。年輕人醒來，看見三名驚愕不已的弓箭手目瞪口呆地傻在原地，便上前把他們全殺了。他拿的是一把扭曲的尖錐形長劍，而且那三人死後，他還踐踏他們的屍體。」

「那女孩呢？」獨角獸問，「他也殺了那女孩嗎？」

「沒有，他娶了女孩。他說她只是個迷失的孩子，對家人不滿，她真正需要的只是個好男人，而他正好就是，從那時起一直都是，因為即便是尼可斯也無法讓他恢復原貌。他活到很長歲數，而且受人敬重——有人說他是吃了太多紫羅蘭而死的——對他而言，紫羅蘭永遠也不嫌多。他沒有任何子嗣。」

這故事讓獨角獸如鯁在喉。「那巫師不是幫他，是大大害了他。」她輕聲說，「假如我的同胞全都被出於善意的巫師變成人類——被迫離開家鄉，困在灼熱的屋子內，那該有多可怕啊。我情願是紅牛把他們全都殺了。」

「妳現在要去的地方，」史蒙客說，「總有幾個人會對妳懷抱惡意，而一顆友善的心——無論它有多愚昧——或許總有一天會像水一樣受歡迎。帶上我吧，為了歡笑、為了好運、為了那些未知的事物，帶我一起走吧。」

他說話的同時，雨漸漸停了，天空開始清澈，溼潤的青草好似海貝的內側光澤閃耀。獨角獸別開眼，望向遠方，想從浩瀚的國王身影中尋找一名國王、從無數雪白耀眼的城堡與皇宮間，尋找矗立在公牛肩上的那一座。「從來不曾有人與我同行，」她說，「但話說回來，也不曾有人把我關進籠裡，或把我當成白馬，或讓我假扮我自己。看來我注定要遭遇許多第一次，你跟我同行再怎麼樣都不會是最奇怪的事，也不會是最後一件。所以，如果你想的話，就和我一起走吧，雖然我希望你能向我討別的獎賞。」

史蒙客露出一抹酸楚的微笑。「我想過的。」他望向自己的手指，獨角獸看見上頭還留著他被柵欄咬傷的半月形瘢疤。「但妳永遠不可能實現我真正的願望。」

來了，獨角獸心想，開始在她肌膚之下感受到一縷細微綿長的哀傷。和人類同行就會如此，總是這樣。「對，」她回答，「就跟那巫婆一樣，我無法把你變成一個你不是的東西。我無法把你變成真正的魔法師。」

「我也是這麼想。」史蒙客說，「不要緊，不用擔心。」

「我沒擔心。」獨角獸回答。

旅程第一天，一隻藍松鴉低低俯衝過他們頭頂，說：「唉呦，我要被烤來吃了我。」隨即拍動翅膀，一路直飛回家，把這事告訴老婆。鳥太太坐在巢裡，用一種沉悶的語調哼歌給孩子聽。

蜘蛛、土鱉、甲蟲、蟋蟀，
玫瑰上的蛞蝓，草叢裡的蝨子，
蚱蜢、蝸牛、還有一顆兩顆鶺鴒蛋——
通通反芻給你們餵飯。
搖籃曲，搖籃曲，騙局和詭計，
天上飛才不有趣。

「我今天看到了一頭獨角獸。」藍松鴉一邊降落一邊說。

「但沒看見任何晚餐是吧。」他老婆冷冷回應，「我最討厭滿嘴空話的男人。」

「寶貝，是獨角獸啊！」藍松鴉一改悠閒的態度，在枝枒上跳上跳下，「好久沒看到了，打從——」

「你才沒見過什麼獨角獸。」她說，「也不看看現在和你說話的是誰，是我好嗎？我很清楚你這輩子見過什麼、沒見過什麼。」

藍松鴉完全沒聽進去。「她身旁有個怪模怪樣的黑衣同伴。」他連珠炮似的說，「他們正要翻過貓山，不曉得是不是要去黑格的王國。」他偏過頭，就是那充滿藝術性的角度，讓他當初一舉擒獲老婆的芳心。「這下老黑格的早餐能吃頓好的了。」他驚嘆地說，「一頭獨角獸自己找上門來，還真是大膽，叩叩叩，敲敲他那扇陰沉的大門。我真想不顧一切去看看——」

「我希望你們兩個不是花了**一整天**的時間在看獨角獸，」老婆啄了下鳥喙，打斷他的話頭，「起碼，我知道她以前對於打發時間這檔事，是很有想像力的。」她朝先生逼近，脖子上的羽毛都豎了起來。

「親愛的，我很久沒和她見面了——」藍松鴉趕緊解釋。他老婆知道他沒有，也知道他沒那個膽子，但就是要給他排頭吃。她是那種知道要適時善用自己道德優勢的女性。

獨角獸和魔法師走過春季、翻過溫煦的貓山、走進長著蘋果樹的紫色山谷。山谷之後是低矮的丘陵，如綿羊般圓潤溫馴，獨角獸行走其間時，它們全都低下頭，好奇地嗅著她。接下來，是夏日平緩的高地，烘烤過的平原上，空氣有如糖果閃閃發亮。她與史蒙客一同涉過溪水、攀越荊棘遍布的河岸和峭壁。漫步在森林裡時，獨角獸想起了家，儘管這些森林因為經歷過年歲，永遠不可能像她的家。但她想，我的林子現在也一樣了。但她告訴自己無所謂，只要她回去，一切就會恢復原狀。

夜裡，當史蒙客帶著魔法師的轆轆飢腸和腳瘦腿痛入睡時，獨角獸清醒地蜷伏一旁，等待紅牛巨大的身影竄出月亮。有幾次，她很確定自己捕捉到他的氣味——一種黑暗、狡詐的腥臭緩緩地滲過夜色，探出手來尋找她。而她會一躍而起，發出一聲蓄勢待發的冰冷嚎叫，結果只見兩三頭鹿恭敬地隔著一段距離注視她。鹿對獨角獸又愛又羨。有一回，一頭正值生命中第二個夏天的公鹿，受到那群吃吃賊笑的朋友所慫恿，走到她面前。他不敢直視獨角獸的雙眼，只是囁嚅道：「妳好美，就像我們母親說得一樣美。」

獨角獸靜靜地回望他，知道他並不期待她回答。其他的鹿在旁竊笑，小聲催促：「繼續說啊，快說。」於是那頭公鹿抬起頭，開心又迅速地大聲說：「但我知道有人比妳更美！」他在月光下驀然迴身，飛奔而去，他的朋友也緊跟在後。獨角獸又躺了下來。

有時候，旅途中，他們會行經村落，史蒙客會自稱是名流浪的巫師，並在街上吆喝喊道：「以歌謠換取晚餐，不會多加打擾，不會妨礙你們睡眠，休息過後就會離開。」大多數的城鎮都同意讓他將那匹美麗的白馬安頓在馬廄裡，也同意讓他留宿過夜，趁著孩子上床前，他會在市集廣場上就著燈籠的火光表演。他從來不會嘗試什麼太精彩複雜的把戲，只是讓玩偶開口說話，或把肥皂變成糖果之類，但有時就連這種小魔術都會失手。不過，孩子們都喜歡他，他們的父母也都會好心招待他吃飯，這樣的夏夜多麼柔軟溫馨。許多年後，獨角獸仍能記得馬廄裡那股奇特的巧克力味，還有閃動的火光中，史蒙客在牆面、門板和煙囪上跳動的影子。

早晨，他們再度踏上旅途，史蒙客的口袋裡塞滿了麵包、乳酪和柳橙，獨角獸緩緩走在他身旁，沐浴在陽光中的她白如海沫，在黝暗林蔭下的她又綠如海水。魔法師尚未走出視線，他的把戲便已被遺忘，但他的白馬卻讓村民在許許多多的夜裡難以成眠，還有女人因為夢見了她而哭著醒來。

一天傍晚，他們停駐在一座富裕舒適的城鎮，這裡就連乞丐都頂著一副雙下巴，老鼠也肥美到走起路來搖搖晃晃。史蒙客立刻就受邀與鎮長和幾名白吃白喝的酒鬼議員共進晚餐，而獨角獸呢，一如往常地沒有被認出來，任她自由地在一片青草甜如奶蜜的牧地上遊蕩。晚餐安排在戶外，廣場上擺了張桌子，因為這是個溫暖的夜，也因為鎮長很高興能炫耀他的賓客。美酒佳餚，賓主盡歡。

席間，史蒙客說自己是個雲遊四海的巫師，並開始講述他的經歷，還在故事裡塞進了國王、巨龍和貴族仕女。他沒有騙人，只是將事件組織地更為合理，因此，即便聽在那些精明的議員耳裡也幾可亂真。不只他們，各種形形色色的路人都湊上前，想知道那個能打開所有鎖扣的咒語是怎麼運作，當然了，前提是必須正確使用。而且只要看到魔法師手指上的疤痕，他們莫不倒抽一口氣。「這是和鳥身女妖對決時留下的紀念品。」史蒙客淡定地解釋，「她們可是會咬人的。」

「你都不怕嗎？」一名少女輕聲問。鎮長「噓」了她一聲，但史蒙客點燃雪茄，在繚繞的煙霧中對她微微一笑。「恐懼與飢餓讓我青春永駐。」他回答，環顧周遭呼嚕呼嚕打著盹兒的議員，對女孩大大眨了下眼。

鎮長不以為意。「沒錯。」他嘆了口氣，用粗如肥腸的手指撫摸他的食物，「我們確實在這兒過得很安逸，如果這不算安逸，我也不知道什麼叫安逸了。我有時候也覺得，一點點的恐懼，還有一點點的飢餓，或許對我們是有益的——能砥礪我們的心靈，不如這麼說吧。所以我們向來歡迎有故事可講、有歌謠可唱的陌生人來鎮裡。他們能拓展我們的眼界……讓我們反省……」他打了個呵欠、伸伸懶腰，開始口齒不清。

一名議員忽然開口：「哎呀，你們看看牧場那裡！」一顆顆原本點著頭打瞌睡的沉重腦袋都紛紛轉過去，他們全看見了，村裡的牛隻、綿羊、馬匹全擠在草地遠遠另一頭，直勾勾地看著魔法師的白馬恬靜地嚼食冰涼的青草。沒有一頭牲口發出聲音，就連豬隻和鵝群都像幽靈一樣安靜。有隻烏鴉遠遠地叫了一聲，那呼喊有如一抹餘燼在暮色中飄然遠去。

「神奇啊。」鎮長喃喃道，「真是太神奇了。」

「是啊，可不是。」魔法師附和，「如果我告訴你，我為她做過什麼樣的事——」

「有趣的是，」方才先開口的那名議員又說，「他們也不像是怕她，而是一種敬畏的感覺，就像是他們在向她行禮致意。」

「他們看到的，是你們已經忘了該怎麼去看的東西。」史蒙客喝乾他的紅酒，而那名少女正用一雙比獨角獸更甜美也更淺薄的眼眸凝視他。他將酒杯重重放回桌上，對笑容滿面的鎮長說，「她是一個你想都不敢想的珍奇異獸，她是神話、是記憶、是難以捉摸的願望、是飄渺無蹤的幽影。如果你記得、如果你渴望——」

他的聲音被一陣馬蹄聲和孩童的喊叫聲蓋過去。十二名穿著褪色破布的騎士策馬闖進廣場，他們吵吵鬧鬧、哈哈大笑，把村民嚇得像彈珠一樣四處逃竄。他們排成一列，在廣場上乒乒乓乓，只要是擋著他們路的東西就直接掀到一旁，同時高聲胡吹著些沒人聽得懂的大話，漫無目標地隨口四處挑釁。其中一名騎士在馬鞍上站了起來，挽弓拉箭，把教堂尖塔上的一只風信雞射了下來。另一人搶走史蒙客的帽子，戴到自己頭上，一面叫嚣一面就騎馬跑了。有些人直接把尖叫的小孩撈到馬背上，也有人光顧著搶酒囊和三明治吃喝。他們的眼珠在毛髮蓬亂的臉上閃耀瘋狂的光芒，笑聲像擂鼓一樣響。

肥胖的鎮長屹立不搖地站在原地，直到和盜匪頭子對上眼。他挑起一邊眉毛，對方彈了聲響指，所有的馬立刻停了下來，那群破破爛爛的傢伙也都靜得像村裡那些看見獨角獸的牲口。他們輕輕放下孩童，將大部分的酒囊都還了回去。

「叮噹傑克[46]，請。」鎮長沉穩地說。

領頭的騎士下馬，慢慢朝議員和他們賓客用餐的桌席走去。他身形魁梧，有兩公尺高，每走一步，身上就叮噹作響，因為他到處都是補丁的緊身皮背心上，縫滿了五花八門的戒指、手環和鈴鐺。「晚安啊，鎮長大人。」他一面說，一面發出粗啞的笑聲。

「我們就速戰速決吧。」鎮長對他說，「我就不懂，你們為什麼不能像文明人一樣，安安靜靜地騎馬進城。」

「唉，這幫小兔崽子沒有惡意，鎮長大人。」大個兒嘴上嘟噥，但態度倒是和善，「在綠林裡悶久了，需要放鬆一下，發洩一下，排個毒嘛，是不是？」他嘆了口氣，從腰間取下一只乾癟癟的錢袋，擱在鎮長攤開的掌心。「就這些了，鎮長大人，」叮噹傑克說，「雖然不多，但我們就只拿得出這些了。」

46　Jack Jingly，Jingly 是叮噹響的意思，書中的盜賊名字大多跟著角色個性和特色命名。

鎮長將錢幣倒在手心上，一邊用肥嘟嘟的手指推開來數，一邊嘀咕：「確實不多。」他抱怨，「連上個月的數都不到，而那已經夠少了。你們這群強盜還真不夠格，真是。」

「景氣差嘛。」叮噹傑克繃著臉回答，「如果連旅人身上都沒多少金子，也不能怪我們啊。蕪菁裡榨不出血來，你說是不是。」

「我就可以。」鎮長說，臉色猙獰至極，對著大個兒強盜揮舞起拳頭，「如果你們敢隱瞞我，」他大吼，「敢用我的錢中飽私囊，我就會把你榨乾捏碎，告訴你，我的朋友，我會把你榨到連汁都不剩，讓風把你連皮帶籽地吹走。快滾，把這話回去告訴你們那個窮酸老大。滾啊，臭強盜！」

叮噹傑克嘴裡嘀嘀咕咕正轉身離開時，史蒙客清了清喉嚨，結結巴巴地開口：「可以的話，我想拿回我的帽子。」

大個兒瞪著一雙充滿血絲的銅鈴大眼看著他，什麼也沒說。「我的帽子。」史蒙客用更為堅定的語調再說一次，「你有個弟兄搶了我的帽子，聰明的話就趕緊還給我。」

「聰明，是嗎？」叮噹傑克終於嘟噥出聲，「你哪位啊，懂得什麼叫聰明？」

酒意仍在史蒙客的眼裡作祟。「我是魔法師史蒙客，我可是個可怕的敵人。」他大聲宣告，「我比看上去的樣子還要老，也還要凶。帽子。」

叮噹傑克又打量了他好一會兒，然後走回馬匹旁，翻身在馬鞍上坐下，逕自往前騎，直到幾乎貼在依然等待中的史蒙客面前才沉聲說：「不給。如果你是魔法師，就讓我看看你的本事，把我的鼻子變綠，讓我的鞍袋裡裝滿雪，或把我鬍子變不見。總之給我露一手，要不然你最好還是腳底抹油趕快跑。」他從腰帶上抽出一把生鏽的匕首，懸蕩著刀尖晃啊晃，不懷好意地吹著口哨。

「魔法師是我的客人。」鎮長警告他，但史蒙客正經八百地回答：「好吧，那是你自找的。」他一面用眼角餘光確認那少女仍然看著他，一面用手指向強盜頭子後方那群衣裝破爛、咧著嘴笑的手下，嘴裡唸了些押韻的句子。下一瞬間，他那頂黑色帽子自動從握著它的盜匪手中咻地飛走，緩緩飄過逐漸昏暗的天空，安靜地像隻貓頭鷹。兩位女士暈了過去，鎮長跌坐下來，搶匪發出孩童般的尖叫。

黑帽飛過整座廣場，一路來到馬槽邊，然後沉了下去，舀起一帽子滿滿的水。舀完水後，它又飛了回來，整頂帽子幾乎隱沒在陰影之中，但顯然是直直朝著叮噹傑克那顆沒洗的腦袋飄去。他兩手抱頭，喃喃討饒：「別，別，快停下來。」就連他的手下都忍不住吃吃笑了起來。史蒙客露出得意的笑容，彈了下手指，要他的帽子再快點。

但快接近強盜頭子時，帽子開始拐彎，起初還不明顯，但接著一個急轉彎，直接朝議員的桌子飛去。鎮長才剛站起來想閃躲，帽子便安安穩穩落在他頭上。史蒙客及時躲開了，但兩名距離較近的議員給濺到了些水。

現場迸出哄然大笑——有些是忍不住，有些是故意擠出來的，在笑聲中，叮噹傑克在馬背上彎下身，一把抄起史蒙客，這位魔法師正努力用桌巾幫氣急敗壞的鎮長擦乾身子。「我想沒人要再看你表演了。」大個兒在他耳邊大吼，「所以你最好和我們一起走。」他將史蒙客面朝下地扔在鞍上，快馬離去，身後跟著那群蓬頭垢面的弟兄。在馬蹄聲都平息良久之後，他們的嗤諷聲、飽嗝聲和爆笑聲依舊在廣場上盤桓不去。

其他男人跑上前問鎮長，該不該去把魔法師救回來，但鎮長搖了搖他溼漉漉的腦袋，說：「我不覺得有那必要，假如我們的客人確實是他聲稱的那個人，那他應該能照料好自己。如果他不是——我們又何必幫一個糟蹋別人好意又占人便宜的騙子。不，不用管他。」

細水流下他面頰，加入頸間的小溪，在上衣前襟滙聚成河水，但他將平靜的目光轉向牧場，那裡，魔法師的白馬在黑暗中閃耀著微光。她在籬笆前來回疾走，沒發出半點聲音。鎮長輕聲道：「我想，我們最好還是妥善照顧我們這位離去朋友的坐騎，因為他顯然非常看重她。」他派兩人去牧場上用繩子套住她，要把她關進他馬廄最堅固的圍欄裡。

但那兩人還沒到牧場柵門，白馬就跳過籬笆，如流星般消失在夜色之中。那兩名男子在原地佇立了好一會兒，完全沒聽見鎮長要他們回去。兩人都沒有說自己為什麼會盯著魔法師白馬的背影看那麼久，即便是對彼此也不曾提過。但從此之後，他們偶爾會在一些非常嚴肅的場合中莫名其妙地笑起來，因此被人當作是輕浮放浪的無賴。

第五章

後來，對於這段在土匪馬背上狂奔的旅程，史蒙客只記得風、記得馬鞍的邊緣，和這名身上不停叮噹作響的大個兒的笑聲。他滿腦子只顧著琢磨方才那個帽子把戲的收場，因此沒心思留意其他事。用太多英文了，他對自己說，過度補償了。但他隨即搖搖頭，以他現在的姿勢來說，要做這動作可不太容易。他心想，那術法知道自己想做什麼。馬兒躍過一條溪澗，他跟著在馬上一顛一顛地彈跳。但我永遠不會知道它知道什麼，就算知道，也不會是在正確的時機。如果我知道那術法在哪兒，我一定會寫信問它。

樹叢和枝枒耙過他的臉，貓頭鷹在他耳畔咕嚕嚕地叫。馬兒緩下腳步，先是變成慢跑，然後開始用走的。一個尖細顫抖的聲音喊道：「站住，報上暗號！」

「該死的，又來了。」叮噹傑克嘟噥道。他抓抓頭，發出的聲音活像在鋸東西一樣，接著他提高音量，回答：「生命快活短暫，在此美好綠林；歡樂夥伴凝聚，誓言得到勝利——」

「是自由，」那尖細的聲音糾正他，「誓言得到自由。ㄗ的音是畫龍點睛的關鍵。」

「多謝啊。誓言得到自由。歡樂夥伴凝聚——啊，不對，這我剛才說過了。生命快活短暫，歡樂夥伴——錯了，不對。」叮噹傑克又搔搔腦袋呻吟道，「誓言得到自由——提示一下可以嗎？」

「人人為我，我為人人。」那聲音好心地幫忙說道，「剩下的你來可以嗎？」

「人人為我，我為人人——還沒完！」大個兒大聲嚷嚷，「人人為我，我為人人，合則存，分則亡。」說完，他踢了下馬肚，又要前進。

一支箭從黑暗中呼嘯而至，先在他耳朵上削下一小塊肉，接著又劃傷他後方兄弟的馬，最後像隻蝙蝠般飛掠無蹤。一干強盜抱頭鼠竄，躲到樹後尋求掩護。叮噹傑克氣得破口大罵：「你他媽長不長眼啊，這暗號我都說過不下十遍了！你就不要讓我逮到——」

「我們在你離開時改了暗號，傑克。」守衛的聲音傳來，「之前的太難記了。」

「喔，改了暗號是吧？」叮噹傑克拎起史蒙客的斗篷一角，按了按他流血的耳廓。「我要怎麼知道，你這沒心沒肝沒腦子的蠢貨！」

「別生氣嘛，傑克。」站哨的守衛勸慰道，「其實就算你不知道新的暗號也無所謂啊，因為它非常簡單，只要學長頸鹿叫就好，這可是老大自己想到的。」

「學長頸鹿叫？」大個兒開始飆罵髒話，罵到連馬匹都難為情地不安躁動。「你這白痴，長頸鹿又不會叫，老大乾脆要我們學魚或蝴蝶叫算了。」

「我懂，但這樣一來，就沒有人會忘了暗號啊，連你都會記得。老大是不是很聰明？」

「那人還真是沒有極限。」叮噹傑克滿臉的難以置信，「但你想想，如果你攔下的是個巡邏的騎兵或國王的人馬呢，你要怎麼擔保他們不會也學長頸鹿叫？」

「啊哈，」守衛咯咯笑了幾聲，「這就是新暗號的巧妙之處了，你得叫三聲，兩長一短。」

叮噹傑克坐在他的馬上，無言可對，揉著他的耳朵。「兩長一短，」他隨即嘆了口氣，「好吧，這再蠢也沒比之前蠢，那回連個暗號都沒有，只要來人一回應就發箭招呼。兩長一短，好。」

他穿過樹林，手下跟隨在後。

前方傳來窸窣的低語聲，陰鬱有如一群被搶劫的蜜蜂。再往前，史蒙客覺得自己可以聽見裡頭有女人的聲音。接著，他臉頰感到火光的照耀，於是抬起頭來。他們停在一小塊空地中，大約有十到十二人圍坐在一簇營火旁，焦躁不安地埋怨和發牢騷。空氣裡有豆子燒焦的味道。

一名長著雀斑的紅髮男子上前迎接他們，身上的破衣看起來比其他人體面一些。「哎呀呀，傑克，」他喊道，「瞧瞧你帶誰來啦，同伴還是俘虜？」他又回頭向某人吩咐，「親愛的，在湯裡多加些水吧，有客人來了。」

「我也不知道他到底是何方神聖。」叮噹傑克嘟噥道，準備要講鎮長和那頂帽子的事，但他連大舉進城的部分都還沒講到，就被一名瘦巴巴又感覺渾身是刺的女人打斷。她推開男人圍成的圈子，尖聲道：「我才不要，老哥[47]，那湯已經稀得和汗差不多了！」她有一張蒼白削瘦的面孔、一雙凶悍銳利的黃褐色眼珠，頭髮的顏色則和枯草相去無多。

「這個長竹竿似的白痴又是誰？」她問，用目光打量著史蒙客，好像他是什麼黏在鞋底的髒東西。「他不是鎮上的人。我不喜歡他的樣子，快把這巫師切開。」

她原本是要說烏鴉或蝨子，結果脫口而出時卻把兩個詞說在一塊兒了，但這巧合卻讓史蒙客冒了身冷汗，背溼得像水草。他從叮噹傑克的馬背上滑了下來，站到這群土匪的頭子面前。「我是魔法師史蒙客，」他大聲道，兩手甩動斗篷，布面揚起一陣微弱的波浪，「閣下可是大名鼎鼎、來自綠林的首領老哥？勇者中的勇者，自由靈魂中的靈魂？」

有幾名土匪偷笑起來，那女人呻吟了一聲。「我就知道，」她果決地說，「宰了他，老哥，直接把他開膛剖腹，以免他像上回那個傢伙一樣。」但首領老哥洋洋得意地一鞠躬，露出他頭上一圈禿頂，答道：「正是在下。想要我人頭的人，會發現自己將面對一名可怕的敵人，但想和我做朋友的人，將發現自己獲得一位益友。敢問你是怎麼來到這兒的，這位先生？」

「趴著來的。」史蒙客回答，「而且不是有意的，但我確實懷抱著一顆友好之心。只是你相好的不這麼認為。」他對那名瘦巴巴的女子點點頭，又補上一句。女人朝地上吐了口口水。

47 盜賊首領 Cully 的名字語源來自英文俚語，有兄弟、夥伴（Buddy）的意思。

首領老哥咧嘴一笑，一手小心翼翼地環住女子瘦骨嶙峋的肩頭。「啊，莫麗．格魯就是這樣，」他解釋，「她比我還在意我自己的安危。我慷慨隨和，但大概是慷慨過頭了——所有想要逃離暴政迫害的流亡者我都歡迎，這是我的座右銘，也難怪莫麗會變得疑神疑鬼、乾癟憔悴、陰沉頑固、未老先衰，甚至還有那麼點凶狠殘暴。就算是鮮豔的氣球也有一端需要打結嘛，對不對，莫麗？但她心腸很好的，很善良。」莫麗聳肩甩開手，但首領老哥沒有轉頭。「歡迎你來，巫師先生，」他對史蒙客說，「來火旁和我們說說你的故事吧。你家鄉那兒的人都是怎麼說我的？關於帥氣的首領老哥和他那群逍遙弟兄，你聽說過什麼？來塊捲餅吧。」

史蒙客依言在火邊坐下，但婉拒了那份冷冰冰又少得可憐的食物，回答道：「我聽說你是弱者的朋友，權貴的敵人，還有您和您的快樂夥伴在森林裡過著快活的日子，劫富濟貧。我聽說你和叮噹傑克用鐵頭棍對決，結果敲破彼此腦袋，也因此成了歃血為盟的兄弟。還有你是如何救了莫麗，以免她嫁給她父親替她安排的一個有錢老頭。」實際上，在這一晚之前，史蒙客壓根沒聽說過首領老哥，但他相當熟悉盎格魯撒克遜的民間傳說，了解這類故事的模式。「還有，當然了，」他大起膽子接著道，「有個邪惡的國王——」

「黑格，那千刀萬剮的！」老哥高呼，「沒錯，這裡沒有一個人沒受過那瘋王老頭黑格的迫害——被趕出自己合法擁有的土地、奪走他們的身分地位和租金、所有家傳祖產都被吃乾抹盡。聽好了，魔法師，這些人只為了復仇而活，總有一天，黑格會受到他應有的懲罰——」

一大群邋遢的身影跟著發出噓聲，表達附和，但莫麗的笑聲如冰雹般響亮又刺耳地當頭砸下。「大概吧。」她譏諷，「但懲罰他的絕不會是你們這群滿嘴空話的膽小鬼。他的城堡一天比一天腐朽、一天比一天搖搖欲墜，他的士兵還老到穿了盔甲就站不起來，但他的統治會千秋萬代，因為首領老哥有膽跟沒膽一樣。」

史蒙客挑起一邊眉毛，老哥脹紅了臉。「你得知道，」他囁嚅道，「瘋王黑格有頭牛——」

「啊，紅牛，那頭紅牛！」莫麗不屑地喊道，「我告訴你，老哥，跟你在這林子裡待了那麼多年，我開始認為根本沒什麼牛，那不過是你給自己的懦弱取的綽號。再讓我聽到一次那傳說，我就親自去宰了黑格那個老頭，證明你——」

「夠了！」首領老哥怒吼，「別在陌生人面前放肆！」他猛然拔劍，莫麗卻大笑不止，還張開手臂迎上前。篝火四周，一隻隻油膩的手在刀柄上蠢蠢欲動，長弓似乎自己拉緊了弦，但這時，史蒙客開口了，設法挽救首領老哥越來越掛不住的面子。他最討厭家庭鬧劇了。

「在我家鄉，有一曲關於你的歌謠，」他說道，「我忘了怎麼唱——」

首領老哥驟然轉身，簡直就像隻要偷襲自己尾巴的貓。「哪一首？」他激動地問。

「我不知道。」史蒙客回答，嚇了一大跳，「不只一首嗎？」

「對，不只一首！」首領老哥嚷嚷，臉色亮了起來，身形也變得挺拔，好像整個人都被驕傲給灌得滿滿的。「乖巧威利[48]！乖巧威利！那小子去哪兒了？」

一名滿臉痘子、頭髮又塌又直的少年帶著魯特琴蹣跚而至。「唱首我的英勇事蹟給這位紳士聽聽。」首領老哥命令他，「就唱你怎麼加入我麾下的那首吧，打從上星期二之後就沒聽過了。」

吟遊詩人嘆了口氣，撥了根弦，開始用飄移不定的假聲男高音唱了起來：

喔，首領老哥騎馬歸來，
他離開是為了去殺國王那些歡笑嬉戲的鹿，
但查探時他發現一名蒼白的少年，
在草原之上搖搖欲墜。
「怎麼回事，怎麼回事，英俊的少年？
是什麼讓你苦惱，是什麼讓你深深地嘆息？
是因為失去你美麗的情人？
還是因為你的腦袋壞去？」

48 Willie Gentle，Gentle 有溫順、溫和的意思，對應其順從的個性。

「我才沒有壞去，誰知道你在說什麼東西，
我腦袋正常的要命。
但我確實是為我美麗的情人嘆息，
她被我的三個兄弟搶了去。」
「我是首領老哥，來自美麗的綠林，
我的弟兄驍勇善戰又自由，全都聽憑我號令。
如果我將你的美麗情人救回來，
你要怎麼表達你謝意？」
「若你救回我的美嬌娘，
我會打斷你鼻子，你這愚蠢的老白痴。
但她頸間戴的綠寶石，
也被我的三個兄弟搶了去。」
於是老大去找那三名大膽的搶匪，
長劍在他手中顫抖嗡嗚。
「你們可以留下小姑娘，但我要那寶石，
因為把它鑲在國王尊榮的皇冠最合適。」

「最精彩部分的要來了，」首領老哥壓低音量對史蒙客說，他興奮地踮起腳，蹦蹦跳跳，雙手環抱著自己。

三件斗篷甩落，三把長劍出鞘，
三劍發出茶壺般的尖嘯。
「我用我的生命擔保，」首領老哥說，
「你們現在寶石和姑娘都別想要。」
他把他們往上逼，他讓他們往下逃，
他把他們當羊一樣趕得滿圈跑——

「當羊一樣。」首領老哥輕聲唱道。他一面哼唱、一面擺動身子，一面又假裝用前臂格檔三把長劍，就這麼跟著唱完剩下的十七節歌詞，完全沉浸在其中，絲毫沒留意到莫麗的冷嘲熱諷和手下的躁動不耐。歌曲終於結束，史蒙客發自內心地鼓掌叫好，連聲稱讚乖巧威利右手的技巧。

「我稱之為艾倫亞戴爾[49]撥弦法。」吟遊詩人回答，他原想進一步說明，但首領老哥打斷他，說：「很好，威利，好孩子，現在換首曲子吧。」他笑容滿面地看著史蒙客；史蒙客希望自己臉上流露的是驚喜的表情。「我說過有好幾首關於我的歌謠；準確來說，是三十一首，不過目前還沒有任何一首收錄在查爾德[50]歌謠精選集裡——」他兩眼忽然圓睜，抓住魔法師肩膀，激動地問，「你該不會就是查爾德先生本人吧？是嗎？聽說他常假扮成市井小民，四處收集歌謠——」

史蒙客搖頭回答：「我不是。很抱歉，真的。」

首領老哥嘆了口氣，放開他。「沒關係，」他喃喃道，「當然了，人總是會懷抱希望的，即便到了現在也一樣——希望自己被選中、被查證、被註解，還能擁有許多不同的版本，就算是真實性被質疑也一樣……罷了罷了，別在意。再唱些別的吧，威利小弟。等哪天有人來找你做田野調查，要收集你唱的歌謠時，這些練習會派上用場的。」

其他盜匪開始哀哀叫，兩腳在地上蹭啊蹭地踢石頭。一個嘶啞的聲音自安全的隱蔽處大喊：「不，威利，給我們唱首真正的歌吧。唱首羅賓漢的歌。」

49 Alan-a-Dale，羅賓漢中的角色，同樣是一名吟遊詩人。
50 可能是指法蘭西斯・詹姆斯・查爾德（Francis James Child），美國教育學家與民俗學家，最有名的作品為《查爾德民歌集》（*Child Ballads*）。

「是誰說的？」首領老哥左右張望，鬆脫的長劍在劍鞘裡匡啷作響，臉色倏地變得和吃過的檸檬糖一樣，慘白又萎靡。

「我說的。」莫麗回答，但其實不是她說的。「大家都聽膩你的英勇事蹟了，親愛的老大，即便這些歌都是你自己寫的也一樣。」

首領老哥縮了縮身子，偷偷瞄了史蒙客一眼。「但一樣算是民謠，對吧，查爾德先生？」他憂心忡忡地低聲問，「畢竟——」

「我不是查德爾先生。」史蒙客說，「真的不是。」

「我的意思是，總不能把偉大的事蹟留給人們自己去傳呀，他們老是把事情搞混。」

這時，一名身穿破絨布衣的老土匪蹣手蹣腳地走上前，說：「老大，如果真要有屬於我們的歌謠——而且我想是一定要有才行——那我們是想，這些內容是不是應該貨真價實，講的是真正的亡命之徒，而不是我們這種虛假的生活。無意冒犯啊，老大，但我們真的不是太快活，當大家都說——」

「我一天二十四小時都快活的很，花哨狄克[51]。」首領老哥冷冷地說，「這是事實。」

「而且我們也沒劫富濟貧啊。」花哨狄克飛快接著說，「我們偷窮人，因為他們沒法反

51 Dick Fancy，Fancy 可用來形容花俏，取其裝扮時髦。

抗——大部分啦——而富人對我們予取予求，因為他們一天就能把我們全滅了。我們不會在大路上搶劫那個又胖又貪的鎮長，反而每個月向他進貢，好讓他放過我們。我們從來沒擄走過傲慢的主教，把他們軟禁在林子裡，設宴款待他們，因為莫麗沒有任何拿手菜，況且，對主教來說，我們也不是什麼有趣的同伴。我們喬裝混入集市時，也從來沒贏過任何射箭或劍術比賽。我們的裝扮是有贏過一些不錯的稱讚，但也就這樣了。」

「我有次送了幅壁毯去參賽，」莫麗回憶，「結果拿到第四名，還是第五名。上頭繡的是騎士守夜圖——那年大家的主題都是守夜。」她忽然用瘦骨嶙峋的指節揉起眼睛，「去你的，老哥。」

「怎樣，現在是怎樣？」他怒氣沖沖地大喊，「妳沒繼續織東西是我的錯嗎？男人一到手，妳就把妳的手藝全給扔了，再也不碰針線、不唱歌，好幾年都沒再裝飾過一頁手抄本——還有，我給妳的那把維奧爾琴[52]呢？」他轉向史蒙客，「你看她這人老珠黃的模樣，我們跟結了婚有什麼兩樣。」魔法師微微點了點頭，轉開視線。

「至於伸張正義、爭取公民自由這類事情，」花哨狄克又說，「是還不壞——我的意思是，我個人確實不是鬥士那塊料啦，有些人是，有些人不是——但我們就非得唱些什麼穿綠衣啊和

52 Viola da gamba，一種弓弦樂器，形似大提琴。

濟弱扶傾的歌。但我們沒有啊，老哥，我們會為了獎賞出賣他們，唱那些歌實在太尷尬了，就這樣，這都是真話。」

首領老哥盤起雙臂，對周遭如雷的贊同聲充耳不聞。「唱歌，威利。」

「我不唱。」吟遊詩人甚至不肯把手放到琴上，「你也壓根沒和我兄弟動手爭奪過寶石，老哥！你只是給他們寫了封信，而且連名字都沒簽——」

首領老哥放下雙臂，劍光跟著在人群中閃現，就像有人把炭火吹散了一樣。這時候，史蒙客又站了出來，急切地堆出笑臉。「我能提個建議嗎？」他說，「何不讓你們的客人提供些餘興節目，作為讓我留宿的謝禮呢？我不會唱歌，也不會演戲，但總歸有些本領，或許能讓你們開開眼界。」

叮噹傑克立刻表示贊同，說：「是啊，老哥，他是魔法師耶！這對弟兄們來說可是千載難逢的好機會。」莫麗不分青紅皂白，把全天下巫師都低聲臭罵了個遍，但其他人立刻興奮地大叫起來，接連把同伴扔上天。真的不想看的只有首領老哥，他哀怨地抗議：「好，但那些歌呢，查爾德先生非聽聽那些歌不可啊。」

「我會的。」史蒙客向他保證，「之後再聽。」首領老哥終於高興了，嚷嚷著要弟兄們讓路，騰出空間來。他們亂七八糟地散開，蹲坐在陰影之中，樂不可支地看著史蒙客搬出以前在午夜嘉年華唬弄鄉下人的老把戲。那都不過是些不足掛齒的小魔術，但他想，要逗老哥這班人開心，應該是綽綽有餘了。

不過，結果他小看他們了。他變戒指、變絲巾、讓自己耳裡塞滿金魚和撲克牌，大家都禮貌性地鼓鼓掌，卻沒讚嘆的表情。他沒展現真正的驚奇，自然也無法得到驚奇的反應。而當咒語失敗時——像是他承諾要把一隻公鴨變公爵，好讓他們去打劫，結果卻變出一把公爵櫻桃——他還是會收到一陣好心卻空洞的掌聲，好像他成功了一樣。這群觀眾實在無可挑剔。

首領老哥露出不耐煩的笑容，叮噹傑克打起瞌睡，但讓魔法師吃驚的，是他在莫麗那雙焦躁的眼神裡看見了失望。突如其來的怒火讓他反而笑了起來。他扔下正在手中拋接的七顆圓球，這些球一面旋轉、一面不停變亮（在表現好的夜晚，他還可以讓球著火），丟棄他厭惡的所有技巧，閉上眼，低聲對魔法說：「隨你去做吧，放手去做吧。」

魔法從他體內某個神祕的地方發出嘆息，貫穿全身——也許是他的肩胛骨，也或許是他脛骨的骨髓。他的心如船帆般緊繃、鼓脹，有什麼在他體內確切地移動著，那是他從來不曾感受過的。那東西用他的聲音開口、下令。他渾身力量抽乾，跪倒在地，等著自己變回史蒙客。

不知道我變出了什麼。我確實變出了什麼。

他睜開眼，大部分的土匪都一面笑，一面用手指敲著太陽穴，很高興終於有機會能嘲笑他。首領老哥起身，急著想宣布餘興節目結束了。但這時，莫麗發出一聲顫巍巍的微弱驚呼，所有人都轉過頭去，看她究竟瞧見了什麼。一名男子走進空地。

他一身綠衣，配上棕色的皮背心和一頂斜戴的棕色三角帽，帽上還插著根山鶉的羽毛。他非常非常高，異於常人的高：斜揹在他肩上的大弓看起來簡直和叮噹傑克一樣高，箭長到可以給首領老哥拿來當長矛或棍棒。那人對火旁一干呆若木雞的邋遢身影視若無睹，只是大步穿過火光，消失遠去，不曾發出半點呼吸聲或腳步聲。

在他之後，又有其他人影出現，有些單獨現身，有些兩兩成雙。有些人在交談，許多人在笑，但沒有一人發出絲毫聲響。每個人都揹著弓，每個人都穿綠衣，只有一人從頭到腳一身紅，還有一人穿著修道士的褐色長袍，腳踩涼鞋，大大的肚子用腰繩托著。其中一人一面走，一面彈奏魯特琴，一面唱著無聲的歌曲。

「艾倫亞戴爾。」那個菜鳥乖巧威利說，「**看看**那些指法的變化。」他聲音生嫩地有如雛鳥。這群弓箭手帶著自然散發的傲氣，如長頸鹿般優雅地穿過空地（即便是他們之中最高的那位，一名有著和善眼神的巨人布蘭德波爾[53]也不例外）。最後到來的，是一雙手牽著手的男女。他們的面孔如此美麗，彷彿從來不曾知曉恐懼為何物。女子濃密的長髮閃耀著祕密，宛如掩月的雲。

「喔。」莫麗說，「瑪莉安。」

53 Blunderbore，布蘭德波爾為康瓦爾與英國民間傳說中的巨人，其中最著名的故事即「傑克與魔豆」中的巨人。

「羅賓漢是傳說。」首領老哥緊張地說，「是人們為了滿足需求而創造一個民間英雄的經典範例。約翰．亨利[54]是另一個典範。人類就是需要英雄，但沒有一個人能偉大到滿足所有人的需求，所以，所謂傳奇，不過是從沙粒大的事實而起，越滾越大，越滾越大，就像珍珠一樣。不過，當然了，這確實是個精彩的把戲。」

第一個行動的是一身破破爛爛時髦裝扮的花哨狄克。他追上前時，除了最後兩個身影外，其他人都已消失在黑暗之中。他啞著嗓子大喊：「羅賓，羅賓！羅賓漢先生！等等我啊，大人！」無論是那名男子或女子都沒有轉身，但首領老哥手下的每一個人──除了叮噹傑克和老哥本人之外──都朝著空地邊緣跑去，你絆我、我踩你，把火堆都踢翻了，搞得地上影子亂紛紛。「羅賓！」他們大聲呼喊，「瑪莉安、史考利、小約翰──回來啊！」史蒙客不由自主地輕聲笑了起來。

叫嚷聲中，首領老哥扯開嗓子尖聲大罵：「蠢蛋！白痴！死兔崽子！那是騙人的，和所有魔法一樣都是騙人的！這世上根本沒有什麼羅賓漢！」但這群土匪全都已經陷入瘋狂失神的狀態，一個個前仆後繼地衝進樹林之中，追著那些全身上下閃耀著光芒的弓箭手，有人被木頭絆倒、有人摔進長著尖刺的樹叢，但還是一面惶急哭喊一面拔足狂奔。

54 John Henry，美國經典藍調歌謠中講述的一名非裔平民英雄，其事蹟成為許多小說和戲劇的主題。

只有莫麗駐足回望，一張臉白得熾亮。

「不，老哥，你弄反了。」她高聲回答他，「不存在的是你、是我，是我們所有人。羅賓漢和瑪莉安是真的，我們才是傳說！」說完，她又追上前去，和其他人一樣大喊：「等等，等等我！」獨留首領老哥和叮噹傑克佇立在狼藉的火光中，聽魔法師兀自發笑。

當他們兩人撲上前抓住他手臂時，史蒙客幾乎毫無所覺；當老哥用匕首刺進他肋骨時，他也沒有退縮半分。老哥厲聲道：「這還真是個危險的餘興節目啊，查爾德先生，也很無禮。不想聽歌你大可直說就好。」刀鋒一扭，又深入幾分。

遠遠地，他聽見叮噹傑克大聲嚷嚷：「他不是查爾德，老哥，也不是什麼老練的巫師。我現在知道他是誰了，他是黑格的兒子，里爾王子，他像他爸一樣，卑鄙邪惡，而且毫無疑問精通黑魔法。老大，先停手——他死了對我們沒好處。」

老哥的聲音垮了下來。「你確定嗎，傑克？他看起來人很好啊。」

「好人笨蛋，你是這意思吧。沒錯，里爾是有那種氣質，我聽說過。他裝出一副天真愚蠢、人畜無害的模樣，但骨子裡就是個惡魔。他讓你把他誤認成查爾德那傢伙，就是要讓你卸下防備。」

「我才沒有卸下防備，傑克。」老哥辯駁，「一刻都沒有。看起來或許有，但我也是很會假裝的。」

「還有他召喚出羅賓漢，讓弟兄們心生嚮往，反過來和你作對。啊，但那時他就露出馬腳了。現在，就算他爸派那頭紅牛來救他，他也得留在這裡了。」老哥聞言一口氣嗆住，但大個兒一把拎起毫不反抗的魔法師——這是今晚第二次了——把他扛到一棵大樹前，讓他面向樹身，兩手環抱住樹幹，五花大綁在樹上。史蒙客從頭到尾只是低聲傻笑，而且還像新娘子一樣深情款款地擁抱大樹，讓事情更加好辦。

「好了。」叮噹傑克最後說，「今晚我睡覺的時候，就由你來守著他吧，老哥，到了早上，我倒要來瞧瞧，他這兒子對老黑格來說值多少錢。說不定一個月後，我們就能當個有錢有閒的仕紳了。」

「其他人怎麼辦？」老哥擔心地問，「你覺得他們會回來嗎？」

大個兒打了個呵欠，轉身離開。「他們天亮就會回來了，」一面傷心難過，一面打著噴嚏，「到時可別對他們太嚴厲。他們會回來的，因為他們不是那種願意白忙一場的人，我也是。我們是的話，羅賓漢說不定就會留下來了。晚安啦，老大。」

他離開後，周遭靜得沒有一點聲音，只有蟋蟀的鳴叫，和史蒙客對著大樹發出的輕笑。火光漸熄，老哥繞著圈子，餘燼黯淡一分，他便嘆一口氣。最後，他在一截樹墩坐下，對著被綁住的魔法師說話。

「你或許真的是黑格的兒子，」他思索道，「而不是你所宣稱的那個收藏家查爾德。但不管你是誰，你都很清楚，羅賓漢只是傳說，我才是真的。除非我自己動手寫，要不然歌謠裡不會提到我的名字，也不會有小孩在課本上讀到我的冒險，或放學後在遊戲中假扮成我。教授鑽研古老的傳說，學者探究古老的歌謠，想知道羅賓漢是不是真有其人，但除非他們能把世界敲碎，露出裡頭那丁點大的核心，否則他們永遠、永遠不會找到我的名字。不過你知道我是誰，所以我要把首領老哥的歌唱給你聽。他是個劫富濟貧、善良又快活的義賊。人們為了表達感激之情，就替他寫了這些簡單的詞曲。」

接著，他便把那些歌全部唱了一輪，包括乖巧威利先前唱給史蒙客聽的那首。他常停下來解說各種不同的韻律、類韻和調式音樂。

第六章

首領老哥唱到第十九首歌的第十三節時睡著了，早已停止發笑的史蒙客立刻想辦法掙脫束縛，他使出全身力氣掙扎，卻依舊動彈不得。叮噹傑克用的繩子多到都夠一艘帆船用了，而且每個繩結都打得跟頭顱一樣大。

「輕輕地，慢慢地，」他提醒自己，「能召喚出羅賓漢的人——能創造出羅賓漢的人——沒道理會被困住太久。只要一個字、一個念頭，這棵樹就會變成樹枝上的橡實，繩子也會變成沼澤裡的綠草。」但在召喚之前，他就已經知道，無論先前到來的究竟是什麼，現在都已經消失了，只在它造訪之處留下苦痛。他覺得自己就像被遺棄的蝶蛹。

「隨你去做吧。」他輕聲道。首領老哥被他吵醒，又開始唱起第十四節的歌詞。

「五十把長劍鋒芒露，五十把長劍未出鞘，

老大，我怕得要命，他們像是要把我們殺掉。」

「哈，解決了，哈，解決了，」首領老哥說，「永遠都不必再害怕，他們也許有一百把劍，但我們有七名弟兄。」

「真希望他們把你殺了。」魔法師對他說，但老哥又睡著了。史蒙客試了幾個簡單的逃脫咒，但他的手動不了，也不敢再試其他魔術。最後呢，他搞得那棵樹無可自拔地愛上他，開始深情款款地低聲細語，說被一棵紅橡樹永永遠遠擁在懷中有多幸福。「永永遠遠，」它嘆息道，「沒有任何人類匹配得上這樣的忠誠。就算世上再沒有人記得你名字，我也依然會留有你眼裡的色彩。除了樹木間的愛，沒有什麼是永恆不朽。」

「我訂婚了。」史蒙客推託道，「跟一棵西洋落葉松。小時候就訂了，還簽了婚約，由不得我。很遺憾，我們之間永遠不可能的。」

橡樹憤怒搖撼，彷彿有陣暴風朝它直撲而來。「讓她染上蟲癭和火燒病！」它狠狠低聲咒罵，「天殺的軟質木！該死的針葉樹！卑鄙的常青樹！她永遠得不到你！我們一起死，天下所有樹木都會記住我們的悲劇！」

史蒙客全身上下都可以感到這棵大樹像心臟般猛烈起伏，他還真怕它會在盛怒之中裂成兩半。纏在他身上的繩子越收越緊、越收越緊，夜色開始透出橙紅。他試著和這棵橡樹解釋，正因為愛無法永久，所以更該寬容。他也想大聲叫醒首領老哥，卻只能像樹一樣發出微弱的嘎吱聲響。她也是好意，他想，索性放棄抵抗，向對方的愛投降。

但當他拉扯繩子時，繩子鬆開了，他仰天摔倒，躺在地上掙扎喘息。獨角獸站在他面前，在昏暗的視線中，她身影看起來濃得像血。她用頭頂上的角碰了碰魔法師。

等史蒙客有力氣起身後，獨角獸掉頭離開，魔法師跟隨在後，小心翼翼地防著那棵橡樹，但它已恢復平靜，就和其他不曾愛過的樹木沒有不同。天色依舊漆黑，但如水般朦朧，史蒙客可以看見藍紫色的晨曦在其中泅泳。天色暖了起來，濃密的銀色雲朵漸漸消融，影子變得黯淡，聲音沒了形體，而形體尚未決定今日要呈現何種樣貌，連風都同樣遲疑躊佇。

「妳看見了嗎？」他問獨角獸，「妳在看著嗎？妳有看到我變出什麼嗎？」

「有。」她回答，「那是真正的魔法。」

那份失落感回來了，像刀劍一樣，冰冷又殘酷。「現在又沒了。」他說，「我曾擁有過它——它曾擁有過我——但現在又消失了。我留不住。」獨角獸在他前方輕盈地走著，靜得有如羽毛。

一個熟悉的聲音在附近響起：「這麼快就要走啦，魔法師？沒能跟你道別，大家會很難過呢。」他轉頭，看見莫麗倚著樹，身上的衣服和髒兮兮的頭髮看起來一樣亂七八糟，她赤裸的雙腳沾著泥、流著血，咧嘴露出一個蝙蝠般的笑容。「意外吧，」她說，「是瑪莉安小姐。」

然後，她看見了獨角獸。莫麗沒有動，也沒有開口，但那雙黃褐色的眼裡忽然盈滿了淚水。

好長一段時間，她動也沒動。然後，她兩隻手抓滿了裙襬，緊握成拳，扭曲膝蓋，顫巍巍地往下蹲去，並交叉雙踝，低垂視線。史蒙客看了好一會兒後才明白莫麗是在屈膝行禮。

他爆笑出聲，莫麗一躍而起，整張臉一路從髮際線紅到喉頭。「妳去哪兒了？」她吶喊呼吼，「該死的，妳都到哪兒去了？」她朝史蒙客走去，目光卻是越過他，看著獨角獸。

她想上前，卻被魔法師攔住。「妳不能這麼說話，」他說，依舊不確定莫麗是不是真認出了獨角獸。「妳這女人，就沒點規矩嗎？而且妳也不必行禮。」

但莫麗一把推開他，逕自朝獨角獸走去，斥責她，好像她是頭走失的乳牛。「**妳都到哪兒去了？**」在那根潔白閃耀的長角前，莫麗好似縮小成一隻叫聲尖銳的甲蟲，但這一次，是獨角獸垂下她古老幽暗的雙眸。

「我現在來了。」她最後終於說。

莫麗雙脣抿成一直線，冷笑道：「妳現在來有什麼用？妳十年前、二十年前都跑去哪兒了？妳怎麼敢，看看我**現在這樣子**，妳怎麼還敢來找我？」她手朝著自己上下一揮：枯槁的面孔、空洞的雙眼、凋敝的心。「我寧願妳永遠不要出現！妳為什麼現在還要出現？」淚水自她鼻翼潸然滑落。

獨角獸沒有回答，開口的是史蒙客：「她是最後一隻了。她是世上最後一隻獨角獸。」

「她當然是了。」莫麗抽了抽鼻子，「會來找莫麗的當然是最後一隻獨角獸。」說完，她伸出手輕撫獨角獸面頰，兩人都瑟縮了一下。莫麗最後將手停在獨角獸敏感輕顫的下顎，說：

「沒關係，我原諒妳。」

「獨角獸不需要別人原諒。」魔法師察覺自己被嫉妒沖昏了頭，不只是因為莫麗摸了獨角獸，還因為她和獨角獸之間似乎有什麼祕密流動。「獨角獸是屬於開端，」他說，「屬於天真、屬於純潔，屬於新生。獨角獸是屬於少女的。」

莫麗像眼盲了似的，怯生生地撫摸獨角獸脖頸，並擦乾自己落在潔白鬃毛上的汙濁淚水。

「你不了解獨角獸。」她說。

天色已轉為灰綠，不久前，還隱沒在黑暗中的樹木又恢復真實的樣貌，在晨風中沙沙作響。

史蒙客看著獨角獸，冷冷地說：「我們該走了。」

莫麗立刻表示贊同。「沒錯，得趕在被他們撞見前快走，以免你被他們割開喉嚨，你騙了那些可憐的傢伙。」她回頭張望，「有些東西我本來想帶走，但現在無所謂了。我準備好了。」

史蒙客踏上前，再次攔住她去路。「妳不能來。我們有要務在身。」他盡力堅定自己的眼神和聲音，但能感到鼻子洩露出一絲不知所措。他向來管不住鼻子。

莫麗繃緊神色，猶如一座要與他對抗的城堡，亮出槍砲、投石器和滾著鉛汁的大鍋。「你有什麼資格說『我們？』」

「我是她的嚮導。」魔法師自命不凡地說道。獨角獸發出一聲疑惑的輕響，好似母貓在呼喚小貓。莫麗大笑出聲，隨即打住。

「你不了解獨角獸。」她又說了一次，「是她讓你跟著她走，雖然我想不出為什麼，但她並不需要你，也不需要我，但天曉得，她也會讓我跟她一起走。不信你問她啊。」獨角獸又輕輕叫了一聲，莫麗臉上的那座城堡放下吊橋，就連最深處的要塞都大大敞開。「問她啊。」她說。

史蒙客心直往下沉，明白獨角獸的答案會是什麼。他本想表現地睿智點，但嫉妒和空虛都戳刺著他的心，他聽見自己悲切地吶喊：「不！我不准——我，我是魔法師史蒙客！」他聲音一沉，就連鼻子也變得威脅性十足，「小心巫師的惹火！我是說怒火！否則我就把妳變成青蛙——」

「實在笑死人了。」莫麗樂不可支地說，「你是很會說故事，但連要把乳脂變奶油都辦不到。」她在剎那間忽然領悟過來，兩眼亮起不懷好意的光芒，「醒醒吧，你這傢伙。」她說，「你要拿世上最後一隻獨角獸怎麼辦？把她關起來？」

魔法師別過頭，不讓莫麗看見他的臉。他也沒正眼望向獨角獸，只是用眼角餘光悄悄看著她，偷偷摸摸地，好像有人會要求他把目光收回去一樣。她雪白而神祕，犄角上閃耀著晨曦，獨角獸用一種銳利的溫柔眼神端詳他，但魔法師不能碰她。魔法師對瘦巴巴的女人說：「妳連我們要去哪兒都不知道。」

「你覺得我在乎嗎？」莫麗反問。獨角獸又發出一次那貓般的叫聲。

史蒙客說：「我們要去瘋王黑格的領地，去找那頭紅牛。」

無論莫麗的骨子裡相信什麼，或是她的心知道什麼，她的肌膚都因恐懼起了一陣戰慄。但這時候，獨角獸朝著她弓起的手心輕輕呵了口氣，那暖意讓莫麗合起指頭笑了。

「那好，你們走錯方向了。」她說。

太陽昇起，她領著他們朝來時路回去，經過依舊癱坐在樹墩上呼呼大睡的老哥，穿過林間的空地，繼續前進。弟兄們回來了，手邊的枯枝劈啪碎裂，樹叢也發出溼漉漉的聲響斷裂。他們有一回還得躲進荊棘叢裡，等老哥兩名疲憊的手下蹣跚離去，他們極力思索著昨晚看到的羅賓漢究竟是假還是真。

「我聞到他們了。」走在前頭的人說，「眼睛本來就很容易被騙和騙人，但幻影肯定是沒有味道的，對吧？」

「眼睛是會騙人沒錯。」後頭那人哼了聲回答，他看起來像泡在沼澤裡一樣，「但你就能信任自己的耳朵、鼻子和舌頭嗎？我可不，我的朋友。世上所有一切都在欺騙我們的感官，感官又欺騙我們，所以我們怎麼可能不是個騙子？我這個人既不相信訊息，也不相信信差；我不信別人告訴我的話，也不信我眼睛看到的東西。真實或許存在，但它永遠不會出現在我面前。」

「是嗎，」前頭那人咧開個鬱悶的笑容，「但你還不是跟著大家一起去追羅賓漢了，而且還追了一整晚，又哭又喊的，跟我們所有人一樣。既然你都知道是假的，幹嘛不省點力氣？」

「因為啊，誰知道呢，」另一人朝地上吐了口泥巴，用混濁的聲音回答，「我也可能錯了啊。」

一座林木蓊鬱的谷地裡，王子與公主坐在溪水邊，七名僕人在樹下搭了頂紅色的遮蓬，這對尊貴的年輕情侶就在魯特琴和泰奧伯琴的伴奏下，吃著餐盒裡的午膳。兩人幾乎沒有交談，直到用完餐後，公主才嘆了口氣，說：「好吧，我想我最好還是趕緊把這蠢事給了結了。」王子卻開始讀起雜誌。

「你起碼可以——」公主又說，但王子只是讀著雜誌。公主向其中兩名僕役示意，他們便開始用魯特琴彈奏一曲古老的旋律。接著，她在草地上走了幾步，舉起一只如奶油般耀眼的馬轡，呼喊道：「來吧，獨角獸，快來這兒！來吧，小美人，快來我這兒！來啊來啊來啊來啊來啊！」

王子噗哧笑了聲。「哎，妳知道，妳現在在叫的不是妳家養的雞吧。」他頭也沒抬，又說，「與其在那兒嚷嚷，何不唱首歌試試呢？」

「我在試了好嗎？」公主回答，「我從來沒召喚過這種東西啊。」但沉默片刻後，她開口唱了起來。

我是國王的女兒，
只要我願意，只要我願意，
形單影隻的月亮，
也會閃爍在我髮際。
沒人敢擁有，
我所渴望的。
只要我想要，
我就必得到。
我是國王的女兒，
年華漸逝，青春漸老，
禁錮在肉身的囚牢，
皮囊是我的鐐銬。
我想逃跑，
挨家挨戶地求討，
只為看見你影子，
我別無所求，只要一眼就好。

她唱了一遍又一遍，接著又呼喊了一陣：「好獨角獸，漂亮美麗又迷人的獨角獸。」最後氣沖沖地說，「夠了，能做的我都做了，我要回家了。」

王子打了個呵欠，闔起雜誌。「習俗上妳確實能做的都做了，」他對公主說，「沒人會要求更多了，只是走個形式而已。我們現在可以結婚了。」

「對，」公主說，「我們現在是可以結婚了。」僕人開始收拾物品，兩名琴師又彈奏起歡樂的婚禮樂曲。公主又開口了，語調裡透著微微的傷心和不滿：「世上如果真有獨角獸，她一定會出現在我面前。我的呼喚那麼甜美，還準備了黃金馬轡，更不用說我還是純潔的處子之身。」

「我相信妳是。」王子漠不關心地回答，「就像我說的，妳做足了習俗所需的儀式，但妳滿足不了我父親，我也沒辦法。能滿足他的只有獨角獸。」他身材頎長，柔軟的臉龐像棉花糖般討人喜愛。

等兩人和他們的隨從都離開後，獨角獸從林子裡走了出來，後頭跟著莫麗和魔法師，一行人再次踏上他們的旅途。好一會兒後，他們來到一個既沒有溪流、也不見綠意的國度，莫麗問獨角獸她為什麼不回應公主的歌。史蒙客也湊上前想聽答案，但依舊留在獨角獸另一側。他從來不和莫麗走同一邊。

獨角獸回答：「國王的女兒永遠不會只為了看我的影子一眼就逃離皇宮。若我現身，她又認出我來，她只會比見到一頭龍還要心驚膽戰，因為從來沒有人會對龍許下承諾。我記得我以前從不在意那些公主的歌是否真心。只要她們呼喚，我就出現，將頭枕在她們膝上，有些甚至會騎上我的背，不過多數人還是怕我。但我現在沒時間理會她們，公主也好，廚房的女傭也罷，都一樣。我沒時間了。」

這時，莫麗說了些奇怪的話，以一個每晚睡覺總是會醒來好幾次查看獨角獸是否還在，還有夢裡總是充滿黃金馬轡和溫柔的年輕盜賊的女人來說，這些話實在莫名所以。「沒時間的是公主，」她說，「天空不停旋轉，將所有東西都帶走，公主、魔法師、可憐的老哥，所有的人，唯有妳屹立不搖。世上所有事物，妳都不會只見到一次。我希望妳能當一會兒公主看看，或是一朵花、一隻鴨，總之是沒時間可蹉跎的東西都好。」

她唱起一段悲傷萎靡的歌謠，每唱一句就停頓一下，好像在回想下一句歌詞和曲調。

有選擇的不必選。
沒選擇的才得選。
錯過了才會懂得愛——
失去的就是失去了。

史蒙客的目光越過獨角獸背脊，望向莫麗所在之處。「這歌妳是從哪兒聽來的？」他質問。這是打從莫麗加入旅程的那天清晨後，他對她說的第一句話。莫麗搖搖頭。

「不記得了。很久以前聽過的。」

日復一日，景色越來越荒蕪，而沿途遇見的人們，臉色也像那些焦黃的枯草，顯得越來越是愁苦。但在獨角獸眼中，莫麗的面容卻如日漸鬆軟的大地，遍布池水與洞窟，舊時的花兒紛紛破土而出。在那張被塵土和冷淡覆蓋的外表之下，她看起來只有三十七、八歲左右——總之不比史蒙客老，這是肯定的，儘管魔法師有張看不出歲月的面孔。她糾結毛躁的頭髮開始柔順閃耀，肌膚恢復彈性緊緻，聲音也幾乎時時刻刻都像和獨角獸說話時一樣溫柔。她的眼裡永遠不可能有快樂，就像它們永遠不可能變成藍色或綠色，但那雙眼睛同樣也從蟄伏中復甦。她踩著起了水泡的光腳，熱切地走向瘋王黑格的國度，嘴裡不時唱著歌謠。

而在獨角獸遠遠另一側，魔法師史蒙客只是默默跟從。他的黑色斗篷磨出了洞、變得破爛鬆脫，他本人亦是如此。讓莫麗煥然一新的雨水並沒有滋潤到他，他看起來反而更枯槁、更落寞，彷彿腳下的大地那般蕭索。獨角獸無法治癒他。長角的觸碰能令他起死回生，但對於絕望以及那來去如風的魔法，她做不了什麼。

他們就這麼結伴前行，跟隨消散的黑暗，走進釘子般刮人的風。這裡的土地支離破碎，不是片片剝落成溝壑與深谷，就是縮皺成凹凸不平的山丘。天空如此高遠而蒼白，彷彿消失在白晝之中，獨角獸有時候會想，他們三人看起來一定就像陽光下的蛞蝓，失去木頭或潮溼的石頭躲藏，顯得盲目又無助。但她始終是頭獨角獸，即便環境惡劣、時日艱苦，她依然以獨角獸特有的方式變得更加地美麗。即便是在溝渠和枯木中鼓譟的蟾蜍，見到她呼吸也要屏住。

就連蟾蜍都比黑格王國裡那些陰沉的人民還要友善。他們的村落如骸骨般赤裸裸錯落在寸草不生、有如尖刀般的荒山，他們的心也毫無疑問像煮沸的啤酒一樣酸臭。孩子衝著進城的陌生人扔石頭，狗再追在後頭把他們趕走。好幾條狗一去不返，因為史蒙客被那些雜種狗練出了一雙快手和一副好胃口。這可不是小賊小偷會有的行徑，村民氣得咬牙切齒，什麼也不肯給，心裡也很清楚，誰敢給就是和村民結仇。

獨角獸對人類感到厭倦。每當她看著同伴沉睡、瞧見夢境的影子在他們臉上一閃而過，她就覺得認識他們後，那沉甸甸的羈絆要把她壓彎了腰，只好徹夜奔跑至清晨，來平緩這份疼痛。她跑得比雨水還要快，像失去那麼迅速，她放蹄急奔，追趕時間，想回到那段一無所知、只知道無憂無慮做自己的甜美年頭。常常，在呼吸急促地一進一出之間，她會想到很久很久以後，當史蒙客和莫麗都已死去許久，瘋王黑格也一樣，紅牛在交戰過後也已被制伏——如此久遠，久遠到連見證過這一切的星辰子孫都已凋零熄滅，化為煤炭——她依舊是世上最後一頭獨角獸。

然後，在一個沒有貓頭鷹的秋夜裡，他們繞過山脊，一座城堡映入眼眸。它高聳入雲，矗立在又長又深的峽谷另一頭——城堡窄細而歪曲，突出著尖銳的塔樓，參差黝暗，宛如巨人齜牙裂嘴的笑容。莫麗大笑出聲，獨角獸卻不由顫抖，因為在她眼中，那些扭曲的塔樓彷彿要穿過暮色，探手向她抓來。城堡之後，海面好似鐵一般微光閃爍。

「是黑格的堡壘。」史蒙客喃喃道，驚奇地搖了搖頭，「黑格的恐怖碉堡。據說是一個女巫替他造的，但他不願付酬勞，女巫就對城堡下了個詛咒，發誓有一天，當黑格的貪婪導致海水氾濫，這座城堡便會帶著黑格一同沉入海底。說完，她便發出一聲女巫會發出的那種淒厲尖叫，消失在瀰漫的硫磺煙霧中。黑格立刻就搬進堡內，他說，暴君的城堡沒有詛咒就不算完整。」

「我不怪他不想付錢。」莫麗譏諷地說，「連我都能跳上那座城堡，把它當成一堆樹葉一樣踢散。反正，我希望那女巫在詛咒應驗前有樂子可做。那片海可是比任何人的貪婪都還要廣闊呢。」

瘦巴巴的鳥兒顛簸飛過空中，嘴裡尖啼著：「救我，**救我，救我！**」小小的黑色形影在瘋王黑格城堡的漆黑窗前閃動。一股潮溼又黏稠的氣味緩緩朝獨角獸飄來。「那頭牛呢？」她問，「黑格把牛關在哪兒？」

「沒有人關得住紅牛。」魔法師低聲回答，「我聽說他到了夜裡便會出外遊蕩，白天就藏在城堡底下的巨大洞窟。我們很快就會知道了，現在還不用煩惱這個。更迫切的威脅是**那個**。」

他指向下方的山谷，在那兒，有幾處光亮開始閃爍。

莫麗沒有答腔，只是用她冰涼如雲朵的手觸摸獨角獸。每當她感到悲傷、疲憊或害怕時，她常會將手放在獨角獸身上。

「那裡是巫門鎮。」

「那是瘋王黑格的城鎮，」史蒙客說，「他渡海而來後第一個占領的地方，也是他統治最久的城鎮。它有個邪惡的名字，不過從來沒有人能跟我說明到底哪裡邪惡。沒有人會踏進巫門鎮，也沒有任何東西能從巫門鎮出去，除了各種讓小孩乖乖聽話的童話之外——怪物、獸人、女巫團、光天化日下現身的惡魔等等。但我想巫門鎮中確實存在著某種邪惡。好運嬤嬤打死都不願去那兒，她曾說過，只要巫門鎮存在一天，就連黑格也不安全。裡頭肯定有些什麼。」

他一面解釋，兩眼一面緊盯著莫麗，因為這些天以來，他有個殘酷的樂趣，那就是看到即便有雪白的獨角獸陪在身旁，莫麗也依然害怕恐懼。但莫麗只是雙手垂在身旁，相當平靜地回答：「我聽說過巫門鎮被稱為『沒有男人知曉的城鎮』，或許它的祕密是等著女人來揭發——女人和獨角獸。那你要怎麼辨呢？」

史蒙客聞言一笑。「我不是男人，」他說，「我是沒有魔法的魔法師，代表我什麼也不是。」

獨角獸看見巫門鎮裡昏暗的光芒越來越明亮，但瘋王黑格的城堡內依舊連點打火石濺起的火星都沒有。天色太黑，看不清城牆上移動的人影，但可以聽見山谷另一頭傳來微弱的盔甲碰撞聲和長矛敲在石頭上的喀答聲。巡邏的守衛交會又離去。獨角獸踏上荊棘密布的狹道，朝巫門鎮前進，紅牛的氣味在她身旁流竄，圍繞不去。

第七章

巫門鎮的形狀猶如一枚腳印：長長的趾頭自寬闊的腳掌延伸而出，尾端是挖掘機般黝黑的爪子。確實，黑格王國中的其他城鎮看起來像是麻雀在荒地上扒出的抓痕，但巫門鎮的地卻挖得又扎實又深，街道鋪得平平坦坦，園子裡花團錦簇，華美的房舍如大樹般拔地而起，每扇窗內都閃耀著光芒。三名旅者可以聽見人聲、狗吠聲，還有擦洗碗盤的嘎吱聲。他們駐足在一堵高聳的樹籬前，納悶著。

「我們是不是在哪裡轉錯彎了，這裡根本不是巫門鎮吧？」莫麗壓低音量問，傻楞楞地拂拭身上那套無可救藥的破爛衣裳。「我就知道該帶上一件好裙子的。」她嘆了口氣。

史蒙客疲憊地揉揉後頸。「這裡是巫門鎮沒錯。」他回答，「一定是，但卻一點巫術的氣味或黑魔法的氣氛都沒有。為什麼會有那些傳說呢？為什麼會有那些寓言和童話故事？實在想不透，尤其是晚餐只吃了半顆蕪菁的時候。」

獨角獸什麼也沒說。城鎮之外，在那個比黑暗還要漆黑的地方，瘋王黑格的城堡像是瘋子踩高蹺一樣搖晃不定，而在城堡之後，大海靜靜起伏。紅牛的氣味在夜裡飄蕩，冷冷夾雜在鎮裡各種煮飯燒水、生活起居的氣息之中。史蒙客說：「好心人一定都在屋子裡享福。我去打個招呼。」

他上前，將斗篷甩到身後，但還來不及開口，就有個嚴厲的聲音憑空響起：「省省力氣吧，陌生人，趁你還有力氣可省的時候。」四名男子從樹籬後竄出，其中兩人的劍抵在史蒙客咽喉上，另一人用雙槍指著莫麗。第四人走到獨角獸面前，要抓她的鬃毛，但獨角獸驟然直立而起，通體發出熾烈的光芒，那人趕緊跳開。

「報上名來！」最先開口的那人質問史蒙客。他約莫是中年人，或更老一些，其他三人也一樣，身上都穿著精美的深色衣裳。

「吉克。」有長劍抵著脖子，魔法師只好回答。

「吉克。」拿槍的男子尋思道，「陌生的名字。」

「當然。」第一人說，「所有名字對巫門鎮來說都是陌生的。好吧，吉克先生，」他接著說，將劍尖微微下移幾公分，抵在史蒙客鎖骨中央的凹陷處，「如果你和吉克夫人願意好心告知，你們為什麼要偷偷摸摸躲到這裡——」

聽到這話，史蒙客忍不住脫口而出：「我跟那女的沒有關係！」他大聲道：「我叫史蒙客，魔法師史蒙客。我現在又餓又累又不爽，把這些東西拿開，否則就等著被蠍子螫。」

四人交換眼色。「魔法師啊，」第一人說，「原來是魔法師。」

其他兩人點點頭，但先前想抓獨角獸的那人嘀咕道：「這年頭誰都可以自稱是魔法師。過去的標準都沒了，舊時的價值觀也不知拋哪兒去了。何況，真的魔法師都嘛有鬍子。」

「也罷，如果他不是魔法師，」第一人輕快地說，「不用多久，他也會希望他是。」他將劍收回劍鞘，並朝史蒙客和莫麗一鞠躬。「我是德林，」他說，「歡迎你們來到巫門鎮，或許這也不是什麼壞事。我相信你方才提到你餓了。這事好辦——不過呢，稍後你或許會願意用你的專業能力來回報我們這份人情。跟我來吧。」

他忽然變得一副溫文儒雅又慚愧抱歉的模樣，領著他們走向一間亮著燈的旅店，另外三人緊跟在後。這時候，更多鎮民跑了出來，放下家裡吃到一半的晚餐和熱騰騰的茶，興沖沖地奔出門外。等史蒙客和莫麗都就座後，已經有近百名群眾擠在旅店的長椅上，門口塞得水洩不通，還有人從窗戶跌了出去。沒人留意到獨角獸緩緩跟在後頭，她不過是匹雙眼奇特的白馬。

那名叫德林的男子與史蒙客和莫麗同桌，和他們邊吃邊聊，還替他們酒杯斟滿一種飄著許多毛渣的黑酒。莫麗沒喝多少，只是坐在位置上，靜靜打量周遭的面孔。她發現沒有一個人樣貌比德林年輕，有些甚至還老上許多。巫門鎮裡所有居民看起來都有種相似感，但她說不出是哪裡相像。

「現在，」德林在酒足飯飽後說，「請務必容我解釋一下，我們方才為何用如此粗野的方式迎接諸位。」

「不用啦。」史蒙客咯咯笑道，酒精讓他變得親切隨和、動不動就發笑，一雙綠眼也亮得金黃燦爛。「我想知道的是，為什麼外面都謠傳巫門鎮裡滿是食屍鬼和狼人。那是我聽過最荒謬的事了。」

德林揚起嘴角。他一身骨節突出，脣顎像烏龜一樣凹陷堅硬。「這是同一回事。」他說，「聽我說，巫門鎮被詛咒了。」

房裡忽然靜了下來，一點聲音也沒有。啤酒色的燈光下，鎮民臉色變得像乳酪一樣又白又僵硬。史蒙客又笑了起來：「你是要說祝福吧。在老黑格這貧瘠的王國裡，你們這兒完全就像世外桃源啊——像是一潭清泉、一座綠洲。我同意這裡是有魔法沒錯，不過我要為此敬上一杯。」

史蒙客舉起酒杯，德林阻止他。「不，我的朋友，沒什麼好敬的。你會向一份長達五十年的不幸致敬嗎？從瘋王黑格在海邊建造他的城堡開始算起，我們的苦難就持續了那麼久。」

「是女巫造的吧。」史蒙客對他搖搖手指，「總之，功勞該是誰的就是誰的。」

「啊，所以你聽過那傳聞，」德林說，「那你一定也知道，女巫完成任務後，黑格不肯付給她酬勞。」

魔法師頷首。「知道。因為他的貪婪，她便詛咒黑格——或者該說詛咒他的城堡。但這和巫門鎮有什麼關係？這座小鎮又沒對不起那女巫。」

「是沒有，」德林回答，「但也沒給予她所需要的幫助。她無法讓城堡消失——也不願意讓城堡消失，因為她自認是個藝術家，還吹噓說她的作品走在時代的尖端。總之，她來找巫門鎮的耆老，要求他們去逼迫黑格付清欠她的酬勞。『看看我，再想想你們自己』，她用刺耳的聲音說，『不管是對一座小鎮或一個國王來說，這都是個真正的試煉。一個會欺騙一名醜老巫婆的君王，也會欺騙自己的子民。趁你們還有機會的時候趕快阻止他，趁你們習慣之前。』」德林啜了口酒，還體貼地幫史蒙客再添一杯。

「黑格沒有付她錢，」他接著說，「而巫門鎮呢，唉，也沒人把她放在心上。鎮上的人只是禮貌地接待她，請她聯絡適合的主管機關。她氣炸了，尖聲咒罵說我們千方百計不想得罪人，現在卻一口氣給自己樹立了兩個敵人。」他頓了一下，閉上眼，眼皮薄到莫麗確信他就算閉著眼也看得見東西，就像鳥那樣。他沒有睜眼，又說：「就是這時候，她詛咒了黑格的城堡，也詛咒了我們的城鎮。黑格的貪婪招致我們所有人的毀滅。」

在一片嘆息的沉默中，莫麗開口了，聲音猶如敲擊馬蹄鐵的鐵鎚，彷彿她又在痛斥可憐的首領老哥。「是你們自己的錯，別全推到黑格上頭。」她譏諷巫門鎮的居民，「因為他只是一個賊，而你們卻是一群賊。你們是因為自己的貪婪才招致不幸，不是國王。」

德林睜開眼，怒目瞪視她。「**我們**才不是自作自受，」他駁斥，「女巫求助的對象是我們的父母、祖父母，我同意他們和黑格一樣罪有應得。換作我們，應對方式會不同的。」說完，屋裡所有的中年面孔都氣沖沖地瞪著老邁的面孔。

其中一名老者喘吁吁地用微弱的聲音開口。「你們只會做出和我們一模一樣的事。當年，我們有莊稼要收成，有牲口要照料，現在還是這樣；當年，我們得忍受黑格的統治，現在依舊是這樣。我們很清楚你們會怎麼做，因為你們是我們的孩子。」

德林狠狠地瞪著他，要他閉嘴，其他人開始破口大罵。魔法師問了句話，讓所有人都靜了下來。「到底是什麼樣的詛咒？和紅牛有關嗎？」

即便屋裡燈火通明，那名字依舊帶來冰冷的寒意。莫麗忽然感到好寂寞。衝動之下，她也問了句話，只是和先前的談話完全無關。「你們有人見過獨角獸嗎？」

就在這時候，她領悟了兩件事：一是寂靜與死寂之間的差別；二是她問題問對了。巫門鎮的居民努力想維持表情，但卻控制不住。德林謹慎地回答：「我們從沒見過那頭牛，也從不談論他。他的事從來都和我們無關。至於獨角獸嘛，這世上沒有獨角獸，從來沒有過。」他又倒了杯黑酒，「讓我來告訴你們詛咒的內容。」他說，將兩手交叉身前，開始吟誦起來。

你們這些被黑格掌控的奴隸，

同享其豐饒也同享其衰敝。
你們將看見命運花朵
直到洪流將塔樓淹沒。
唯有一名巫門鎮人
能讓城堡化為粉塵。

好幾人跟著他一起背誦起古老的詛咒。他們聲音悲切又遙遠，彷彿人並不在屋裡，而是高高地在旅店煙囪上方的風中翻滾，如枯葉一般無助。

他們的臉究竟有什麼不對勁？莫麗尋思，我就快想到了。魔法師靜靜地坐在她身旁，酒杯在他修長的指間轉啊轉。

「女巫說出詛咒時，」德林說，「黑格才剛到這裡不久，一切依舊溫煦、繁盛——除了巫門鎮之外。那時的巫門鎮就像現在其它所有地方一樣，只是一片貧瘠的荒地，人們會在茅草屋頂放塊大石頭，以免被風吹走。」他對老人冷冷一笑，「有莊稼要收成、有牲口要照料！你們不過是種了些甘藍菜、黃蕪菁和少得可憐的乾癟馬鈴薯，而且整個巫門鎮裡，也只有一頭懶懶懨的牛。外人都以為這座小鎮是得罪了哪個睚眥必報的女巫，所以才被詛咒。」

莫麗感到獨角獸走過街道，然後又掉頭折返，和牆上搖曳明滅的火炬一般不安躁動。她想跑出去找她，但只是靜靜地問：「之後呢？詛咒何時應驗？」

德林回答：「從那刻起，除了生活變得富足外，什麼也沒發生。原本苛刻的土地變得仁慈寬厚，花園和果林都自己從土裡冒了出來——完全不用我們種植或照料。牲口大量繁殖，工匠在睡夢中變得更靈巧。我們呼吸的空氣、喝的水讓我們從來不知道生病為何物，所有的不幸都繞過我們——在此同時，其他所有曾經蔥蘢蓊鬱的地方，都在黑格手中成了焦土。整整五十年來，只有他和我們繁榮興盛，反而像是其他人都被詛咒了。」

「同享其豐饒也同享其衰敝。」史蒙客喃喃道，「我懂了，我懂了。」他又大口飲盡一杯黑酒，笑道，「但老瘋王黑格依舊是王，也會繼續統治到大海氾濫那一天。你們才不知道什麼叫真正的詛咒。讓我來告訴你們我經歷過什麼。」淚水來得毫不費力，忽然一下子在他眼中閃耀，「首先，我母親從沒喜歡過我。她裝作她喜歡，但我知道——」

德林打斷他。就在這時候，莫麗終於想通巫門鎮的居民哪裡不對勁。他們每一個人都穿得又好又暖和，但從那些上好衣裝裡探出的面孔卻都像窮人，冰冷得像幽靈，像餓到連吃東西的力氣都沒有。德林說：「『唯有一名巫門鎮人，能讓城堡化為粉塵。』當我們知道好日子終有一天走到盡頭、而且還是由我們其中一人親手終結的時候，又怎麼有辦法開心享受這好運？我們一天比一天富有，也一天比一天接近毀滅。魔法師，五十年來，我們節儉度日、不讓自己對任何事物投注感情、摒棄所有習慣，準備面對被大海淹沒的那一天。財富——任何東西——都沒給我們帶來過片刻喜悅，因為喜悅也終將失去。可憐的巫門鎮啊，陌生人，因為在這悲慘的世界上，沒有哪裡比巫門鎮更不快樂了。」

「失去，失去，失去。」鎮民嗚咽飲泣，「悲慘啊，悲慘的我們。」莫麗無言以對，只能直瞪著他們瞧，但史蒙客欽佩地道：「這詛咒**厲害**啊，很專業呢。我總說啊，無論打算做什麼，都最好是找個專家，久了就知道值得。」

德林皺起眉，莫麗用手肘頂了頂史蒙客。魔法師眨眨眼：「喔，對，你們希望我幫忙做什麼？我得警告你，我可不是什麼技巧純熟的術士，但我很樂意幫你們解除這詛咒，如果我辦得到的話。」

「我對你沒有太高期望。」德林回答，「但既然你是個巫師，其他巫師做得到的，你也應該做得到。我想我們還是先留著這詛咒，假如解除了，我們或許不會再次變得窮困，但也不會再持續變得富有，那也一樣糟。不，我們真正要做的，是防止黑格的城堡毀滅，而既然唯一能摧毀它的英雄必定來自巫門鎮，那就並非不可能做到。比如說，我們禁止陌生人來此定居，不讓他們進來，必要的話，動用武力也在所不惜，但通常是靠心機。你提到那些有關巫門鎮的恐怖傳說，其實都是我們自己編的，並盡可能的傳得越遠越好，這樣一來，就能確保巫門鎮不會有太多訪客。」他凹陷的嘴上露出自豪的笑容。

史蒙客下巴抵在指節上，嘴角勾起一抹無精打采的笑容，端詳著德林。「那你們的小孩呢？」他問，「要怎麼防止他們長大後讓這詛咒應驗？」他環顧旅店，昏昏欲睡地打量起一張張爬滿皺紋回望他的面孔。「現在想想，」他緩緩道，「鎮上沒年輕人嗎？你們巫門鎮是多早就把小孩送上床？」

沒有人回答。莫麗可以聽見血液在耳朵和眼珠裡奔流，皮膚像被風吹過的水一樣扯動。德林開口：「我們沒有小孩。打從詛咒降臨那一天起，我們就再也沒生育任何後代。」他對著拳頭咳了聲，補上一句，「要阻撓那女巫，這似乎是最直接了當的作法。」

史蒙客仰起頭，悶聲大笑，笑到連火炬都跟著晃動。莫麗發現魔法師已經醉得亂七八糟。德林緊抿雙唇，眼神硬得有如龜裂的陶瓷。「我不覺得我們的困境有什麼好笑，」他輕聲說，「一點也不好笑。」

「是不好笑。」史蒙客口齒不清地說，趴倒到桌上，把酒都打翻了。「一點都不好笑，原諒我，完全沒什麼好笑的。」在一百雙眼睛的怒目瞪視下，他總算端正神色，嚴肅回答德林，「在我看來，你們沒什麼好擔心的啦。反正本來也就沒什麼需要擔心的。」一小抹笑聲從他唇間逸了出來，宛如從茶壺逸出的蒸氣。

「看似如此。」德林湊向前，兩根手指搭上史蒙客的手腕。「但我還沒說出全部實情。二十一年前，巫門鎮有個孩子誕生，但那是誰的孩子，我們始終不曉得。是我發現的，那是個冬夜，我正要穿過市集，那個嬰兒就躺在屠夫的砧板上，沒有哭，雖然那時下著雪，但他藏在一群流浪貓的身體下，暖呼呼的，不停咯咯笑。那些貓呼嚕呼嚕地叫著，聽起來就像他們知道些什麼。我在那個詭異的搖籃旁站了好久，在紛飛的雪花和貓咪的預言聲中反覆思索。」

他打住了。莫麗著急地問：「不用說，你一定是把嬰兒帶回家，當自己親生孩子一樣養大了，對吧。」德林攤開掌心，擱在桌上。

「我把貓趕走，」他說，「然後就自己回家了。」莫麗的臉色一下變得慘白。德林無所謂地聳聳肩。「我一眼就看出來，英雄誕生了。」他說，「那徵兆、那跡象，還有嬰兒房裡的蛇之類的。如果不是那些貓，我或許會冒險給那孩子一個機會，但那些貓太明顯了、太像神話情節了。我能怎麼辦——明明知道，還把巫門鎮的末日帶回家養嗎？」他脣角抽搐，好像被鉤子勾住一樣。「沒錯，我是犯了錯，但那是出於好意。等我天亮回去時，嬰兒已經不見了。」

史蒙客用手指在酒窪上畫畫，彷彿什麼也沒聽進去。德林接著說：「想也知道，不會有人承認是自己把孩子丟在市集。儘管我們把每棟房子從地窖到鴿舍都搜了個遍，但始終沒有找到他。我啊，差點就要認定是狼把那小傢伙叼走了，或甚至整件事都是我夢到的，包括那些貓啊所有一切——但就在隔天，瘋王黑格的一名傳令官騎馬來到鎮上，下令要我們慶祝，說是等了三十年後，國王終於有子嗣了。」莫麗臉上的表情讓他轉開了目光。「順便說一聲，我們的棄嬰是個男孩。」

史蒙客舔舔指尖，抬起頭來。「里爾。」他沉思道，「是里爾王子。但他的出現就沒其他解釋嗎？」

「沒有。」德林哼了聲，「就算有女人願意嫁給黑格，黑格也不會娶。他聲稱那男娃是他姪子，父母雙亡，所以他就好心收留他。但黑格壓根沒有親戚、沒有家人。有人說他是誕生自厚厚的雲層之中，就像維納斯是從海裡誕生一樣。沒有人會把孩子交給黑格撫養。」

魔法師平靜地遞出酒杯，德林不肯幫他添，他便自己斟滿。「好吧，他總歸是得到了一個孩子，很好啊。但你那個小小貓嬰是怎麼跑到他那兒去的？」

德林回答：「他夜裡會來巫門鎮走走，不常，但有時會來。我們許多人都見過他——高個子，像漂流木一樣又灰又白，在鐵一般的月色下踽踽獨行，撿掉落的錢幣、破碎的碗盤、湯匙、石頭、手帕、戒指、被踩過的蘋果，各種東西，什麼都撿，來者不拒，沒有任何理由和原因。是黑格撿走那孩子的，我很確定，就像我很確定最後會讓城堡倒塌，把黑格和巫門鎮一塊沉進海底的，一定是里爾王子。」

「希望是他。」莫麗插口，「我希望里爾王子就是被你留在那兒等死的嬰兒，也希望他能讓海水淹了你的小鎮，還希望海裡的魚把你當玉米一樣啃個精光——」

史蒙客用力踹向她腳踝，因為聽眾們已經開始像燃燒的餘燼一樣嘶嘶作響，好些人甚至站了起來。他又問了一次：「你們要我做什麼？」

「我想你們是要去黑格的城堡吧。」史蒙客頷首。「啊，」德林說，「那好，一名聰明的魔法師會發現，要和里爾王子變成朋友是件再簡單不過的事，那年輕人是出了名的熱心和好奇。一名聰明的魔法師還可能熟悉各種奇特的藥水、粉末、偶人、春藥、草藥、毒藥和藥膏。一名聰明的魔法師——聽好了，我說的是『聰明』而已——一名聰明的魔法師在適當的情況下或許能……」他讓剩下的話語消散空中，不言而喻。

「就憑一頓飯？」史蒙客站了起來，撞翻他的椅子，兩手撐在桌面，劇烈喘息。「現在的行情就這樣嗎？一頓飯、一些酒，就是毒死一名王子的酬勞？你價得開得更高些，德林老兄，這點錢要我掃煙囪都不夠。」

莫麗拽住他手臂，喊道：「你在說什麼啊你？」魔法師甩開她的手，但同時垂下一邊的眼皮，悄悄對她眨了下眼。德林靠回椅背上，微笑道：「我從來不和專業人士討價還價，」他說，「二十五枚金幣。」

結果兩人討價還價了半小時，史蒙客要求一百枚金幣，德林表示最多四十，再高就沒有。最後，他們以七十枚金幣成交，先付一半，另一半等史蒙客成功歸來再付清。德林當場就從腰間皮囊數出三十五枚金幣。「你們今晚想必會在巫門鎮過夜吧。」他說，「我很樂意親自招待你們。」

但魔法師搖搖頭。「不用了。我們直接去城堡，都已經這麼近了。越早去，越早回，對吧？」他露出一個陰險又狡詐的笑容。

「黑格的城堡向來危險，」德林警告他，「但夜裡尤其危險。」

「大家也是這麼說巫門鎮的，」史蒙客回答，「道聽途說不可信啊，德林。」他朝旅店大門走去，莫麗跟在他身後。到了門邊，他又回過頭，對著那些身子縮在華美衣飾裡的巫門鎮居民堆起笑臉。「走之前我想再說最後一件事，」他說，「即便是最專業的詛咒，無論是用咆哮、低語、或雷鳴似的方式說出口，都永遠無法對純淨的心靈起作用。晚安。」

屋外，夜色如蛇一般冰冷纏繞街頭，星辰是它的鱗片，看不見月亮的影蹤，史蒙客大搖大擺地走出旅店，一面暗自發笑，一面把玩手中的金幣。他沒有看向莫麗，逕自說：「一群廢物，隨隨便便就擅自認定世上所有魔法師都喜歡跟死神打交道。如果他們要我解除詛咒——說不定一頓飯我就願意了，甚至只要一杯酒咧。」

「很高興你沒有。」莫麗惡狠狠地說，「那是他們活該，要我說這還太便宜了他們，竟然把孩子獨自留在雪地裡——」

「哎呀，如果他們沒那麼做，他後來就不會成為王子啊。妳沒親身經歷過童話故事嗎？」魔法師的語調親切又充滿醉意，兩隻眼睛亮到就像他剛到手的金幣。「英雄必須得讓預言應驗，而反派必須阻止他——不過在另一種故事中，情況通常會反過來，英雄打從出生那一刻起就多災多難，否則就不是真正的英雄。得知里爾王子的事真是讓人鬆了一大口氣，我就等著這故事裡出現個男主角。」

獨角獸如星子般忽然現身，走在他們前方不遠處，宛如黑夜裡的一面帆。莫麗說：「如果里爾是英雄，那她又是什麼？」

「那不一樣。黑格、里爾、德林、妳、我——我們都是童話故事中的人物，必須順著情節走。但她是真的，再真實不過。」史蒙客同時間打了呵欠、打了嗝，還打了個哆嗦。「我們最好快點，」他說，「或許我們該留宿一晚，但老德林讓我坐立難安。我確信我完全把他騙過了，不過還是覺得不安。」

莫麗半夢半醒地走著，覺得巫門鎮彷彿是隻伸長的爪子，不想讓他們離開，攔住前後左右的去路，輕輕地來回驅趕他們，讓他們只是不停原地踏步。像是經過一百年後，他們終於抵達最後一間屋子和小鎮的盡頭；再五十年後，他們才跌跌撞撞穿過潮溼的田野、葡萄園和低矮的果林。莫麗夢到綿羊站在樹頂上，斜眼睨視他們；冷酷的牛群從他們腳上踩過，把他們從荒涼的小徑上擠走。但獨角獸的光芒始終領在前方，無論醒著或睡著，莫麗都跟隨不放。

瘋王黑格的城堡高聳入天，宛如一隻瞎眼的黑鳥趁著黑夜在谷底捕魚，莫麗能聽見它撲翅的聲音。這時候，獨角獸的呼吸吹過她髮絲，她聽見史蒙客問：「多少人？」

「三人。」獨角獸回答，「從我們離開巫門鎮後就跟著了，但現在正迅速逼近中，你聽。」

腳步聲太輕太快，話語聲又太模糊，聽不清楚內容。魔法師揉揉眼：「或許德林開始愧疚了，覺得自己付太少錢，我可是要幫他下毒，」他嘟噥道，「也說不定他良心未泯，睡不著覺。什麼都有可能。說不定我還有羽毛呢。」他忽然拽住莫麗的手臂，一把將她拉進路旁一個硬邦邦的坑洞中。獨角獸躺在附近，如月光般靜謐不動。

亮晃晃的匕首好似漆黑海面上的魚蹤。一個氣憤的聲音忽然大聲響起。「告訴你們，我們追丟了。我聽見窸窣聲時，早就已經超過他們一公里多了。我再繼續追就是白痴。」

「安靜！」第二個聲音壓著嗓子斥喝，「你是想讓他們逃走之後出賣我們嗎？你怕魔法師，但更該怕的是那頭紅牛。如果被黑格知道我們這半邊的詛咒，他會派紅牛來把我們踩成肉泥。」

頭先那人的語調和緩了些，回答道：「我不是怕。沒有鬍子的魔法師根本稱不上魔法師，但我們只是在浪費時間。一發現我們跟蹤，他們就不走大路，改穿過郊野離開了。我們就算在這裡追上一整晚，也不可能找到他們。」

另一個比前兩人都還要疲倦的聲音響起：「我們已經追一整晚了，你們看那邊，天快亮了。」

莫麗發現自己已經扭動著半爬進史蒙客的黑色斗篷下，臉埋在一叢又尖又刺的枯草裡。她不敢抬頭，但睜開眼，看見天色變得異常明亮。第二人說：「你這呆子，離天亮還有足足兩小時，而且我們正朝西邊走。」

「既然如此，」第三個聲音回答，「我要回家了。」

腳步聲開始輕快地往回走。第一個人呼喊：「等等，別走！等一下，我和你一起走！」他飛快對第二人說，「我不是要回家，只是想折回去一下。我還是覺得我聽見他們了，而且我的打火匣不知掉在哪兒……」莫麗可以聽見他一面說一面移動腳步。

「你們這些該死的膽小鬼！」第二人咒罵，「等一下可以嗎？讓我先試試德林說的方法。」撤退的腳步聲遲疑了。他開始朗聲唸誦：「『比夏天更熱情，比食物更飽足，比女人更甜美，比鮮血更珍貴——』」

「快點。」第三個聲音說，「快，看看天色。你在胡說八道什麼啦？」

就連第二人的聲音也緊張起來。「不是胡說八道。德林把他的錢照顧得妥妥貼貼，好到它們不願意和他分開。世上不會再有比這更動人的關係了。這是他召喚它們的方法。」他繼續迅速背誦，聲音有些顫抖，「『比水流更強勁，比鴿子更溫柔，誰是你所愛，說出他名號。』」「德林，」史蒙客錢袋裡的金幣開始叮噹作響，「德林德林德林德林。」然後，一切就這麼發生了。

史蒙客跪了起來，慌忙摸索他的錢袋，那件破破爛爛的黑色斗篷甩在莫麗臉上。錢袋在他手中如響尾蛇般喀啦作響，他趕緊將它遠遠扔進樹叢，但那三人已經一起朝著他們跑來，手中匕首紅得像是已經嚐了血。瘋王黑格的城堡後方，一團熾烈的光芒升起，猶如一只雄偉的肩膀要撞開黑夜。魔法師站起身，用惡魔的名字、變形怪物、能麻痺人的疾病和柔道密技恐嚇攻擊者。莫麗撿起一塊石頭。

獨角獸發出一聲古老、愉悅又可怕的毀滅嘶吼，自藏身處直立而起，腳蹄如刀雨般劃落，鬃毛憤怒直豎，額前電光閃耀。三名刺客扔下匕首，摀住臉，就連莫麗和史蒙客都在她面前退縮。但獨角獸眼裡沒有他們任何一個人，白如海沫的她只是瘋狂跳躍，再次發出挑戰的吶喊。

那團光芒用一陣猶如春季融冰的爆裂聲回應她。德林的人一面尖叫，一面連滾帶爬地落荒而逃。

黑格的城堡著火了，火焰在陡然颳起的寒風裡瘋狂搖曳。莫麗說：「但必須是海啊，應該要是海啊。」儘管距離遙遠，但她覺得自己看見了一扇窗，還有一張灰色的面孔。然後，紅牛出現了。

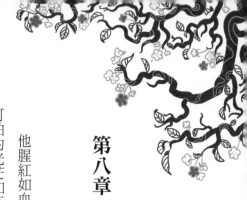

第八章

他腥紅如血，但並非自心臟噴湧而出的鮮血，而是在從不曾真正痊癒的舊傷口下流動的血。可怕的光芒如汗水噴發般自他身上湧現。他的吼叫讓大地崩裂，他的犄角慘白如疤。

有那麼一瞬，獨角獸面對他，凍結有如即將碎裂的浪。隨即，她角上的光芒熄滅了，她轉身就逃。紅牛再次咆哮，撲上前緊追在後。

獨角獸從來不曾畏懼。她雖長生不老，但仍會被殺死：被鳥身女妖、被龍、被奇美拉[55]、被一支原本要朝松鼠射去的箭。但龍只能殺死她——卻永遠無法讓她忘了自己，或讓他們自己忘記即便獨角獸死去，也依舊比他們美麗。儘管紅牛不認得她，但獨角獸感覺得到，他要找的就是自己，而非一匹白馬。恐懼令她黯淡，於是她逃開，紅牛高漲的怒火與蒙昧盈滿天際，一

55 希臘神話中的怪物，獅頭、羊身、蛇尾，會噴火，最後被英雄柏勒洛豐（Bellerophon）所殺死。

路傾瀉至谷底。

樹木朝她撲來，獨角獸在林子間左拐右繞，急切閃避，輕盈滑掠，穿過永恆，不曾撞上任何東西。在她身後，紅牛橫衝直撞，玻璃般的碎裂聲接連響起。他又發出一聲怒吼，一根粗大的樹枝重重砸在獨角獸肩頭，她腳步一晃，摔倒在地。她立刻就站了起來，但她奔跑時，腳下的樹根不是猛然隆起，就是忙著像地鼠般到處掘洞，要阻斷她的去路。樹藤如絞人的毒蛇朝她捲來，草蔓在樹木間織起密密麻麻的網，枯枝砸落在她身旁。她又摔倒了。紅牛蹄聲如雷，穿透她的骨頭，她叫出聲來。

獨角獸一定是設法離開了林子，因為她此刻已離開巫門鎮那片欣欣向榮的牧地，跑在堅硬光禿的荒原上。現在，她有放蹄疾奔的空間了。獨角獸向來只需要大步慢跑，就能擺脫追逐她的獵人，讓他們踢著自己精疲力竭的馬兒，望塵莫及。而此刻，她用生命衝刺，迅如飛影，疾如斬落的長劍，跑得比任何長著腳或翅膀的生物都還要快。然而，她不用回頭，一樣知道紅牛正不停逼近，像月亮一樣追來，那陰鬱又膨脹的獵人之月。她可以感到那雙鐵青色的牛角在她腰側衝撞，好像她已經被刺中。

成熟又尖銳的玉米桿朝她傾倒，在她胸前形成一堵圍籬，但她直接踩了過去。紅牛的鼻息噴在銀色的麥田上，讓它們變得冰冷又黏膩。麥稈如積雪困住她的腿。她繼續跑，挫敗地發出哀鳴，蝴蝶冰冷的歌聲在她耳邊響起：「好久好久以前，他們走遍所有的路，紅牛在後頭緊追不捨。」他把他們全殺了。

忽然間，紅牛出現在她面前，彷彿他是枚棋子，直接給拎過空中，放在她面前，阻擋她去路。他沒有立刻攻擊，獨角獸也沒有跑。她開始逃跑時，紅牛的身影已經相當雄偉，而在追趕的過程中，他又變得更為龐大，大到獨角獸看不清他全貌。此刻，他的輪廓彷彿與血色的天際融為一體，四腿有如巨大的旋風，頭顱像極光一般翻騰轉動。他皺起鼻翼，噴出隆隆聲響。他在找她。獨角獸察覺，原來紅牛看不見。

假如紅牛這時衝上前，獨角獸會迎戰，即便她弱小、絕望、犄角黯淡，即便她會被踩得粉碎。紅牛的速度比她快，最好是現在面對他，也不要在逃跑時被捉住。但紅牛只是緩緩逼近，帶著一種不懷好意的優雅，好像努力不要嚇著她。這一次，又是獨角獸先打破對峙，她發出一聲低沉的悲鳴，猛然轉身，朝來時路疾奔而去，再次穿越殘破的田野和荒原，朝瘋王黑格那座始終陰暗高聳的城堡跑去。但紅牛緊追在後，跟隨著她的恐懼。

紅牛呼嘯而過時，史蒙客和莫麗像籌碼般被滴溜溜地撞開到一旁——莫麗重重摔在地上，無法呼吸又暈頭轉向；魔法師則跌進一團糾結的荊棘叢內，半件斗篷和八分之一的皮膚都給扯個破爛。恢復過來後，他們站了起來，扶著彼此一跛一跛地追上前。沒有人開口。

他們穿越樹林時沒有獨角獸那麼困難，因為紅牛已經來過。莫麗和魔法師翻過巨大的樹幹，這些樹幹不只被撞得稀巴爛，還被踩得深深陷進土中，然後他們又手腳並用地爬過在黑暗中深不見底的裂縫。沒有任何獸蹄能踩出這樣的窟窿，莫麗頭暈目眩地想，紅牛的重量令大地緊縮、崩裂。她想到獨角獸，一顆心黯了下來。

來到曠野後，他們看見她了——遙遠而虛弱，宛如風中的一縷白色水紋，在紅牛熾烈的光芒下幾乎隱沒不見。疲憊和恐懼讓莫麗變得有些瘋狂，在她眼裡，他們彷彿在天際移動的星辰和隕石，永生永世地墜落、永生永世地追逐、永生永世地孤獨。紅牛永遠捉不到獨角獸，除非現在能追上未來、過去能追上最初。莫麗露出安心的笑容。但那燃燒的影子籠罩著獨角獸，最後，彷彿四面八方都是紅牛的身影。她直立而起、轉身，朝另一個方向迅速跳開，卻見紅牛出現眼前，低垂著頭，嘴裡流淌著雷電。獨角獸再次轉身，然後又轉身，後退，側身逃跑，不停敏捷地換方向衝。但每一次，紅牛都直挺挺地擋在她面前，沒有出擊，卻也讓她無路可走，除了一條路之外。

「他在驅趕她。」史蒙客低聲道，「如果他想殺她，她早就沒命了。他是在驅趕她，就像他驅趕其他獨角獸一樣——要逼她去城堡、去找黑格。不知道為什麼。」

莫麗說：「想想辦法啊。」她的聲音異常冷靜和從容，魔法師也用同樣的語調回答她：「我無能為力。」

獨角獸再次竄逃，那不屈不撓的模樣令人不捨。紅牛讓她跑，但不給她半分轉身的空間。當她第三次和紅牛面對面時，她和莫麗的距離已然近到莫麗能夠看見她後腿抖得像嚇壞的小狗。獨角獸站穩腳步，腳蹄狠狠刨著地面，一雙嬌小窄細的耳朵向後貼著。但她發不出聲音，犄角也發不出明亮的光芒。紅牛的咆哮將天空震出陣陣漣漪，然後破裂。獨角獸縮起身子，但沒有後退。

「求求你，」莫麗說，「拜託你想想辦法。」

史蒙客轉身面向她，臉上寫滿無助。「我能做什麼？我能用我的魔法做什麼？變帽子戲法？硬幣魔術？還是把石頭炒一炒做成歐姆蛋？你覺得紅牛會覺得有趣嗎？還是我該試試那個讓柳橙唱歌的把戲？妳說什麼我都做，只要能派上用場，我再樂意不過。」

莫麗沒有回答。紅牛逼近，獨角獸越伏越低、越伏越低，直到她彷彿要折成兩半。史蒙客說：「我知道該怎麼做了。如果有能力，我會把她變成其他生物，某種卑微到紅牛根本不屑一顧的動物。但只有偉大的魔法師，像我老師尼可斯一樣的偉大巫師，才有那種力量。要把獨角獸變成其他生物——能做到這一點的人，也能像玩牌一樣變換年歲和季節，但我擁有的力量並不比妳多，甚至更少，因為妳還能摸她，我卻不行。」然後，他忽然說：「妳看，結束了。」

獨角獸站在紅牛面前動也不動，頭垂得低低的，原本潔白的身軀已髒得如肥皂水般混濁灰濛。她看起來又瘦小又憔悴，即便是深愛她的莫麗也不禁覺得，失去了光彩之後，獨角獸看起來是多荒謬的一種生物：獅尾、鹿腿、羊蹄、鬃毛冰冷又纖細，猶如手上的泡沫，那根炭色的角、那雙眼睛——喔，那雙眼睛！莫麗抓住史蒙客的手臂，指甲用力掐進他肉裡頭。

「你有魔法。」她說。她聽見自己的聲音像預言的女巫一般，低沉而清晰。「或許你找不到，但它就在那兒。你曾召喚出羅賓漢，而世上根本沒有羅賓漢，但他還是來了，真真實實地出現眼前。那就是魔法。只要你肯鼓起勇氣找尋它，你就會擁有你所需的一切力量。」

史蒙客什麼也沒說，只是用力瞪著她，那雙綠眼就像是要在莫麗眼中找尋他的魔法。紅牛踩著輕鬆的步伐朝獨角獸走去，不再追趕，只是用他的存在壓迫她、命令她，讓她只能溫馴又順從地走在他前方。紅牛像隻牧羊犬般跟隨在後，引導她朝瘋王黑格那座鋸齒般的塔樓和大海的方向走去。

「拜託！」莫麗的聲音開始崩潰了，「求求你，這樣不公平，不能讓這事發生。他要把她趕去黑格那兒，從此之後就再也沒有人能見到她了，再也不行。拜託，你是魔法師，你不會讓他得逞的。」她的手指更用力掐進史蒙客的臂膀。「想想辦法！」她哭喊，「別讓他得逞，快做些什麼啊！」

史蒙客想把她捏得死緊的手指撬開，卻沒辦法。「我他媽的什麼事都做不了，」他咬牙切齒地回答，「除非妳放手。」

「喔，」莫麗說，「對不起。」

「妳那樣會讓我血液無法循環耶。」魔法師嚴正警告。他揉揉手臂，往前走了幾步，來到公牛行經的路線上，然後交疊雙臂，抬頭挺胸地站在那兒，只是腦袋瓜不時會往下點，因為他實在是太累了。

「或許這一次。」莫麗聽見他喃喃自語，「或許就是這一次。尼可斯說——尼可斯說了什麼？我不記得了，好久以前的事了。」他聲音裡有種莫麗從沒聽過的哀傷，既奇特又蒼老。接著，他又開口了，一股欣喜之意如火焰般竄現。「嘿，誰知道呢？誰知道呢？就算不是這一次，我說不定還是可以成功。起碼還有這點希望，親愛的史蒙客老友。就這麼一次，事情都已經這麼糟了，你還能怎麼搞砸呢。」說完，他輕聲笑了起來。

紅牛看不見，因此沒察覺路上多了個高挑的人影，直到快撞上他前才發現。他停下腳步，聞嗅著空氣，風暴在他喉間翻騰，不過同時也困惑地甩了甩他巨大的頭顱。紅牛一停，獨角獸也跟著停，看見她這麼順從，史蒙客都要無法呼吸了。「跑啊！」他大喊，「快跑！」但獨角獸看也沒看他一眼，也不曾望向紅牛或任何事物，目光始終緊盯著地面。

史蒙客一出聲，紅牛的威嚇聲就變得更加響亮，也更加嚇人。他似乎急著想帶獨角獸離開谷地，魔法師覺得自己知道原因。在紅牛巍峨巨大的光團之外，他能看見兩三顆黯淡的星子以及一抹隱約的溫暖光芒。天快亮了。

「他不喜歡白晝。」史蒙客喃喃自語，「這點倒是值得記住。」他又扯開嗓子要獨角獸快跑，但唯一得到的回應是擂鼓般的咆哮。獨角獸突然往前一衝，史蒙客趕緊跳開，以免被她撞倒。紅牛緊追在後，這次快速地驅趕她，如同風驅趕消散的薄霧。他經過時，一股巨大的力量把史蒙客捲起，摔了出去。落地後，史蒙客連滾帶爬地躲開，以免被踩爛。他眼花到什麼也看不清，頭痛得彷彿有火在燒。他覺得自己聽見莫麗放聲尖叫。

史蒙客掙扎地跪起一腳，看見獨角獸已經快被紅牛趕到林子邊緣。如果她肯再試著逃一次就好了——可惜她已屈服於紅牛之下，無法自已。魔法師瞥了她一眼，只見在那雙慘白的牛角之間，她看起來是如此迷惘又蒼白。旋即，紅牛那雙蠻橫的赤色肩膀便衝過他視野。史蒙客搖搖晃晃，覺得既失望又挫敗，只能閉上眼，任絕望席捲而過，直到那曾經在他體內甦醒過的某種東西，又在某處甦醒了。他吶喊出聲，因為恐懼，也因為歡愉。

這是第二次了，而這一次，魔法說了什麼，他自始至終都無法確定。它們如老鷹般離開他身軀，他也放手任其離去。等最後一點力量也消失後，空虛如雷電般反撲而至，讓他趴倒在地。一切發生得如此之快。而這一次，在他站起身前，就知道力量已來了又去。

前方，紅牛動也不動佇立原地，聞著地上某樣東西。史蒙客沒看見獨角獸，趕緊走向前。但莫麗先趕到了，也看見紅牛在聞些什麼。她像孩子般咬住指頭。

躺在紅牛腳邊的是個年輕女孩，她倒在地上，形成一團小小的光影，一絲不掛，膚色宛若月下的白雪，髮絲柔美糾結，銀白如瀑，幾乎長及腰間，她的面孔藏在臂彎裡面。

「喔，」莫麗說，「喔，你做了什麼？」她不顧危險，逕自跑到少女面前，跪在她身邊。

紅牛抬起他那顆盲眼的巨大頭顱，緩緩朝史蒙客的方向轉動。隨著灰濛的天色逐漸明亮，他也變得越來越透明、衰弱，不過他身上的光團依舊紅亮熾熱，猶若熔岩。魔法師好奇紅牛的真實體型究竟有多大，他獨處時又是什麼顏色。

紅牛又嗅了嗅那倒地不動的形體，用他冰冷的氣息搔撓她。隨後，他一聲不響地走進樹林，只跨了三大步便消失不見。在他抵達谷地邊緣時，史蒙客又看到他最後一眼：無形無體，只是一團漩渦般的黑影，就像是在痛苦中閉上眼時，會看見的那種帶紅的黑。他的兩根犄角化為老瘋王黑格那座瘋狂城堡上最尖銳的兩棟塔樓。

莫麗將白皙少女的頭擱在自己腿上，一遍又一遍地喃喃道：「你做了什麼？你做了什麼？」少女酣然沉睡，臉上彷彿透著笑意，那是史蒙客見過最美麗的一張臉，美得讓他心痛，也讓他心暖。莫麗撫平那頭不可思議的長髮，史蒙客發現女孩的額頭上，就在她緊閉的雙眼中央上方，有道小小的突起印記，顏色比其他地方的膚色都還要深。那不是疤，也不是瘀青，看起來像朵花。

「什麼意思？什麼叫我做了什麼？」他激動反問悲咽的莫麗，「我不過是用魔法把她從紅牛手中救出來，這就是我做的。是魔法啊，妳這女人，真真切切屬於我的魔法！」他現在開心得不得了，想要跳舞，又想要站好；想要大吼大叫、想要滔滔不絕，但其實又沒有什麼想說的。最後，他只是傻裡傻氣地哈哈大笑，緊緊抱住自己，直到喘不過氣，兩腿一軟，四肢張得大大的癱倒在莫麗身邊。

「斗篷給我。」莫麗說。魔法師笑嘻嘻地看著她，眨了眨眼。莫麗伸長手臂，從他肩膀上硬把那件破爛的斗篷扯下來，裹在安睡的少女身上，盡可能掩住她的軀體。少女的光芒穿透斗篷，猶如陽光穿透樹葉。

「不用說，妳一定在想我打算怎麼把她變回去，」史蒙客說，「不用想了。需要的時候，魔法自己會出現——我現在知道這點了。總有一天，它會回應我的召喚，但不是現在。」衝動之下，他一把抱住莫麗，把她的頭擁在他修長的雙臂中。「但妳說的對，」他嚷嚷道，「妳說的沒錯，魔法就在那兒，而且它是我的！」

莫麗掙脫他懷抱，一邊臉頰磨得紅通通，兩隻耳朵都壓扁了。少女在她腿上嘆了口氣，笑容褪去，轉過臉背對晨曦。莫麗說：「史蒙客，你這可悲的傢伙，你這魔法師，難道你還不懂嗎——」

「不懂什麼？沒什麼好懂的。」但他的聲音忽然變得僵硬又防備，一雙綠眼也開始流露恐懼。「紅牛要的是獨角獸，所以她必須變成其他生物。是妳求我變的——現在又在擔心什麼？」

莫麗像老婦人般顫巍巍地搖了搖頭，說：「我沒想到你會把她變成人類少女。你可以變個更合適——」她沒把話說完，只是轉開視線，一手繼續撫摸白皙少女的長髮。

「是魔法選擇了那個形體，不是我。」史蒙客說，「一個江湖郎中或許能選擇要怎麼行騙，但魔法師只是個腳伕、只是頭驢子，主人要他往哪走，他就只能往哪走。魔法師召喚，但能選擇的只有魔法。如果它選擇將獨角獸變成人類，那她就只能變成人類。」他臉上燒著一種熾烈的狂熱，讓他看起來更年輕了。「我是挑夫，」他唱了起來，「是住所，是信差——」

「你是個白痴。」莫麗厲聲罵道，「聽到沒有？你是個魔法師沒錯，但是個愚蠢的魔法師。」

然而，少女正逐漸甦醒，兩手開開合合，眼瞼如小鳥的胸膛般輕輕顫抖著。莫麗和史蒙客看著她，少女發出輕柔的聲響，睜開雙眼。

那雙眼睛距離比一般人寬，眼眶也更深邃，瞳眸幽暗，宛如深海，也像大海一樣，裡頭藏著從不曾浮出水面的發光異獸，閃耀點點熒光。莫麗心想，獨角獸就算變成一隻蜥蜴、一隻鯊魚、一隻蝸牛，或是一隻鵝，那雙眼也還是會洩漏她的原樣。起碼我看得出來，我會知道。

少女躺在原地，動也不動，她在莫麗和史蒙客眼裡看見自己的模樣，隨即一個翻身就站了起來，黑色斗篷落回莫麗腿上。

有那麼一會兒，她只是繞著圈子，看著自己毫無目的高舉在胸前的雙手，又上上下下地跳著，腳步搖搖晃晃，彷彿一頭表演雜耍的猴子，臉上表情猶如被小丑戲弄的觀眾，滿頭霧水又糊里糊塗。但她的一舉一動仍是如此美麗。她那副受困的恐懼模樣比莫麗看過的任何喜悅都還要可愛，而這也正是最糟糕的一點。

「驢子。」莫麗說，「信差。」

「我可以把她變回去，」魔法師啞聲道，「別擔心，我可以把她變回去的。」

白皙少女在陽光之下閃閃發亮，用她年輕強健的雙腿搖搖晃晃地走來走去。她腳步忽然一絆，跌在地上，而且摔得很重，因為她不曉得著地時要用手撐著自己。莫麗飛奔上前，但女孩只是趴在地上看著她，用細微的聲音說：「**你們對我做了什麼？**」莫麗哭了起來。

史蒙客走上前，一張臉又溼又冷，但口氣相當平靜：「為了把妳從紅牛手中救出來，我把妳變成了人類。我沒有其他辦法。只要有機會，我一定立刻把妳變回去。」

「紅牛。」少女喃喃道，「啊！」她忽然劇烈顫抖起來，彷彿體內有什麼在搖撼著她、撞擊著她。「他太強大了。」她說，「太強大了。他的力量無窮無盡，無始無終。他比我還要古老。」

她睜大雙眼，莫麗覺得自己彷彿能看見紅牛在她的眼中，宛如一尾燃燒的魚在深幽的眼底游動，最後消失不見。少女戰戰兢兢地撫摸自己面孔，指尖觸碰到的樣貌令她退縮。她彎起的手指撫過額前的印記，她閉上眼，在失去、疲憊和無比的絕望中，發出一聲令人心痛的微弱吶喊。

「你對我做了什麼？」她哭喊，「我會死在這裡！」她扒抓著自己光滑的肌膚，鮮血隨著她的指尖浮現，「我會死在這裡！我會死的！」雖然她臉上不見絲毫畏懼，但她的聲音、雙手、雙腳，以及披垂在她這副新軀體的白髮，處處都從裡頭透著害怕，唯有臉龐依舊平穩貞靜。

莫麗鼓起勇氣，盡可能地靠近她、抱住她，求她不要傷害自己。但史蒙客說：「冷靜。」這兩個字猶如秋日裡枯枝斷裂的脆響。他又說：「魔法知道自己在做什麼，冷靜下來，聽我說。」

「你為什麼不乾脆讓紅牛殺了我？」白皙少女泣訴，「為什麼不把我留給鳥身女妖？那樣都比把我關進這牢籠裡好。」魔法師的面孔抽搐了一下，他想起莫麗嘲諷的指控，但仍用一種絕望的平靜語調開口。

「首先，這個形體很美，」他說，「作為人類，不會有比這更美麗的樣貌了。」

少女看向自己：先是側過頭，望向自己的肩膀，接著視線順著臂膀而下，打量那抓痕累累的身軀。她單腳站著，檢查另一腳的腳底，接著抬起眼，想看那雙銀白色的眉毛，再瞇眼往下瞧瞧自己的鼻子，甚至把手腕舉到眼前，細細端詳肌膚下那綠如海水、又像小海獺般充滿活力的血管。最後，她轉過頭，看向魔法師，令他再次屏息。他心想，這是我創造的奇蹟，但悲傷卻狠狠刺痛他喉嚨，宛如一枚牢牢插進的魚鉤。

「好吧，」他說，「就算我把妳變成犀牛也沒有分別，而他可是整個愚蠢神話的起源[56]。但現在這副樣貌起碼能給妳機會，讓妳接近瘋王黑格，查明妳的同類都怎麼了。繼續當隻獨角獸，妳只會落得和他們同樣的下場——除非妳覺得妳能打敗那頭紅牛，如果再遇到他的話。」

白皙少女搖搖頭。「不，」她回答，「永遠不可能。下一次，我甚至撐不了那麼久。」她

56 有一說法稱獨角獸是現已滅絕的板齒犀。

的聲音如此輕柔，猶若無骨。她說：「我的同類都消失了，不論你把我困在哪種形體裡，我都很快就會隨他們而去。但我情願選擇其他牢籠，也不想困在人類的軀殼裡。犀牛和人類同樣醜陋，也同樣會死去，但至少他永遠不會覺得自己美麗。」

「對，他永遠不會那麼想。」魔法師同意，「所以他才會永遠都是隻犀牛，也永遠連黑格的宮廷都進不去。但一名少女，在黑格眼中，她所代表的意義僅止於她並非一頭犀牛——這樣一個女子，在國王和王子試圖弄清她來歷時，是有機會解開自己所追尋的謎底的。犀牛不會追尋，但少女會。」

天空炎熱凝滯，太陽已融化成一灘獅黃色的爛泥。巫門鎮的荒野上，除了混濁沉重的風之外，沒有任何動靜。額上有著花朵印記的赤裸少女默然注視這名綠眼男子，另一名女子望著他們兩人。在這焦黃的早晨，瘋王黑格的城堡看起來既不陰暗，也不像受到詛咒，只顯得骯髒破敗，歪曲醜陋。那些細瘦的尖塔一點也不像牛角，反而像弄臣帽子的兩端。也像進退兩難的困境，史蒙客心想，只是難處從來都不會只有兩個。

白皙少女說：「我還是我。這副軀體會死去，我已經能感受到它在我周遭腐爛。會死去的東西怎麼會是真實的？怎麼可能真正美麗？」莫麗又將魔法師的斗篷披上少女肩頭，但無關禮儀或端莊，而是出於一種奇異的憐憫，像是不要讓她看見自己。

「讓我跟妳說個故事，」史蒙客說，「小時候，我在世上最強大的魔法師門下當學徒，就是我之前提過的偉大的尼可斯。但就連能把貓變成牛、把雪花變成雪花蓮、把獨角獸變成人類的尼可斯，想把我變成馬戲團裡變牌戲的騙子都做不到。最後，他對我說：『孩子，你的無知實在太浩瀚，你的無能實在太深奧，所以我確信，你體內一定蘊藏著某種連我都不知曉的強大力量。不幸的是，那股力量如今正在逆行，就連我都無法將它導正。這代表你必須靠自己找到它；但坦白說，你可能活不到那時候。所以，我要讓你從今天開始，再也不會老去，你將不停浪跡天涯，卻只是白費力氣，直到你終於找到自己，了解自己。不用謝我，你的厄運連我都要恐懼顫抖。』」

白皙少女用獨角獸那雙清澈、永生的眼眸看著他——那雙眼在未經風霜的臉上顯得既柔和又害怕——但她什麼也沒說。開口的是莫麗：「等你找到你的魔法後——又會怎樣？」

「咒語會解除，我會開始老去、邁向死亡，就像我出生時那樣。就算是最偉大的巫師也會變老、死去，像所有人一樣。」他搖晃身子，點點頭，然後又猛然清醒過來，變回那個又高又瘦又一副邋遢樣的男子，滿身的塵土和酒味。「我說過，我比我看起來的樣子還要老。」他說，「我原是個凡人，但卻不老不死好久好久了，久到愚蠢又荒謬，總有一天我會恢復凡人之身的。所以，我知道一些獨角獸永遠無法知曉的事。獨角獸永生不死，而且是世上最美麗的生物，但會死去的事物也是美麗的——比獨角獸更美。妳明白嗎？」

「不明白。」她回答。

魔法師露出疲憊的笑容。「妳有一天會明白的。妳現在和我們一樣，都是故事的一部分了，無論願不願意，都必須跟從它。若妳想找到同類、想變回獨角獸，就必須跟隨童話的發展，前往瘋王黑格的城堡，還有任何它要妳去的地方。沒有公主，故事就無法結束。」

白皙少女說：「我不去。」她退開，身體小心翼翼地移動，冰涼的髮絲垂散。她說：「我不是公主，也不是凡人，我不會去的。自從離開我的林子後，我一路遇到的只有壞事，而在這國度裡，更是只有壞事會找上獨角獸。把我真實的樣貌還給我，我會回去我的林子、我的水潭、回到屬於我的地方。你的故事無法掌控我。我是獨角獸，世上最後一隻獨角獸。」

好久好久以前，她是不是也說過同樣的話？在那片寂靜的藍綠色森林裡？史蒙客笑臉依舊，但莫麗說：「把她變回去。你說你能把她變回去的，讓她回家。」

「我不行。」魔法師回答，「我說過了，我無法控制那魔法，現在還不行。所以我也必須去那座城堡，去找尋在那裡等待的機緣和命運。如果現在就要嘗試把她變回去，她說不定真的會被我變成一隻犀牛，那還是最好的結果。至於最糟的嘛——」他打了個哆嗦，沒再說下去。

少女轉過身，背對兩人，望向盤踞在山谷之上的城堡。無論是任何一扇窗，或任何一座搖搖欲墜的塔樓上，都瞧不見絲毫動靜或紅牛的行蹤。但她知道，紅牛就在那兒，蟄伏在城堡的根基之下，直到夜晚再次降臨：他比任何力量都要強大，和黑夜一樣勢不可擋。她再次摸向前額，摸向她犄角原來在的地方。

她轉回身時，莫麗和史蒙客都已經坐下睡著了。他們張著嘴，仰著頭枕著夜空。她站在兩人身旁，看著他們呼吸，一手拉緊黑斗篷的領口。這是第一次，大海的氣味飄進她鼻內，隱隱約約，朦朦朧朧。

第九章

日落前，守衛看見他們朝城堡走來。海面平滑如絲，耀眼眩目。城堡上矗立著許多歪歪斜斜的塔樓，讓城堡看起來像是那種長了許多氣根的怪樹，而守衛便在第二高的塔樓上巡視。從兩名守衛所站之處，可以眺望巫門鎮整座谷地，最遠包括小鎮本身及後方陡峭的山嶺，以及環繞在谷地邊緣的道路，循著那條路走，便可抵達瘋王黑格城堡那扇雄偉傾斜的大門。

「一男兩女。」第一名守衛說。他匆匆跑到塔樓另一側，肚子立刻感到一陣翻騰，因為這座塔樓傾斜到守衛眼前看到的天空有一半實際上是海面。城堡坐落在懸崖邊緣，崖壁如刀，插在窄窄的黃色海岸上，被黑綠色的岩石磨得又禿又鈍。柔軟的胖鳥兒蹲在岩石上，一面吃吃竊笑一面嚷嚷：「就說吧，就說吧。」

第二名守衛跟著同伴來到塔樓另一側，但腳步較為自在從容。他說：「是一男一女。第三個人，披著斗篷那個——我不確定。」兩名守衛身上都穿戴著自製的鎖子甲——材料包括圈環、瓶蓋，還有縫在半揉製的獸皮上的鍊子——臉孔藏在生鏽的面甲之後，瞧不見他們五官，但第二名守衛的聲音和姿態都顯示出他年紀較長。「穿黑斗篷那個，」他又說了一次，「不要太早論斷。」

但第一名守衛已將身子探出城牆外，沒入傾斜海面所散發的耀眼橙光中。他簡陋的盔甲抵在城牆上，上頭幾顆裝飾的釘釦都給磨鬆了。「是女的，」他斬釘截鐵地說，「懷疑她還不如懷疑我自己的性別。」

「是該懷疑，」另一人譏諷回答，「因為你除了張開腿跨坐騎馬外，還沒做過一件男人的事。我再提醒你一次：先別急著斷定第三人是男是女，再等會兒，看清楚你究竟看到了什麼。」

第一名守衛頭也不回地回答：「就算我從小到大都沒想過世上有兩種截然不同的奧祕，就算我把所有曾遇過的女人都當成我自己，我還是知道那人和我過去見過的東西都不一樣。無法討您歡心，我一直深感愧歉，但現在，當我看著她，我只遺憾我從來沒讓自己開心過。喔，真的很遺憾。」

他又將身子探得更出去，用力睜大眼，眺望路上三名緩緩前行的人影。面甲之後傳出一陣輕笑。「另一個女人看起來兩腳痠痛、脾氣很差，」他回報，「男人看起來挺和善的，只是顯然居無定所。八成是個吟遊詩人，或是演員。」接下來好長一段時間，他都沒再開口，只是看著三人接近。

「第三人呢？」片刻後，較為年長的那位又問，「你那個髮色奇特的黃昏美人呢？你都看她看了足足一刻鐘了，看夠沒？——情人都不敢看對方看那麼仔細。」他的聲音猶如一雙小小的腳爪在頭盔內扒抓。

「我想我永遠也無法把她看清楚，」守衛回答，「無論她離我多近。」他的聲音壓抑又懊悔，錯失的機會在其中聲聲迴盪。「她有種初生的感覺，」他說，「所有事對她來說都是第一次。她的動作、她的步態、她轉頭的模樣——都是第一次，一個人第一次做這些事就會是這模樣。看到她吸氣吐氣的樣子嗎，好像世界上再沒有人知道空氣是如此芬芳。好像這一切全都是給她的。就算我知道她是今早才出生，我也只會驚訝她已經長這麼大了。」

第二名守衛站在塔樓上，俯瞰這三名流浪的旅人。先看到他的是那名高個子男人，跟著是那名面色不善的女人。而他們看見的只有他那身陰森、破敗又空洞的盔甲。但一見那名披著破爛黑斗篷的少女抬起頭，守衛立刻從牆邊退開，舉起一隻戴著錫手套的手，遮擋少女的目光。不多久，她便和同伴一起走進城堡的陰影之中。他這才把手臂放下。

「她八成是個瘋子。」他冷靜地說，「沒有哪個成熟的少女會是那模樣，除非是瘋了。真是麻煩，但起碼比另一種可能性好多了。」

「什麼可能性？」沉默片刻後，年輕人問。

「就是她確實是今早才出生。但我寧願她是個瘋子。我們下去吧。」

當那一男兩女抵達城堡時，兩名守衛已站在大門兩側，身前掛著砍刀，還有兩把又彎又鈍的長戟交叉擋在門前。太陽已落下，海潮退去，他們那身滑稽的鎧甲越看越嚇人。旅人遲疑了，看著對方，面面相覷。他們身後沒有陰暗的城堡，他們的眼神無處可藏。

「來者何人，報上名來。」第二名守衛用他乾啞的聲音喝令。

高個兒男子上前一步。「我是魔法師史蒙客，」他說，「這位是我的助手，莫麗．格魯——而這位是阿茉曦亞[57]小姐。」介紹白皙少女時，他結巴了一下，好像從來沒說過這名字一樣。「我們是來覲見黑格國王陛下的。」他又說，「我們自遠方而來，只為能見他一面。」

第二名守衛等著第一名守衛開口說話，但年輕人只是望著阿茉曦亞小姐，於是他不耐煩地道：「你們因何事求見國王？」

「見到國王陛下後，我會說的。」魔法師回答，「國家大事又豈能告知門房與守衛？帶我們去見國王。」

「一個連話都說不好的流浪巫師，能有什麼國家大事向國王稟告？」第二名守衛森然問道。但他還是轉過身，大步走進城堡大門，國王的訪客零零散散跟隨在後。走在最後頭的是那名年輕守衛，他的腳步變得和阿茉曦亞小姐一般輕盈，他在不知不覺中模仿起她每一個動作。少女在門前駐足片刻，遙望大海，守衛也學她看去。

57 Almathea，古代希臘神話中象徵豐饒的女神。

他的同伴氣沖沖地喊他，但年輕守衛已擔負起不同的職務，盡忠職守、亦步亦趨地跟著新長官。等到阿茉曦亞小姐進入城堡後，他才接著走進，一路跟隨在她身後，夢囈似的對自己哼唱著。

我是怎麼了？
我是怎麼了？
我不知道自己是該開心或害怕。
我是怎麼了？

一行人穿過鋪著卵石的庭院，曬在晾衣繩上的冰冷衣物對著他們當頭兜來。接著，又穿過一扇小一點的門，進入一間大廳，裡頭寬敞到他們在黑暗中根本連牆壁和天花板都看不見。他們艱難地摸黑走在大廳中，不時有雄偉的石柱突然竄入眼前，還來不及看清，又傾斜不見。呼吸聲在巨大的房內迴盪，還有其他的腳步聲，是體型較小的生物，但聽起來同樣真切。莫麗緊挨在史蒙客身邊。

走出宏偉的大廳後，他們又來到另一扇門，門後是一道窄窄的樓梯，這裡有少少幾扇窗戶，但毫無光亮。樓梯盤旋而上，越往上走，就變得越窄，到最後似乎每一階就是一個轉彎，塔樓宛如一只汗溼的拳頭朝他們收攏而來。黑暗注視他們、觸碰他們，周遭有股像雨天又像狗兒的氣味。

附近的黑暗深處傳來一陣隆隆聲響。塔樓彷彿擱淺的船隻，開始顫抖搖晃，石牆發出低沉的悲鳴回應。三名旅人失聲驚叫，東倒西歪地想在搖晃的階梯上站穩腳步，但他們的嚮導只是一語不發地繼續前進，步履絲毫不受影響。年輕人懇切地對阿茉曦亞小姐悄聲道：「沒事的，別怕。只是頭牛而已。」那聲音不再出現。

第二名衛兵忽然止步，從某個隱密處掏出一把鑰匙，然後，顯然是筆直地插進一片空蕩蕩的牆內。部分的牆壁往內打開，一行人魚貫走進一間低矮狹小的密室。房裡只有一扇窗，一把放在盡頭牆邊的椅子，除此之外空無一物：沒有家具、沒有地毯、沒有布幔、沒有壁毯。房內只有五個人、一張高背椅，以及初升新月所透進的細碎光芒。

「這裡就是黑格國王的謁見廳。」守衛說。

魔法師抓住他套著鎧甲的手肘，硬把他轉過來，直到兩人面對面。「這裡是座地牢，是個陵墓，沒有一個還好好活著的國王會坐在這裡。帶我們去見黑格，如果他還活著的話。」

「你可以自己瞧瞧。」守衛用他那倉促的聲音回答。他卸下頭盔，露出底下的灰色頭顱。「我就是黑格國王。」他說。

他的眼珠和紅牛的犄角是同樣的顏色。他比史蒙客還高，儘管臉上皺紋深刻，但看起來既不慈祥，也不蒙昧。那是一張銳利的臉：下頷長而冷酷，雙頰凌厲，削瘦的脖頸充滿力量。他看上去約莫七、八十歲，或許還更老。

第一名守衛走上前，這時同樣也已卸下頭盔，用手臂夾著。看見他的面孔，莫麗忍不住倒抽了口氣，因為這張友善的皺臉，正是先前那位翻著雜誌、等公主召喚獨角獸的年輕王子。瘋王黑格說：「他是里爾。」

「嗨，」里爾王子說，「很高興認識你們，幸會。」他的笑容像隻興奮的小狗在他們腳邊扭啊扭，但他的眼睛——那雙藏在短短睫毛之後、深邃又幽暗的藍眼——卻始終靜靜停留在阿茉曦亞小姐身上。她迎視王子的目光，如寶石般沉默，但她眼中所見的王子，就和人類眼中見到的獨角獸一樣，並不真確。但王子卻奇妙且雀躍地相信她把自己瞧了個透透徹徹，一路望進那個就連他也從不知曉的心底洞穴，而她的目光就在那兒吟唱、迴盪。奇蹟開始從他第十二根肋骨的西南角甦醒，而依舊模仿著阿茉曦亞小姐一舉一動的他開始散發光芒。

「你們要見我做什麼？」

魔法師史蒙客清了清喉嚨，向這名眼神蒼白的老人行禮鞠躬。「我們願為您效犬馬之勞。傳說中，黑格國王的宮廷遙遠又雄偉——」

「我不需要僕人。」國王背轉過身，他忽然間變得冷淡，面孔和身軀都鬆垮下來。但史蒙客能感到好奇心仍在他灰白的皮膚與髮根裡徘徊不去。他字字斟酌地道：「但您想必仍需要些隨扈或隨從。對一名國王來說，最華美的裝飾就是簡樸，這我同意，但像黑格陛下您這樣的國王——」

「我快對你失去興趣了。」沙沙的聲音再次打斷他，「而那非常危險。用不了多久，我就會徹底忘記你，而且永遠不會記得我對你做了什麼。被我所遺忘的，不僅會消失，而且是從來不曾存在過。」說話的同時，他的目光也和他兒子一般，轉而注視阿茉曦亞小姐的雙眼。

「我的宮殿裡——如果你要這麼稱呼它，」他接著道，「只有四名鎧甲騎士。可以的話，我連那四人都不要，因為養他們要花錢，而他們不值得那個錢，就像世上所有東西一樣。不過他們會輪流站哨，還兼當廚子，從遠遠的地方看上去也像支軍隊。你告訴我，我還需要什麼隨從？」

「但宮廷娛樂呢，」魔法師不禁叫嚷起來，「像是音樂、閒談、女人、噴泉、狩獵、化裝舞會，還有盛大的筵席——」

「它們對我來說都毫無意義，」瘋王黑格回答，「那些東西我全擁有過，但沒有一樣能讓我開心。不能讓我開心，我就不會留在身邊。」

阿茉曦亞小姐悄悄經過他身邊，來到窗前，眺望窗外的夜海。

史蒙客見風轉舵地附和道：「我完全理解！在您眼中，這世上所有的一切，想必都是如此厭煩無趣、枯燥乏味、一無是處！您對榮華富貴感到厭倦，所有感官刺激都顯得無謂，單調空虛的喜悅也只讓您感到疲憊。這就是作為一名國王的痛苦啊，也因此，世上沒有人比國王更需要魔法師在身邊。因為只有在魔法師手裡，這世界才會永遠都是流動的，永遠在改變，永遠煥然一新。唯有他知道改變的祕訣，唯有他了解世上所有一切都渴求著改變，而魔法師便是從這無所不在的潛力中汲取他的法力。對魔法師而言，三月即是五月，雪是綠的，草是灰的；此即是彼，隨便您怎麼說都行。今天就雇個魔法師吧！」

他說完後單膝下跪，大大張開雙臂。瘋王黑格緊張地從他身邊退開，嘀咕道：「起來起來，你說得我頭都痛了。而且我已經有個御用魔法師了。」

史蒙客鬱悶地站了起來，通紅的臉上寫著失落。「您從沒說過。他叫什麼名字？」

「他叫馬布魯克，」黑格國王回答，「我不常提及他，就連我的鎧甲騎士都不曉得他就住在城堡內。馬布魯克就是你口中說的那種巫師，甚至遠遠超出你所能想像。他被同行稱為『魔法師中的魔法師』，我看不出有任何理由要把他換成一個像小丑一樣又沒沒無聞的流浪漢──」

「哈，但是我可以！」史蒙客著急地打斷他，「我能給您一個理由，而且是您不久前才親口說到的。那就是這位厲害的馬布魯克無法讓您開心。」

國王狠戾的臉上緩緩蒙上一層失望與背叛的陰影。在那瞬間，他看起來就像一名困惑的年輕人。「是，你說得沒錯。」瘋王黑格喃喃道，「馬布魯克的魔法已經很久不曾讓我開心了。多久了呢？都記不得了。」他輕快地拍拍手，喊道：「馬布魯克！馬布魯克！出來，馬布魯克！」

「我在這裡。」一個深沉的聲音從房間另一頭角落傳來。一名老人站在那兒，身穿綴滿亮片的深色長袍，頭上尖帽也綴滿亮片，誰也無法確定他是不是打從他們一走進這謁見廳後，就一直大大方方站在那兒。他的鬍子和眉毛都已然花白，神色溫和睿智，眼神卻冷峻如冰。「陛下何事召喚小人？」

「馬布魯克，」瘋王黑格說，「這位先生是你同行。他叫史蒙客。」

老巫師冰寒的雙眼微微一瞠，打量起這名邋遢的男子。「哎呀，這真是！」他驚呼，好像很開心，「史蒙客，親愛的孩子，見到你真好！你一定不記得我了，但我是你師父——親愛的老尼可斯的至交好友。他對你期望很高啊，那可憐的傢伙。不說了不說了，實在是太驚喜了！你真的還在當魔法師嗎？老天，你真是個不屈不撓的小夥子！我總說啊，任何技藝要磨到絕頂，十之八九是靠毅力——但當然了，不是十之八九的人都能當上藝術家。不過，是什麼風把你吹來了呀？」

「他是來頂替你的。」瘋王黑格的聲音乾脆而果決，「現在他是我的御用魔法師了。」

史蒙客的驚訝沒有逃過老馬布魯克雙眼，不過老巫師自己對國王的決定似乎不是那麼詫異。有那麼一會兒，他顯然在考慮要不要大發雷霆，但最後還是選擇用親切的玩笑語氣回答：「如您所願，一如既往。」他愉快地說，「但陛下或許會有興趣聽聽這位新魔法師的一點背景經歷。

想必親愛的史蒙客不會介意我告訴您，他在巫師界可是一大傳奇。實際上呢，在行家的圈子裡，他最為人所知的稱號就是『尼可斯的蠢材』。他魅力十足、但又笨得徹底，無能到連最簡單的咒語都無法掌握，還自己天馬行空地創造幼稚到不行的韻文來施咒，更不用說——」

瘋王黑格手微微一揚，馬布魯克立刻住口。里爾王子在旁輕輕笑了幾聲。國王說：「不用你來告訴我，他有多不適合這份工作，只要看一眼我就知道了，就像我一眼就看出你是個偉大的巫師。」馬布魯克微微挺起胸膛，撫摸著他那把氣勢非凡的鬍子，皺了皺那雙慈祥的眉毛。

「但那同樣對我毫無意義。」黑格國王又說，「過去，無論我要你施展什麼奇蹟，你都使命必達，但那麼做，只是寵壞了我的胃口。沒有什麼事是你的力量無法達成的——但奇蹟出現後並沒有改變任何事，我想，這一定是因為強大的力量也無法給我我真正想要的東西。既然一名高強的魔法師不能帶給我快樂，我不如試試看蹩腳的魔法師能做什麼。你可以走了，馬布魯克。」他點點頭，示意老巫師離開。

馬布魯克和善的神情倏忽消失，猶如落在雪上的火花，甚至還發出了同樣的聲響。此刻，他整張臉變得和他的眼神一樣冷峻。「我不是那麼容易打發的，」他用極低的音量道，「別想一時心血來潮就把我趕走，即便是國王也一樣，我更不可能是為了一個傻瓜被趕走。小心點，黑格！馬布魯克不是你能隨便招惹的人。」

陰暗的房內忽然颳起一道風，而且似乎是從四面八方湧進——從窗戶，也從那扇半掩的門——但它真正的來源是那名全身緊繃的巫師。風冰寒又帶著股腥臭，夾帶溼氣自沼澤呼號而來，在房內東鑽西竄，彷彿一頭興奮的野獸察覺到人類的脆弱。莫麗縮在一臉忐忑不安的史蒙客身旁，里爾王子不停將鞘裡的長劍拔了又收、收了又拔。

看見老馬布魯克得意洋洋的笑容，就連瘋王黑格都不禁退開一步。房內的牆壁似乎開始融化並逃開，巫師那身綴滿星飾的閃耀長袍變成呼號狂嘯的廣闊夜空。馬布魯克一個字也沒說，但風勢越來越猛烈，開始發出邪惡的低吟。不用多久，它就會迸現形體，變得清晰可見。史蒙客張開嘴，但即便他是在高喊破解的咒語，聲音也完全淹沒不見，而且沒有起任何作用。

黑暗中，莫麗看見阿茉曦亞小姐遠遠地轉過身，伸出一隻中指與無名指等長的手。她額前那個奇特的印記亮了起來，耀眼如花。

那道風忽然消失，彷彿從來不曾出現過，石牆回到原處，在經歷過馬布魯克帶來的黑夜之後，此刻，這昏暗的房間明亮的猶如正午。巫師幾乎是趴伏在地上，兩眼瞪著阿茉曦亞小姐，那張睿智慈祥的臉彷彿溺死之人的面孔，鬍子像汙水一樣稀稀疏疏地自下巴垂落。里爾王子攙扶他胳膊。

「來吧，老人家。」他說，語調並無惡意，「這邊走，老爺子，我會替你寫封推薦信的。」

「我走，」馬布魯克說，「但不是因為怕你，你這沒用的蠢貨——也不是怕你那個忘恩負義的瘋老爸，更不是怕你那個新魔法師，祝你們能在他身上找到樂子。」他目光迎向瘋王黑格飢渴的雙眼，開始發出山羊般的怪笑。

「黑格，就算拿全世界來交換，我也不想變成你。」他一字一字鏗鏘地說，「你親手把自己的滅亡領進門，而它可不會乖乖地走。我本來會說得更清楚些的，但我已經不為你效勞。可惜啊，因為總有一天，只有法力高強的大師才能拯救你——但那時，你身邊只會有史蒙客可召喚！別了，可憐的黑格，我們在此別過！」

他在大笑聲中消失不見，但那笑聲卻停駐在房內角落，就像煙味，或是冰涼的陳年積塵味，始終繚繞不去。

「很好，」瘋王黑格在灰濛的月光中說，「很好。」他緩緩朝史蒙客和莫麗走去，腳步聲細不可聞，一顆頭幾乎是嬉鬧似的左搖右晃著。「站住，」兩人一動，他便出聲喝止，「我要看清楚你們的面孔。」

他一個一個仔細端詳，發出刺耳的呼吸聲，宛如磨石上的刀。「靠近一點！」他在黑暗中瞇起眼，不悅地嘟噥，「上前——靠近一點！我要把你們看清楚。」

「那就點燈啊。」莫麗說。比起老巫師的怒火，她聲音裡的冷靜更讓自己害怕。為**她**勇敢起來並不難，她心想，但若我開始為了自己而勇敢，最後會變得怎樣呢？

「我從不點燈。」國王回答，「燈有什麼好處？」

他轉身背對他們，自言自語低聲道：「一張臉幾乎可說是老實到幾近愚蠢，但又還不夠蠢。

另一張臉像我一樣，那肯定意味著危險。但這些我在大門前就已經看出來了——為什麼還讓他們進門呢？馬布魯克說得沒錯，我已經變得又老又蠢又輕率。但看著他們眼睛時，我還是只看見黑格啊。」

看見國王穿過謁見廳，朝阿茉曦亞小姐走去，里爾王子緊張地動了一下。她的目光又轉回窗外，一直等到瘋王黑格離她非常近了，她才迅速轉過身，用一種古怪的姿態低下頭。「我不會碰妳。」國王說。阿茉曦亞小姐佇立原地，動也不動。

「妳為什麼在窗前逗留？」他問道，「妳在看什麼？」

「我在看海。」阿茉曦亞小姐回答，聲音細微並且顫抖著，但並非出於恐懼，而是生命力，就像一隻新生的蝴蝶在陽光下輕輕顫動。

「啊，」國王說，「沒錯，大海總是美麗的。沒有一樣事物能讓我注視良久，唯有海。」話雖如此，他的視線卻停留在阿茉曦亞小姐臉上許久，但不像里爾王子，他的臉無法反映她任何光芒，而是吸收它，將那些光都儲存起來，藏在某處。他的呼吸和巫師方才召來的風一樣，透著一股陳腐的霉味，但阿茉曦亞小姐始終不曾動過。

他忽然大喊：「妳的眼睛是怎麼回事？為什麼這麼多綠葉、這麼多樹木、溪流和小動物？我在哪裡？為什麼我在妳眼裡看不見我自己？」

阿茉曦亞小姐沒有回答。瘋王黑格猛然轉身，看向莫麗和史蒙客，冰冷的笑容如彎刀般抵在他們喉間。「她是誰？」他厲聲問。

史蒙客咳了好幾聲。「阿茉曦亞小姐是我姪女。」他回答，「我是她唯一的親人，也是她的監護人。您一定是不明白她為何穿成這樣，但這很容易解釋的。我們在路上被盜匪襲擊，所有東西都被搶了——」

「你在亂七八糟胡說些什麼？她的衣服怎麼了？」國王轉回頭，再次打量那名白皙少女。史蒙客忽然明白過來，原來瘋王黑格和王子都沒發現在他那件破破爛爛的斗篷之下，少女其實一絲不掛。阿茉曦亞小姐的儀態如此高雅，在她身上，就算是破布看起來都像是唯一適合公主的衣裝。況且，她並不曉得自己衣不蔽體，在她面前，赤裸裸的反而是這名全副武裝的盔甲國王。

瘋王黑格說：「不管她身上穿什麼、不管你們遇到什麼，不管你們之間是什麼關係——算你們幸運，這些我通通不在乎。只要有那膽子，這些事情你們愛怎麼編就怎麼編。我只想知道她是誰；我要知道她是怎麼一個字都沒說就破解了馬布魯克的魔法；我要知道她眼裡為什麼有綠葉和幼狐。快說，而且別想騙我，特別是關於那些綠葉。回答我。」

史蒙客沒有馬上回答，他先是誠懇地支吾了幾聲，但裡頭聽不出任何有意義的字句。莫麗鼓起勇氣，準備回答，只是她覺得要對瘋王黑格實話實說是不可能的。他的存在宛若嚴冬，足以讓所有言語枯萎、讓意義混亂糾結，並且將所有誠實的意圖都扭曲成像他城堡塔樓般歪斜醜陋。但她還是要說，只是這時候，另一個聲音在幽暗的房裡響起：是年輕的里爾王子那輕快、和善又傻氣的聲音。

「父王，那又有什麼差別呢？她來都來了。」

瘋王黑格嘆了口氣，但那並不是一聲和藹的嘆息，而是低沉刺耳，也並不意味著退讓，而是一頭蓄勢待發的老虎思索時發出的低吼。「沒錯，你說得對，」他說，「她來都來了，他們全都在這裡了，無論他們是否意味著我的毀滅，我會都觀察他們一陣子。他們身上環繞著一股令人愉快的災難氣息，說不定這就是我想要的。」

他對史蒙客粗魯地說：「作為我的魔法師，我要你娛樂我的時候，你就要娛樂我，不管多深奧或多粗淺的把戲你都要會，而且你必須弄清楚自己該在什麼時候、以什麼樣貌出現，因為我不會為了讓你好辦事，就每次都跟你說明我的心情和我想看到什麼。你不會有酬勞，因為顯然那不是你來的目的。至於你那個邋遢的婆娘，你的助手，不管你怎麼稱呼她都好，如果想留在我的城堡，也必須服侍我。從今天晚上起，她就是我的廚子、女僕、清潔工和廚房裡的幫傭。」

他停頓片刻，似乎等著莫麗反對，但她只是點點頭。月亮已離開窗前，但里爾王子發現，昏暗的房內並沒有因此變得更黑暗。阿茉曦亞小姐身上散發著清冷的光芒，儘管它增強的速度沒有馬布魯克的風那麼快，但王子很清楚，這光芒危險太多。他想就著這光芒寫詩，而在此之前，他可從未想過要寫詩。

「妳可以自由走動。」瘋王黑格對阿茉曦亞小姐說，「放妳進來或許是個愚蠢的決定，但我沒有蠢到要限制妳行動。我的祕密會自我守護——妳的呢，也一樣嗎？妳在看什麼？」

「我在看海。」阿茉曦亞小姐再次回答。

「的確，大海總是那麼美。」國王說，「我們哪天再一起欣賞這片海吧。」他緩緩走向門口，「很有意思，」他說，「城堡裡來了個人之後，里爾便開始尊稱我為『父王』，這可是打從他五歲後第一次這麼叫我。」

「六歲。」里爾王子說，「我那時六歲。」

「五歲或六歲吧，都一樣。」國王說，「那早已經不再讓我快樂，現在也無法讓我快樂。她的到來尚未改變任何事。」他離開時幾乎就和馬布魯克一樣無聲無息。他們聽見他的錫靴在樓梯上喀答作響。

莫麗悄悄來到阿茉曦亞小姐身邊，和她一同站在窗前。「怎麼了？」她問，「妳看到什麼了？」史蒙客靠在王座上，用他那雙細長的綠眼打量里爾王子。遠遠地，冰冷的咆嘯再次迴盪在巫門鎮山谷。

「我替妳找個住的地方，」里爾王子說，「妳餓了嗎？我拿些東西給妳吃。我知道哪裡有布料，是上好的綢緞，妳可以拿去做件衣服。」

沒有人答話。濃厚的夜吞沒了他的話語，他覺得阿茉曦亞小姐既沒聽見他，也沒看見他。

她動也沒動，但王子確信，她正從他身邊離開，就像月亮一樣。「讓我幫妳。」里爾王子說，「我能為妳做些什麼嗎？讓我幫妳吧。」

第十章

「我能為妳做些什麼嗎？」里爾王子問。

「目前沒什麼需要的。」莫麗說，「水就好。除非你想幫忙削馬鈴薯皮，要做的話我也沒意見。」

「不，我不是那意思。我是說好的，妳要的話，我就幫妳削皮，但我是在和她說話。我的意思是，和她說話的時候，我就是一直這樣問她。」

「坐吧，幫我削些馬鈴薯皮。」莫麗說，「讓你兩隻手有點事做。」

他們在廚房裡，那是個陰冷潮溼的小房間，空氣裡飄散著濃濃的腐爛蕪菁味和甜菜根的發酵味。十幾只陶盤疊在角落邊上，一把極其微弱的小火在三腳爐架下顫巍巍地燒著，努力要煮滾一大鍋混濁的水。莫麗坐在粗陋的桌邊，桌上堆滿了馬鈴薯、韭菜、洋蔥、辣椒、胡蘿蔔和其他蔬菜，大部分都已經軟趴趴，而且長了黑色的斑點。里爾王子站在她面前，順著兩腳慢吞吞地搖來搖去，不停扭著自己又軟又大的手指。

「我今天早上又殺了一頭龍。」他不一會兒後說。

「很好啊。」莫麗回答，「很棒，你目前為止殺了幾頭了？」

「五頭。這隻比較小，但棘手多了。我無法步行接近他，所以得帶上長矛，我的馬燒傷得挺嚴重的。那匹馬的情況很有意思——」

莫麗打斷他：「坐下吧，王子殿下，別動來動去的，我光看都要抽筋了。」里爾王子在她對面坐下，從腰間抽出匕首，悶悶不樂地削起馬鈴薯皮。莫麗看著他，嘴角緩緩勾出一抹隱約的微笑。

「我把首級獻給她，」他說，「她和平時一樣，就待在房裡。我一路把龍頭拖上樓，放在她腳邊。」他嘆了口氣，匕首劃破他的手指頭。「該死的，我並不介意那麼做。一路拖著上樓梯，那可是龍的頭啊，世上最隆重的禮物啊。但當她看著那顆頭顱時，它忽然就變得只是一團稀巴爛的鱗片和犄角，垂著一條軟綿綿的舌頭，頂著一雙血淋淋的眼珠。我覺得自己好像鄉下的屠夫，為了表達愛意，給情人送上一大塊上好的鮮肉。接著她向我看來，我突然很抱歉自己殺了那頭龍。因為殺一頭龍感到抱歉！」他狠狠一刀砍向又老又硬的馬鈴薯，結果又傷了自己的手。

「刀要往外削，別朝著自己削。」莫麗告訴他，「你知道嗎，我真的覺得你不要再繼續為阿茉曦亞小姐屠龍了。如果五頭龍都無法打動她，再多一頭也沒有用。試試別的方法。」

「我還能試什麼？我什麼都試過了啊。」里爾王子激動地說，「我游過了四條河，每一條的水勢都無比凶猛，而且每一條的河面都快要兩公里寬。我爬上七座從未有人爬過的山頭，在吊頸沼澤睡了三夜，還活著從那座花朵會燒瞎你眼睛、夜鶯嘴裡會噴毒液的森林走出來。我取消了和另一名公主的婚約——如果妳不覺得那算什麼英雄壯舉，那是因為妳不認識她母親。我打敗整整十五名黑衣騎士，他們在十五座淺灘邊搭起了黑色的帳篷，誰想過河就要和他們單挑。我早就數不清自己擊退過多少住在荊棘林裡的女巫、巨人和假扮成少女的惡魔，還有那些玻璃山、致命的謎語、恐怖的考驗、魔法蘋果、戒指、燈、藥水、長劍、斗篷、靴子、領帶、睡帽。更不用提長著翅膀的飛馬、蛇怪、海蛇，和其他形形色色的生物。」他抬起頭，一雙幽暗的藍眼迷惘又哀傷。

「但一切都只是白費力氣，」他說，「無論我做什麼，都無法打動她。因為她，我變成了英雄——我欸，渾渾噩噩的里爾，父王的笑柄和恥辱——我還不如繼續當個愚笨的傻瓜。我的英雄事蹟對她一點意義都沒有。」

莫麗拿起自己的刀子，開始切起辣椒。「或許阿茉曦亞小姐的芳心，不是能靠英雄事蹟贏得的。」

王子看著她，困惑地蹙起眉頭。

「還有別的方法能夠贏得佳人芳心嗎？」他認真地問，「莫麗，妳知道什麼其他的方法嗎？妳願意告訴我嗎？」他身子越過桌面，抓住莫麗的手。「當個勇敢的人是很不錯，但我也可以變回原本那個懶散的懦夫，如果妳覺得那樣比較好。看見她，就讓我想要迎戰世上所有的邪惡與醜陋，也讓我想一個人鬱鬱寡歡坐著不動。莫麗，我該怎麼做？」

「我不知道。」莫麗回答，忽然困窘了起來，「大概是存好心、守禮節、做善事，這些之類的。喔，還要有好的幽默感。」一隻體型嬌小的歪耳玳瑁貓跳到她腿上，蹭著她的手大聲呼嚕呼嚕叫。莫麗想改變話題，便問：「你的馬怎麼了？為什麼有意思？」

但里爾王子只是盯著那隻歪耳小貓，問：「他是打哪兒來的？妳的貓嗎？」

「不是。」莫麗回答，「我只是會給他東西吃，有時還會抱抱他。」她揉著貓咪削瘦的頸子。小貓閉上眼。「我以為他就住在這兒。」

王子搖搖頭。「父王討厭貓。他說世上根本沒有貓這種東西——只是各種妖魔鬼怪喜歡採用的形體，好讓它們可以輕輕鬆鬆混進人類家門。如果被他知道妳在這裡養了隻貓，他一定會把貓宰了。」

「你的馬怎麼了？」莫麗又問了一次。

里爾王子的臉色暗了下來。「很奇怪。發現禮物不能討她歡心後，我就想，或許她會想聽聽我是怎麼拿到手的，於是便說起當時的情景和對戰的過程——妳也知道——就是那些嘶嘶作響的威嚇聲、光禿禿的翅膀、龍身上的氣味，尤其是在下雨的早晨；還有龍的黑血是如何從我矛尖灑落。但她完全充耳不聞，一個字都沒聽進去，直到我說起火焰從馬腹下竄過，差點燒傷那匹可憐的馬的腿，那時候——啊，那時候本來不知神遊到哪兒去的她才總算回過神來，說一定要去看看我那匹馬。所以我就帶她去了馬廄，那頭可憐的畜牲站在裡面，痛苦地哀哀叫。她將手放到馬身上、腿上，他就不再哀號了。他們真的很痛時，發出的聲音是很嚇人的，一旦停止，那份靜默簡直美妙得像首歌。」

王子的匕首躺在馬鈴薯間閃耀著寒光。屋外，暴雨如注，猛烈擊打城堡外牆，不停發出隆隆巨響。但廚房裡的人只能聽見聲音，看不見雨景，因為冰冷的屋裡沒有任何一扇窗，除了微弱的柴火外，也沒有絲毫光亮。昏暗中，蜷在莫麗腿上瞌睡的小貓猶如秋日裡的一堆落葉。

「然後呢？」莫麗問，「阿茉曦亞小姐摸了你的馬後，發生了什麼事？」

「什麼也沒有。完全沒有。」里爾王子好像忽然生氣了，一手重重拍在桌上，韭菜和扁豆跳了起來，灑得到處都是。「妳以為會發生什麼事嗎？因為她就是這麼認為。妳是不是期望馬腿上的燒傷會立刻消失——裂開的皮膚癒合，焦黑的肌肉恢復原狀？她確實這麼期望——以我自己對她的期望發誓！當她發現自己沒有立刻治癒馬兒的傷勢後，她就跑走了。我也不知道她現在在哪兒。」

他說著說著，語調也和緩了下來，擱在桌上的手悲傷握起。他起身查看火上的湯鍋。「水滾了，」他說，「要放蔬菜的話可以放了。她一發現馬腿沒有復原，就哭了——我聽見她在哭——但她跑開時，眼裡沒有一滴淚。她怎麼看都像在哭，但就是沒有眼淚。」

莫麗輕輕將貓咪放到地上，把桌上那些早已不新鮮的蔬菜收集起來，放進鍋裡。里爾王子看著她忙前忙後，繞過桌子，踩過溼答答的地板，嘴裡同時哼著小曲。

若我雙腳起舞，
曼舞一如夢境，
優雅動人，光彩奪目，
像死神隱姓埋名——
喔，那該有多好。
但那時我是否渴望，
渴望年輕十歲？
還是渴望婚姻？渴望智慧？

王子問：「莫麗，她究竟是誰？什麼樣的女人會相信——不，我看見她的表情，她不是相信，是知道她的觸碰能治癒傷口？什麼樣的女人哭泣時沒有淚水？」莫麗繼續忙她的工作，也繼續自顧自地哼著小曲。

「每個女人都可以哭泣卻不掉淚，」她轉頭回答王子，「大部分的女人也都能靠一雙手治癒傷口，看是什麼樣的傷。而她是個女人，王子殿下，女人本身就是個謎。」

但王子卻起身攔住莫麗去路。莫麗停下腳步，圍裙上兜著滿滿的香草，頭髮垂散眼前。里爾王子低下頭，看著她，他的臉因為殺了五頭龍顯得更加成熟，但仍同樣英俊，也同樣傻氣。他說：「妳在唱歌。父王要妳做最累人的工作，但妳依然有心情唱歌。這座城堡裡從未有過歌聲，也從來沒有過貓和美食的香味。這一切都是阿茉曦亞小姐的緣故，就像她到來之後，我才會在早晨騎馬出門，尋找危險。」

「我一直都是個好廚子。」莫麗淡然回答，「跟老哥和他的手下在綠林一起生活了十七年——」

里爾王子逕自說了下去，彷彿她未曾開口。「像妳一樣，我也想要為她效勞，幫她尋找她來這裡找尋的東西。無論她需要什麼，我都能做到。告訴她，妳願意幫我轉告她嗎？」

他還在說話時，有陣無聲的足音在他眼裡響起，綢緞長袍的嘆息攪亂他臉上的平靜。阿茉曦亞小姐現身門口。

在瘋王黑格冰冷的國度住了一季，並沒有令她黯淡失色。相反的，寒冬使她的美貌變得更加銳利，利到猶如一支帶刺的箭，射進觀看者的眼裡後便無法拔出。她銀白色的髮絲用藍色的緞帶紮起，她的長袍紫如丁香。衣服並不合身，莫麗是個手藝平庸的裁縫，綢緞更是讓她緊張。但這差勁的成品和周遭冰冷的石牆與蕪菁的氣味，只是讓阿茉曦亞小姐顯得更加嬌俏。她的髮間沾著雨珠。

里爾王子對她行禮鞠躬，飛快地彎下腰，好像有人揍了他肚子一拳。「小姐，」他嘟噥道，「這種天氣，妳外出時真該把頭遮好。」

阿茉曦亞小姐在桌邊坐下，那隻秋色的小貓立刻跳到她面前，發出輕柔急促的呼嚕聲響。她伸出手，但貓咪躲開了，還是呼嚕呼嚕地叫著。貓咪看起來並不害怕，只是不肯讓她摸自己那身鏽色的毛皮。阿茉曦亞小姐呼喚他，貓咪身體像小狗一樣扭個不停，但依舊不肯靠近她。

里爾王子啞聲道：「我得走了。離這兩天的路程外有座村莊，村裡出現了一個會吃少女的食人怪。據說只有手持亞爾班公爵巨斧的人才能殺了他。不幸的是，亞爾班公爵本人正是第一個被吃掉的——他假扮成村裡的少女，想誘騙那頭怪物——想也知道那把巨斧現在落到了誰手上。如果我沒有回來，請記得我。再會了。」

「再會，王子殿下。」莫麗說。王子再次鞠躬，然後便離開廚房，前去執行他崇高的任務。他只回望了一次。

「妳對他很殘酷。」莫麗說。阿茉曦亞小姐沒有抬起頭，她對著歪耳的貓咪攤開掌心，但小貓依舊留在原地，因為渴望接近她而不停顫抖。

「殘酷？」她問，「我能怎麼殘酷？凡人才會殘酷。」但她抬起了眼，眼裡盛裝著滿滿的憂傷，以及一種近似嘲諷的神情。她說：「仁慈也是。」

莫麗在鍋邊忙著，一下攪拌，一下調味，機械式地做著手裡的工作。她低聲道：「妳起碼可以好好跟他說句話。為了妳，他經歷了非常嚴厲的考驗。」

「但我要對他說什麼呢？」阿茉曦亞小姐問，「我什麼都不曾對他說過，但他一樣每天都帶更多的頭顱、更多的獸角、獸皮、尾巴，還有更多的魔法珠寶和施了法術的武器來找我。若我開口了，他又會做什麼？」

莫麗說：「他希望妳能惦念著他。騎士和王子只知道一種讓人記住自己的方法。這不是他的錯。我覺得他做得很好。」阿茉曦亞小姐又將視線轉回貓咪身上，纖長的手指擰著綾羅長袍上的一道接縫。

「不，他想要的不是我的惦念，」她輕聲道，「他想要的是我，而且就和紅牛一樣渴切，卻也同樣不了解我。但他比紅牛還要令我害怕，因為他有一顆善良的心。不，我永遠也不會給他承諾、給他希望。」

房內昏暗，看不見她額上那道蒼白印記。她摸了摸它，又飛快將手收回，彷彿印記傷了她的手。「那匹馬死了，」她對小貓咪說，「我無能為力。」

莫麗飛快轉身，雙手搭在阿茉曦亞小姐肩上。光滑的衣料下，她的身軀摸起來冰涼堅硬，猶如瘋王黑格城堡裡的石塊。「喔，我的好小姐，」她柔聲勸慰，「那是因為現在的妳並非真正的妳。等妳恢復原貌後，一切都會回來的——妳所有的魔法、所有的力量、所有的自信，它們通通都會回到妳身上的。」如果她有那勇氣，她會將這名白皙的少女擁進懷裡，像哄小孩般哄著她。此情此景，是她過去想都沒想過的。

但阿茉曦亞小姐說：「魔法師只給了我人類的樣貌——只有外表，沒有靈魂。如果我死去，我仍然是隻獨角獸。那老人知道，那名老巫師。但他什麼也沒說，存心不想讓黑格好過，但他心知肚明。」

她的長髮從藍絲帶裡滑脫，沿著肩頸傾瀉而下。這情景讓貓咪再也按捺不住，舉起腳掌去抓頭髮，但隨即又退開坐下，尾巴蜷在前腳邊，將頭歪向一側。綠色的眼珠裡雜著金色的斑點。

「但那是好久以前的事了。」少女接著說，「現在有兩個我——一個是我自己，一個是你們口中的『小姐』。儘管她過去不過是我的一層面紗，但如今已變得和我同樣真切。她在這座城堡裡走動、入睡、穿衣、用餐、想著自己的心事。即便她沒有治療或安撫的能力，也依然擁有其他的魔法。男人對她說話，喊她『阿茉曦亞小姐』，她有時回應，有時不回應。國王總是透過他那雙蒼白的眼觀察她，揣猜她究竟是什麼；而國王的兒子因為愛她，把自己搞得遍體鱗傷，揣測她究竟是誰。而她日復一日在大海與天空、城堡與宮廷、堡壘與國王臉上尋找，找一個她無法一直記得的東西。是什麼呢？她究竟要在這奇怪的地方找什麼？片刻之前她還知道，但轉瞬之後她又忘了。」

她轉頭望向莫麗。那雙眼再也不是獨角獸的眼，它們依舊迷人，但現在卻有了名字，是能夠被指稱的，就像你能形容一名女人是美麗的。如今，它們的深邃能夠被探測、被了解，它們的漆黑也不再是言語無法形容。看著那雙眼時，莫麗能看見恐懼、看見失去、看見迷茫，看見她自己，僅此而已，再也沒有其他什麼了。

「妳是來找獨角獸的，」莫麗說，「紅牛把他們全趕走了，全部，除了妳。妳是世上最後一隻獨角獸。妳來這裡，是為了尋找妳的同類，讓他們重獲自由。妳會成功的。」

緩緩地，那片深邃幽祕的大海再次回到阿茉曦亞小姐眼中，將它們填滿，直到那雙眼變得和大海一樣古老、幽暗、神祕，無可言述。莫麗看在眼裡，忽然害怕了起來，但只是將阿茉曦亞小姐縮起的雙肩抓得更緊，彷彿她的手能像避雷針一樣，吸取絕望。就在這時候，廚房地板傳來一陣顫慄的聲響，她聽過那聲音，像是巨大的牙齒——臼齒——在相互磨擦一樣。是紅牛在睡夢中翻身。莫麗心想，不曉得他會不會作夢。阿茉曦亞小姐說：「我必須去找他。沒有其他辦法，也沒有時間了。不管是用這形體或我原本的樣貌，我都必須再次面對他，就算我的族類都已死絕，再也沒有任何東西需要拯救也一樣。我必須去找他，在我永遠忘了自己是誰之前。但我不知道怎樣才能找到他，而且我只有自己一個人。」小貓甩甩尾巴，發出一種既不是喵喵叫，也不是呼嚕聲的奇怪聲響。

「我會陪妳去。」莫麗說，「我也不知道要去哪裡找紅牛，但一定有方法。史蒙客也會去，如果我們找不到路，他就替我們開一條路。」

「我不指望魔法師能提供什麼幫助，」阿茉曦亞小姐輕蔑地回答，「我每天都看他在瘋王黑格面前裝瘋賣傻，靠失敗的表演娛樂他，就連最簡單的把戲都一樣搞砸。他說在他的力量再次歸來前，能做的就只有這樣。但他的力量永遠不會回來了。他現在已經不是魔法師，只是國王的小丑。」

莫麗的表情讓她心裡忽然一痛。莫麗轉過身，再次查看鍋裡的湯。她忍著喉裡的尖銳，回答：「他是為了妳才這麼做的。當妳在自憐自哀、鬱鬱寡歡、變成另一個人的時候，他在黑格面前嘻皮笑臉、蹦蹦跳跳，逗他開心，好讓妳有時間尋找妳的同類，假如他們還在的話。但不用多久，國王就會厭倦他，就像他厭倦其他所有東西一樣，屆時史蒙客就會被扔進地牢，或某個更陰暗的地方。妳不該嘲笑他的。」

莫麗像孩子般小小聲、傷心地咕噥著說：「但那永遠不會發生在妳身上。所有人都愛妳。」有那麼片刻，她們只是看著彼此，這兩個女子：一位白皙美麗，與這冰冷低矮的房間格格不入，另一名在這樣的環境裡卻顯得安適自在——彷彿一隻生氣的小金龜子，自有一股屬於這廚房的美。然後，她們聽見靴子的刮磨聲、盔甲的碰撞聲，以及老人絮絮叨叨的說話聲。瘋王黑格的四名鎧甲騎士成群結隊地走進廚房。

他們都起碼有七十歲了，形容枯槁，步履蹣跚，脆弱得像是雪花表層的冰晶。但四個人全身上下、從頭到腳都穿著瘋王黑格給的窮酸盔甲，拿著歪七扭八的武器。他們開開心心地跟莫麗打招呼，問她晚餐做了些什麼。但一見到阿茉曦亞小姐，四人立刻安靜下來，對她深深一鞠躬，這動作讓他們險些透不過氣。

「小姐，」年紀最大的一人說，「請差遣您的僕人吧。雖然我們都已年老力衰——但若您想見證奇蹟，只要一聲令下，再不可能的任務我們都能完成。只要您想，我們甚至能返老還童。」他的三名同伴都連聲附和。

但阿茉曦亞小姐低聲回答：「不，不，你們永遠不可能恢復青春。」說完，她便逃開了，髮絲瘋狂飛散，藏住她的臉，身上的絲綢長袍沙沙作響。

「多睿智啊！」最老的那名鎧甲騎士說，「她明白就連她的美貌也無法抵擋歲月。她年紀輕輕，卻擁有如此罕見而且令人傷感的智慧。湯好香啊，莫麗。」

「對這地方來說太香了。」四人圍坐桌邊，另一人抱怨道，「黑格痛恨美食。他說，食物再好都不值得烹飪所需的金錢與心力。『都是幻覺，』他說，『還有浪費。要過得像我一樣，不要被迷惑欺騙。』呿！」他抖了下，扮了個鬼臉，其他人都笑了起來。

「過得像黑格一樣。」另一名鎧甲騎士趁莫麗將熱騰騰的湯舀進他碗裡時說，「要是我這輩子不好好做人，那就是我下輩子的命運。」

「那你們為什麼還留下來，繼續服侍他呢？」莫麗問。她和他們一同坐下，兩手托著腮幫子。「他又沒付你們任何酬勞。」她說，「食物也是能省則省，還派你們在天氣最惡劣的時候去巫門鎮偷東西，因為他一毛錢都不肯從那個固若金湯的庫房領出來花。他什麼都禁止，從燈燭到魯特琴，從火到美女，從唱歌到犯罪，從書本到啤酒，他不准人談論春天，也不准人玩花繩。你們為什麼不離開呢？是什麼讓你們留在這裡？」

四名老人緊張地面面相覷，又是咳嗽又是嘆氣。第一人說：「是因為我們的年紀。我們還能上哪兒去？我們都那麼老了，禁不起在街上遊蕩，到處找工作和住的地方。」

「是啊，因為我們的年紀。」第二名鎧甲騎士接著說，「一個人老了之後啊，光是不讓你困擾的事，就是種撫慰。寒冷、陰暗、無聊，這些我們早就不在意了，但溫暖、歌聲、春天——不，這些都令人煩心。世上有些事，是比過著像黑格一樣的生活還要糟糕的。」

第三人說：「黑格比我們還要老。不用多久，里爾王子就會繼承王位。沒等到那一天，我是不會闔眼的。我一直都很喜歡那孩子，打從他小時候就喜歡。」

莫麗發現自己一點也不餓了。她環顧老人的面孔，聽著他們用乾癟的嘴和凹陷的喉嚨喝湯時發出的聲音，她忽然很慶幸瘋王黑格總是獨自用餐，因為她不管做飯給誰吃，最後終究都會關心起對方來。

她小心翼翼地問：「你們聽說過，里爾王子其實壓根就不是黑格收養的姪子嗎？」聽到這問題，四名鎧甲騎士一點也不驚訝。

「有啊。」最老的那人回答，「聽說過。八成是真的，因為王子和國王外表沒有任何相像的地方。但那又怎樣？讓一個偷抱回來的陌生人統治，也好過讓黑格國王的親生兒子當王。」

「但如果王子是從巫門鎮偷回來的呢？」莫麗提高音量，「那他就是會讓城堡詛咒應驗的人哪！」她背起德林在巫門鎮旅店說過的詩。

唯有一名巫門鎮人，
能讓城堡化為粉塵。

但老人們搖搖頭，笑開了嘴，露出和他們頭盔和身上鎧甲一樣鏽黃的牙齒。「不會是里爾王子，」第三人說：「就算王子能殺死一千頭龍，也無法夷平城堡、推翻國王。他不是那樣的人。他是個盡責的好兒子，只希望——唉——只希望自己配得上那名被他稱作父王的男人。不，不會是里爾王子。那首詩說的一定是別人。」

「就算那人真是里爾王子，」第二人又說，「就算詛咒真是要他來應驗，他也還是會失敗。因為在黑格國王和他的末日之間，還擋著那頭紅牛。」

沉默驟然降臨，籠罩房內，用濃厚的陰影黯淡每一張臉，吐出的氣息令美味的熱湯變得寒涼如水。躺在莫麗腿上的秋色小貓不再呼嚕嚕地叫，微弱的爐火逐漸熄滅，冰冷的牆壁似乎也變得更加窄仄。

至今尚未開過口的第四名騎士隔著黑暗對莫麗說：「我們繼續服侍黑格還有一個真正的原因。他不想要我們離開，而瘋王黑格想要什麼、不想要什麼，是紅牛唯一在乎的事。我們是黑格的嘍囉，更是紅牛的囚犯。」

莫麗摸著小貓，她的手沒有絲毫顫抖，但開口時，聲音卻乾澀緊繃。「紅牛和瘋王黑格是什麼關係？」

回答的是年紀最長的鎧甲騎士。「不知道。紅牛一直都在，他既是黑格的軍隊，也是他的堡壘；既是他的力量，也是他力量的來源。他肯定也是國王唯一的同伴，因為我很確定，黑格不時會走下某道祕密的階梯，前往他的巢穴。但紅牛究竟是出於自願或威逼才聽從黑格的號令？還有究竟紅牛和國王誰才是主人？——這就不得而知了。」

年紀最輕的第四人探身靠向莫麗，他溼濡發紅的雙眼忽然熱切起來。他說：「那頭紅牛是個魔鬼，他幫黑格做事的代價，就是總有一天要拿走黑格的靈魂。」另一人打斷他，堅持說有證據清楚顯示紅牛是瘋王黑格的魔法奴隸，等到哪天紅牛能打破禁錮他的魔咒，殺死他的主人，他才能重獲自由。四名騎士開始扯開嗓子，大聲爭論，湯也灑了滿桌。

莫麗又開口問了個問題，音量不大，但讓他們都靜了下來。「你們知道獨角獸是什麼嗎？你們見過獨角獸嗎？」

房裡所有的活物當中，唯有小貓和寂靜理解她在說什麼，並向她看去。四名騎士眨眨眼、打個飽嗝，又揉了揉眼。城堡深處，沉睡的紅牛再次不安躁動。

晚餐時間結束，鎧甲騎士向莫麗致意後便離開廚房，其中兩人準備上床，另外兩人要去雨中值班守夜。最老的那名騎士等其他人都走遠後，才悄悄對莫麗說：「留意阿茉曦亞小姐。她剛來的時候，她的美貌甚至讓這座被詛咒的城堡都美麗了起來——就像月亮，雖然月亮不過是顆會發亮的石頭。然而，她在這裡太久了。現在，她依舊美麗，但所有圍繞在她周遭的房間和屋頂，卻都因為她的存在而變得更加邪惡了。」

他長長嘆了口氣，嘆息最後化為哀鳴。「我很熟悉那種美麗，」他說，「但後一種我從來不曾見過。留意她，她該離開這裡。」

他離開後，孤零零的莫麗將臉埋進小貓凌亂的毛裡。爐火就快熄滅，但她沒有起身添柴。有某種小小的生物迅速跑過廚房地板，那聲音彷彿瘋王黑格在說話。雨水轟隆隆打在城堡石牆，聽起來像紅牛發出的聲響。接著，猶如回應般，莫麗聽見紅牛的聲音了。他的呼號粉碎了她腳下的石磚，她死命抓住桌緣，以免自己和小貓掉入紅牛的巢穴。莫麗失聲尖叫。

小貓說：「他正要出去。每天日落之後，他就會去獵捕那頭從他手下逃開的古怪白色生物。妳很清楚這一點，別傻了。」

飢渴的咆哮再次響起，這次聽起來遠了些。莫麗屏住氣，瞪著貓咪。她看起來不是太詫異，不像其他人可能會有的反應；這些日子以來，她不像大多數女人那樣容易受到驚嚇。「你一直都會說話嗎？」她問小貓，「還是阿茉曦亞小姐的出現讓你變得會說話？」

小貓若有所思地舔起前腳掌。「是看見她讓我想要開口說話。」他好久之後才回答，「就這樣吧，不用深究。所以，那就是獨角獸啊，她很美。」

「你怎麼知道她是獨角獸？」莫麗連聲問，「你為什麼不敢讓她碰你？我看見了，你很怕她。」

「我想我沒多久就不會想說話了，」小貓回答，語調裡沒有惡意，「如果我是妳，就不會把時間浪費在蠢事上。至於妳第一個問題，只要是貓，就不會被外表所蒙騙。我們不像人類，對外表那麼迷戀。至於妳第二個問題——」他打住話語，忽然間對清理非常有興趣，先把自己一身的毛舔得蓬蓬鬆鬆，然後再舔得光滑平順，舔完後才甘願開口。但即便那時，他依舊沒有看向莫麗，只是檢查起自己的爪子。

「如果她摸了我，」他非常非常輕柔地說，「我就會變成她的，再也不屬於自己，而且永遠變不回來。我想被她摸，但又不能讓她摸。沒有一隻貓會願意。我們讓人類摸，是因為那很舒服，又能讓人類平靜——但她不行。那代價不是貓付得起的。」

莫麗又將他抱了起來，貓咪在她頸間呼嚕呼嚕叫了好久，久到莫麗都要擔心他說話的時機是不是已經過了。但隨後，他又開口：「妳時間不多了。很快她就會忘了自己是誰，還有她為什麼來到這裡，紅牛也不會再度在夜裡咆哮找尋她。說不定，她會和那個愛她的善良王子結婚。」小貓使勁地用腦袋去頂莫麗忽然停頓的手。「繼續摸。」他要求，「王子很勇敢，居然愛上一頭獨角獸。貓咪懂得欣賞英勇的愚行。」

「不，」莫麗說，「不，不行。她是最後一隻獨角獸。」

「好吧，那她必須完成她來這裡的目的。」貓咪回答，「她必須循著國王的路往下走，找到那頭紅牛。」

莫麗用力抓住他，貓咪發出一聲老鼠般的抗議尖叫。「你知道要怎麼去嗎？」她問，急得就像里爾王子先前問她時一樣，「告訴我要怎麼去，告訴我怎樣才能找到紅牛。」她將貓咪放到桌上，鬆開手。

貓咪許久都沒有回答，但兩顆眼珠越來越亮、越來越亮：金色的斑點不停顫動、擴大，直到再也看不見一絲綠。他歪曲的耳朵抽了抽，黑色的尾尖抖了抖，然後再也沒有任何動作。

「當酒喝掉自己，」他說，「當骷髏頭開口說話，當時鐘正確敲響——只有等到那時候，你們才能找到通往紅牛巢穴的密道。」他將腳掌收到胸口下，又補了一句：「不用說，這是有訣竅的。」

「我想也是。」莫麗冷冷回答，「大廳有根柱子，上方高處掛著一個看起來一摔就碎、但又陰森恐怖的古老骷髏頭，不過我沒聽過它開口說話。它附近有口發瘋的大鐘，整天亂響——不是每個小時都報是午夜十二點，就是四點的時候響十七下，要不就整個星期響都不響。至於酒——喔，小貓咪，你就不能直接告訴我通道在哪兒嗎？那不是簡單多了嗎？你知道在哪兒，對不對？」

「我當然知道。」小貓回答，打了個閃亮又捲翹的呵欠。「直接告訴你當然簡單多了啊，省時又省力。」

他聲音變得昏昏欲睡、慢條斯理。莫麗知道，他像瘋王黑格一樣，開始失去興趣了。她趕緊問：「告訴我一件事就好。其他獨角獸怎麼了？他們在哪兒？」

貓咪又打了個呵欠。「又遠又近，又近又遠。」他嘟噥道，「他們就在妳那位小姐的眼皮子下，但又幾乎在她記憶所及之外。他們正在靠近，又正在離開。」小貓閉上眼。

莫麗的呼吸變得宛如繩索，摩擦著她粗啞的嗓子。「該死的，你為什麼就不肯幫我？」她喊道，「你為什麼說話總得像打啞謎一樣？」

一隻眼緩緩睜開，金黃翠綠，好似樹林裡的陽光。貓咪說：「我就是這樣，可以的話，我很樂意告訴妳，妳想知道的事，因為妳一直對我很好。但我是隻貓，沒有一個地方的貓會直接給人明確的答覆。」

貓咪最後的話語變得含混不清，最後化為深沉規律的呼嚕聲響。他就這樣一眼半睜半閉地睡著了。莫麗將他抱到腿上，輕輕摸著他，他在睡夢中呼嚕作響，但再也不曾開口說話。

第十一章

里爾王子離開城堡，前去剷除那頭嗜吃少女的食人妖，三天後，他回來了，身後揹著亞爾班公爵的巨斧，食人妖的腦袋在馬鞍上彈跳。他沒有將戰利品獻給阿茉曦亞小姐，也沒有在手上依舊沾染著乾褐色的食人妖血跡時便匆匆跑去找她。他已下定決心，就像那晚他在廚房裡對莫麗說的那樣，他再也不會對阿茉曦亞小姐殷勤求愛，造成她的困擾，而是靜靜地惦念她、一心一意地服侍她，直到自己孤獨死去。他不會再尋求她的陪伴、她的仰慕、她的愛。「我會變得像她呼吸的空氣一樣，無名無姓。」他說，「也像將她留在地面的引力一樣，無形無體。」他思索片刻，又說，「或許我會偶爾寫首詩給她，塞進她的門縫底下，或找個地方擱著，讓她無意間發現。但我絕不會在詩上署名。」

「很高尚的情操呀。」莫麗說。王子終於放棄追求阿茉曦亞小姐，讓她鬆了口氣，同時也覺得有些有趣，還有那麼點傷心。「比起死掉的龍和魔法長劍，姑娘家是喜歡詩詞多一些。」她說，「起碼在我還是少女的時候是這樣。我會和老哥私奔就是因為——」

但里爾王子打斷她，堅決說道：「不，別給我希望。我必須學會不抱希望地活著，就像父王那樣，如此一來，我倆或許終於能了解彼此。」他將手伸進口袋，莫麗聽見紙張窸窣的聲響。「其實我已經寫了幾首相關的詩——關於希望、關於她，諸如此類的。如果妳想的話，可以看看。」

「樂意之至。」莫麗說，「那你不會再出去了嗎？去找那些黑騎士決鬥、或是騎馬跳火圈？」她本來是想揶揄王子，但話說出口，她才發現，若真是這樣，她會有那麼點惋惜，因為那些冒險讓王子變得英俊許多、也瘦了許多，還讓他隱隱散發一種每個英雄都有的死亡麝香氣息。但王子搖搖頭，臉上神情幾乎可說是困窘。

「喔，我想我還是會那麼做。」他喃喃道，「但不會是為了炫耀，或是要讓她知道。起初確實是那樣沒錯，但你會開始習慣救人、打破魔咒、用公平的決鬥挑戰邪惡的公爵——而一旦習慣後，就很難放棄做個英雄。妳喜歡第一首詩嗎？」

「情感確實非常豐沛。」她說，「但是『綻放』和『毀滅』真的有押韻嗎？」

「是得再潤飾一下。」里爾王子承認，「不過我擔心的是『奇蹟』這個詞。」

「我不確定的是『山雞』。」

「不，我擔心的是寫法。蹟是足字旁？還是糸字旁？」

「應該是足字旁。」莫麗說，「史蒙客，」——魔法師正巧彎腰走進門——「『奇蹟』的蹟是足字旁還是糸字旁？」

「糸字旁。」他疲憊地回答，「和絲綢的『絲』同部首。」莫麗替他舀了碗湯，他在桌邊坐下。他的兩顆眼珠像玉石般僵硬又混濁，一眼的眼皮還在抽搐。

「我撐不了多久了。」他說，語調緩慢，「不是因為這個可怕的地方，也不是因為必須時時刻刻等他召喚——這對我來說不是什麼難事了，而是他要我表演的那些爛把戲，簡直沒完沒了，昨晚還表演了一整夜。如果他要我表演真正的魔法，或甚至是簡單的降靈術，我都不在意，但他要的永遠是魔術環、金魚、紙牌、絲巾、繩子，就跟在午夜嘉年華時一模一樣。我沒辦法，我撐不下去了。」

「但那就是他要你的原因啊。」莫麗反駁他，「如果他想看真正的魔法，他就會留著原本那個老魔法師，那個馬布魯克。」史蒙客抬起頭，給她一個幾乎像是被逗笑的表情。「我不是那意思。」莫麗說，「況且，只要再忍耐一下，等我們找到小貓告訴我的那條密道、找到紅牛就好了。」

她壓低音量，小聲說完最後幾句話。兩人同時飛快朝里爾王子瞥了一眼，不過王子正坐在角落邊的一把凳子上，顯然又在寫另一首詩。「瞪羚，」他用筆輕點嘴唇，喃喃自語，「妙齡、涼亭、茯苓、夜鶯、平行……」他最後選了送行，趕快寫下來。

「我們永遠找不到的。」史蒙客悄聲回答，「就算那隻貓說的是真的——這點我是很懷疑啦——黑格也會確保我們抽不出時間去調查那顆骷髏頭和那座鐘。妳以為他為什麼每天都要派一堆工作給妳，還不就是為了防止妳在大廳裡四處查探。妳以為他為什麼一直要我表演馬戲團雜耍？——妳以為他當初為什麼要我當他的魔法師？因為他**知道**，莫麗，我很確定！他知道她是什麼，只是還沒完全相信——等他確定後，他就會知道要怎麼做。他知道，有時候我從他臉上表情看得出來。」

「渴望的提振，失去的衝擊，」里爾王子說，「什麼什麼落的苦澀；墜落、跌落、失落。可惡！」

史蒙客探身越過桌面。「我們不能留在這裡，等他出擊。我們唯一的希望，是趁夜逃走——或許走海路吧，如果我能從哪裡搞到船。那些鎧甲騎士只會看著陸地，而那扇大門——」

「那其他獨角獸呢！」她低聲喊道，「為了尋找同類，她走了這麼遠的路、費了這麼多心力，現在我們明知他們就在這裡，怎麼能這樣一走了之？」但有一小部分的她既脆弱又想要倒戈，忽然間好想被說服，承認他們的任務失敗了。她很清楚，所以連帶生起史蒙客的氣。「還有你的魔法呢？」她問，「你自己的那個小小追尋呢？你連那也要放棄嗎？你是不是要她以人類的形體死去，自己卻永遠活著？你還不如那時就讓紅牛把她抓走。」

魔法師頹然坐倒，臉色變得有如洗衣婦的手指，蒼白發皺。「不管怎樣，都不重要了。」他幾乎是自言自語地說，「她現在已經不是獨角獸，而是個壽命有限的女人——有個傻子會為她嘆息、為她寫詩。或許黑格到最後都不會察覺她的真相。她將成為黑格的媳婦，那麼他也將永遠不得而知，那就有趣了。」魔法師把碰也沒碰過的湯碗推到一旁，頭埋進雙手之中，「就算我們找到其他獨角獸，我也無法把她變回去。」他說，「我根本沒有魔法。」

「史蒙客——」她開口，但這時候，史蒙客忽然一躍而起，衝出廚房。然而莫麗並沒有聽見國王召喚他。里爾王子始終沒有把頭抬起來，只是繼續推敲格律、嘗試各種韻腳。莫麗將茶壺掛到火上，替守衛們煮茶。

「除了最後的對句，我全都寫好了。」里爾王子隨後說，「妳想現在聽嗎？還是等一下？」

「都可以。」她回答，於是王子便唸了起來，但莫麗一個字也沒聽進去。幸好，他還沒唸完，鎧甲騎士就來了。王子不好意思在他們面前徵詢莫麗的意見。等他們離開後，他已經在寫其他詩。他道晚安時，夜已經非常地深。莫麗坐在桌邊，抱著那隻小花貓。

那首新寫的詩應該要有六節，里爾王子一邊上樓回他的寢房，一邊反覆推敲最後幾個字，腦子裡歡天喜地，大聲喧鬧。他想，我先把第一首詩放在她門邊，其他的留到明天再說。他原本不打算在詩上署名，但現在又猶豫了起來，思索要不要取個筆名，像是「暗影騎士」或「失戀騎士」。這時候，他來到樓梯轉角，遇見阿茉曦亞小姐。她在昏暗中快步下樓，一看到王子，便發出一種羊叫聲般的古怪聲音，停在他三階之上，動也不動。

她穿著一件國王派人從巫門鎮偷回來的袍子，長髮垂散，雙腳赤裸。看見她站在樓梯上，里爾王子感到一陣椎心刺骨的悲傷，再也把持不住他手裡的詩和矯飾的偽裝，轉身就想要逃。但他總歸是個英雄，不折不扣的英雄，所以他勇敢地轉回身，面對她，冷靜且禮貌地說：「晚安，小姐。」

阿茉曦亞小姐在昏暗中凝視他，伸出一隻手，但在碰到他前又收了回去。「你是誰？」她悄聲問，「你是盧克嗎？」

「我是里爾。」他回答，忽然感到害怕，「妳不認得我了嗎？」但她向後退開，王子覺得她的步履彷彿動物般輕盈流暢，她甚至像頭山羊或鹿那樣把頭低下。他說：「我是里爾。」

「那個老婦人。」阿茉曦亞小姐說，「月亮不見了。啊！」她打了個冷顫，認出王子來，但全身上下依然透著一股野性和警戒的氣息，也沒有朝他走近。

「妳做夢了，小姐。」他說，重新找回那種騎士般的口吻，「我由衷希望能知道妳做了什麼樣的夢。」

「我以前便夢過了。」她緩緩回答，「我在一個籠子裡，還有其他的——野獸，也一樣被關在籠子裡，還有個老婦人。但我不想麻煩你，王子殿下。我夢過許多次了。」

她原本已經要離開，但這時候，王子開口了，而且用的是一種唯有英雄才具備的語調，就像許多動物在成為母親之後，會培養出某種特定的呼喚聲。「時常反覆出現的夢境可能是要傳遞某種訊息，前來警告妳要小心未來，也可能是要提醒妳某些太早遺忘的事。假若妳願意，請再多告訴我一些，看我能否替妳解夢。」

阿茉曦亞小姐停下腳步，微微偏過頭，望著他，那神態依舊讓人聯想到某種身形纖細、披著皮毛的動物躲在樹叢中窺探，但她眼裡透露的是人類才有的失落，彷彿她遺落了某樣她需要的東西，或忽然明白自己其實從來不曾擁有過。這時候，即便里爾只是眨一眨眼，她也會離開，但他沒有。里爾用眼神抓牢她，就像他學會了要如何用堅定的眼神震懾獅鷲和奇美拉，讓他們動彈不得。阿茉曦亞小姐赤裸的雙腳比任何尖牙利爪還要傷他更深，但他是個真正的英雄。

阿茉曦亞小姐說：「夢裡有圍著柵欄的黑色馬車、有一些是真的也是假的野獸，還有一頭長著翅膀的生物在月光下發出金屬般的敲擊聲。那名高挑男子有一雙綠色眼珠和血淋淋的手。」

「那名高個子男人一定就是妳叔叔，那個魔法師。」里爾王子若有所思地說，「這點應該相當明確，手上有血我也不意外。請原諒我這麼說，但我從沒留意過他的樣貌。這些就是全部了嗎？」

「我無法將全部的夢境告訴你。」她回答，「因為夢從來不曾完結過。」恐懼再次回到她眼中，宛如巨石墜入池潭，水霧籠罩，漩渦翻騰，暗影倏忽來去，四處奔竄。她說：「我跑離一個安全而美麗的所在，夜晚在我四周燃燒，但同時又是白晝，雨水溫熱酸敗，我走在山毛櫸下，有蝴蝶，還有種蜂蜜般的聲響、斑駁的道路，狀似魚骨的小鎮；那個會飛的生物殺了老婦人。我不停跑啊跑，跑啊跑，但無論我怎麼拐彎，都會跑進冰寒的火裡，而我的腿是野獸的腿——」

「小姐，」里爾王子驀然插口，「我的小姐，請容我阻止妳，別再說下去了。」她的夢越來越黑暗，彷彿漸漸有了形體，橫亙在他們之間。忽然間，他不想知道那夢境有什麼意義了。「別說了。」他說。

「但我一定要說下去。」阿茉曦亞小姐開口，「因為它從來不曾結束。即便在我醒轉後，在我走動、說話和用餐時，我同樣分不清什麼是真、什麼是夢。我記得那些不可能發生過的事，卻忘了此刻正發生在我身上的事。別人看著我，好像我應該認得他們，我在夢裡也確實認得他們，而且火焰總是在逼近，即便我醒著——」

「別再說了。」里爾激動地說，「這城堡是一名女巫建造的，在這裡談論惡夢，常常會變成現實。」令他膽寒的並非她的夢，而是她說話時沒有哭。做為一個英雄，他了解哭泣的女人，也知道該怎麼讓她們停止哭泣——通常只要殺了某樣東西就好——但她平靜的恐懼讓他困惑，也讓他膽怯，阿茉曦亞小姐的臉龐瓦解了他一直以來都如此樂於維持的清冷自持。當王子再次開口時，他的聲音變得年輕稚嫩又支支吾吾。

「我會用更優雅的方式追求妳，」他說，「假若我知道該怎麼做。我明白我殺死的龍和我那些功績都讓妳厭倦，但那是我唯一能獻給妳的。我當英雄的時日還不長，而在成為英雄之前，我什麼也不是，只是父王一個愚魯又軟弱的兒子。也許，我現在不過是換了個方式愚昧，但我就在這兒，妳不該白白讓我溜走。我真的希望妳能對我有所要求，不必非得是什麼英勇的壯舉——只要對妳有用就好。」

聽完這席話，阿茉曦亞小姐對他微微一笑，這是她來到瘋王黑格的城堡後，第一次對王子展露笑容。那是個淺淺的笑，如新月般，在不可見的世界邊緣勾起一彎纖細的光。但里爾王子仍靠上前，感受那溫暖的明亮。如果他有勇氣，他會用雙手捧住那抹笑，輕輕呵氣，讓它更加閃耀。

「替我唱首歌吧。」阿茉曦亞小姐說，「只要在這陰暗孤獨的地方高聲歌唱，就是一件英勇的舉動了，而且對我是有幫助的。唱首歌給我聽吧，大聲地唱——蓋過我的夢境，別讓我想起那些想要我記起的事。若你願意，請為我歌唱吧，我的王子殿下。這或許不是什麼英雄的考驗，但我會很開心的。」

於是，里爾王子便在寒冷的樓梯上縱情地高聲歌唱。那陽光般的歡樂歌聲令許多看不見的溼濡動物拍動翅膀，慌忙逃竄，找地方躲藏。他唱起最先浮現他腦中的歌詞：

當我年輕時，深受眾人愛慕，
我提出任何要求，沒有女士拒絕過。
我一點一點啮食她們的心，彷彿吃著手裡的果乾，我從不說愛，但我知道我滿口欺瞞。
然而，我告訴自己：「啊，她們並不知曉
那個被我掩藏、守護、珍視的祕密。
我等待能夠看穿我外表的伊人出現，
從我的言行舉止，我會知道我已陷入愛中。」
年歲流逝，如浮雲掠過天空，
女人來去，如雪花飄散風中。
我撩撥，我矇騙，我欺瞞，我假裝，
我一遍又一遍又一遍地犯下罪過。
但我告訴自己：「啊，沒有人看見，
有部分的我純淨如水波。
我的伊人遲遲未現，但她會發現我始終忠誠，
從我的言行舉止，我會知道我已陷入愛中。」
終於來了一位聰慧又溫柔的女士，
她說：「你並不如眾人所想。」
但話未說完，我便已背叛了她，

她吞下冰冷的毒藥，縱身躍入汪洋。
我就這樣優雅地日漸墮落、日漸放蕩，
趁著還有機會開口時，我告訴自己：
「啊，愛或許強大，但習慣更頑強，
從我的言行舉止，我知道我已陷入愛中。」

王子唱完後，阿茉曦亞小姐笑了，那笑聲彷彿將城堡裡那份日久年深的黑暗從兩人身邊趕走。「那很有幫助，」她說，「謝謝你，王子殿下。」

「我也不知道我為什麼會唱那首歌，」里爾王子難為情地說，「父王的一名手下過去對我唱過。我不是真的相信那些歌詞，我認為愛比任何習慣或情勢都還要強大。我認為漫長等待一個人是有可能的，而當她終於出現時，你依舊會記得自己為何等待。」阿茉曦亞小姐又綻露笑顏，但沒有回答，王子於是踏前一步。

他對自己的大膽感到詫異，柔聲道：「可以的話，我願意進入妳夢境，守護妳，並且殺掉那個糾纏妳的東西；若它有勇氣在光天化日下現身，我也同樣會那麼做。但除非妳夢到我，否則我無法進入妳夢中。」

但她還來不及開口——如果她有意開口的話——他們就聽見腳步聲自下方蜿蜒的樓梯傳來，

瘋王黑格模糊的話語緊接響起：「我聽見他在唱歌，他為什麼唱歌？」

御用魔法師史蒙客用順從的語調趕緊回答：「陛下，那只是些有關英雄的歌謠，讚頌英雄的事跡之類，就是他們在啟程追尋榮耀或載譽歸鄉時會唱的那種。要確定的話，國王陛下——」

「他從來不在這裡唱歌，」國王說，「他會在他那些愚蠢的旅途中唱個不停，這我確定，因為英雄都會那麼做。但他是在這裡唱歌，唱的也無關征戰或英勇事跡，而是愛情。她在哪兒？我還沒聽見他的歌聲，就知道他是在唱情歌了，因為這裡的每一顆石頭都在顫抖，就像那頭公牛在地底移動時一樣。她在哪兒？」

王子和阿茉曦亞小姐在黑暗中望向彼此，這時他們已並肩而立，但誰也沒有動。對於國王的恐懼之意緊接著湧現，因為無論他們之間產生了什麼，那都可能是他想拿走的東西。兩人上方的樓梯平臺連接著一條走廊，儘管黑暗中什麼也看不見，他們還是一同轉身，拔腿就跑。她的腳步安靜無聲，一如她給王子的承諾，但王子沉重的靴子卻像所有踩在石磚地上的靴子一樣，發出扎扎實實的聲響。瘋王黑格沒有追上來，但他的聲音卻窸窸窣窣地沿著走道緊跟在後，在魔法師的話語下輕聲作響。「是老鼠，陛下，肯定是老鼠。幸好我知道一個專門的咒語——」

「讓他們跑，」國王說，「他們跑了最好。」

等他們終於停下腳步，無論是停在哪兒，他們又再次四目相望。

冬日就這麼如泣如訴地延續，但它並非朝著春天前進，而是走向瘋王黑格國度那短暫又貪婪吞噬一切的夏季。城堡內的生活在氾濫的寂靜中繼續，在這裡，沒有任何人期待任何事情。莫麗煮飯、洗衣、刷石板、修補盔甲、磨劍；還劈柴、磨麵粉、照料馬匹、打掃馬廄、替國王的庫房燒熔偷來的金銀，想辦法在匱乏的環境中完成各種工作。到了晚上，在就寢之前，她通常會讀一讀里爾王子新寫給阿茉曦亞小姐的詩，一面稱讚，一面替他訂正錯字。

史蒙客依然遵從國王的命令，在他面前裝瘋賣傻、胡言亂語、變戲法耍雜技。他恨死這差事了，也知道黑格明知道他恨死這差事，卻還是要他做，藉此獲得樂趣。他再也沒向莫麗提起，要在黑格確認阿茉曦亞小姐真實身分前逃離城堡的事，但即便在空閒時間，他也不再尋找通往紅牛巢穴的密道。他像是屈服了，但並非向國王屈服，而是對某個更古老、更殘忍的敵人。在這個冬天裡、這座城堡中，那敵人終於追上了他。

日子一天比一天還要陰沉憂鬱，阿茉曦亞小姐卻是一天比一天還要美麗。當那些年邁的鎧甲騎士結束雨中的巡邏、淋得一身溼答答又冷得不住發抖地走下樓，或是為國王偷完東西返回時，如果在樓梯或走廊上遇見阿茉曦亞小姐，他們會像花朵無聲綻放般開心起來。她會對他們微笑，柔聲和他們交談，但等她離開後，城堡總是變得比從前更幽暗，外頭的寒風搖撼厚重的天空，彷彿它是晾衣繩上的床單。因為她的美是屬於人類的，總有一天會消逝，那些老人在其中找不到絲毫慰藉。他們只能將滴著水的斗篷拉得更緊，蹣跚朝著樓下廚房的微弱爐火走去。

但阿茉曦亞小姐和里爾王子一同開心地散步、談天、歌唱，彷彿瘋王黑格的城堡變成了一片蓊鬱的森林，洋溢著春日的活力和綠蔭。他們像爬山般登上彎曲的塔樓，在石磚天空下和石磚草原上野餐，階梯彷彿變成了潺潺流動的溪水，他們上上下下地來回潑水嬉戲。王子將自己所知的一切，以及對所有事物的想法通通告訴她，還喜孜孜地替她編造出一段人生和各種想法，而阿茉曦亞小姐的安靜聆聽鼓勵了他。她沒有欺騙王子，因為她真的不記得任何來到這裡還有遇見他以前的事。她的記憶始於里爾王子，也終於里爾王子——除了那些夢，但那些夢境也很快便消褪了，就和他說的一樣。

他們已鮮少會在夜裡聽見紅牛狩獵的咆哮，但當那飢渴的吼叫傳入她耳中時，她會害怕，而石牆與寒冬將再次籠罩四周，彷彿兩人的春日都只是她所創造出來，要送給王子的一份美好禮物。這些時候，王子都想抱住她，但他早已明瞭觸碰令她害怕。

一天午後，阿茉曦亞小姐站在堡內最高的一座塔樓上，看著里爾王子歸來。他出門遠征，去找那個被他殺死的食人妖的連襟決鬥。他偶爾還是會出去發揮他的騎士精神，就像他和莫麗說過的一樣。天空沉甸甸地壓在巫門鎮上方，色彩宛如骯髒的肥皂，但沒有下雨。下方遠處，海水夾帶一道道緊密的銀色、綠色和藻褐色波紋，平滑地朝菸灰色的地平線而去。醜陋的鳥兒不安躁動，時常三三兩兩地飛出去，在海面上迅速盤旋，然後又回到沙灘上昂首闊步，對著瘋王黑格位於懸崖上的城堡抬起頭，哈哈大笑。「就說吧，就說吧！」潮水很低，就要漲潮了。

阿茉曦亞小姐開始唱起歌來，歌聲宛如另一種鳥兒，在冰冷的空氣中平穩翱翔。

我是國王的女兒，
年華漸逝，青春漸老，
禁錮在肉身的囚牢，
皮囊是我的鐐銬。
我想逃，
挨家挨戶地求討——

她並不記得自己聽過這首歌，然而這些歌詞卻像孩子般掐著她、拉扯她，想把她拉回某個他們想再看一次的地方。她扭動雙肩，想要掙脫他們。

「但我並不老啊，」她自言自語道，「我也不是囚犯。我是阿茉曦亞小姐，里爾的摯愛，他來到我夢裡，讓我即便在睡夢中也不再懷疑自己。我是從哪兒學來這首悲傷的歌呢？我是阿茉曦亞小姐，我只知道里爾王子教過我的歌。」

她抬起一隻手，摸向額前的印記。潮水回漲，平靜地有如天上運行的黃道帶。醜鳥縱聲尖叫。那印記不會消褪，令她有些心煩意亂。

「國王陛下。」她說，儘管四周不曾有過絲毫聲響。她聽見背後傳來沙沙的笑聲，轉身看見國王。他在盔甲外披了件灰色斗篷，但並沒有藏住他的臉。他臉上的黑色溝壑顯露了歲月的利爪是如何在這粗厚的皮膚上刮撓而過，但他看起來比他兒子更強壯，也更狂暴。

「以現在的妳來說，妳的反應很快，」他說，「但我想，以過去的妳來說又太慢了。據說愛情會讓男人變得敏捷，讓女人變得遲緩。如果妳愛得再深一點，我終有一天會逮住妳的。」

她只是微微一笑，沒有答話。她從來不知道該對這名眼神蒼白的老人說什麼，她很少看見他，在她和里爾王子的隱居生活中，國王不過是偶爾會在邊緣出現的動靜。然後，谷底深處出現鎧甲的閃光，她聽見疲憊的馬兒蹣跚走過石子路上的刮擦聲。「令郎回來了。」她說，「我們一起看看他吧。」

瘋王黑格緩緩來到她身旁，和她一起站在牆垛前，但他並沒有看向那正騎馬返家的小小閃耀人影。「不，妳或我有什麼好在意里爾的？」他問，「他不是我的，他既非我親生兒子，也不屬於我。有人遺棄他，我就把他撿回來。我當時只想著，我從來不曾快樂過，也不曾有過兒子。一開始確實還算愉快，但那感覺沒多久就消退了。所有東西一旦被我撿起就會死去。我不知道它們為何死去，但向來都是如此，只有一樣我所珍藏的東西，還沒在我的守護下變得冰冷僵硬——那是唯一一件真正屬於我的東西。」他陰沉的臉上忽然露出飢渴的表情，彷彿陷阱抓到獵物猛然彈起。「里爾也無法幫妳找到。」他說，「他從來都不知道那到底是什麼。」

毫無預警地，整座城堡忽然像撥動的琴弦般嗡鳴起來，是那頭在城堡底部沉睡的野獸，翻動他重量驚人的身軀。阿茉曦亞小姐從容地穩住腳步，她已經習慣了，並且輕快地說：「您是指那頭紅牛。但您為何認為我是要來偷那頭公牛的呢？我沒有王國需要守衛，也無意征服其他領土。我要拿他做什麼？他得吃多少東西啊？」

「別嘲笑我！」國王說，「紅牛和那男孩一樣，都不屬於我，而且他不用進食，也無法被偷走。他只服侍無所畏懼的人——而我沒有恐懼，就像我身無長物。」但阿茉曦亞小姐仍看見不祥的預感掠過那張瘦長陰鷙的面孔，急急在眉骨陰影間竄走。「別嘲笑我。」他說，「妳為什麼要假裝忘了自己在找什麼，還要我提醒妳？我知道妳來的目的，妳也很清楚它就在我手中。拿去啊，妳有辦法就拿去啊——但別想現在就認輸！」他臉上的黑色皺紋全都銳利了起來，猶如刀鋒。

里爾王子騎在馬上，哼著歌，但阿茉曦亞小姐還聽不見他在唱什麼。她靜靜地對國王說：「陛下，在您這座城堡、您所有的領土，以及所有紅牛可能為您帶來的王國之中，只有一樣東西是我想要的——而您剛剛才告訴我，他並不屬於您，您無法決定他的去留。無論您珍視的是什麼，都不是他，而我由衷希望那東西能為您帶來喜悅與滿足。再會，國王陛下。」

她朝塔樓的階梯走去，但國王擋住她的去路，她便停下腳步，用那雙漆黑有如雪中蹄印的眼眸望著他。一臉陰鷙的國王嘴角揚起微笑，有那麼瞬間，她心裡對國王湧現一種莫名的善意，令她不由打了個冷顫，因為她忽然覺得他們原來有些相似。但國王接著說：「我認得妳。幾乎是一在路上見到妳，看到妳和那個廚子與小丑一起朝我大門走來時，我就認出來了。從那時起，妳的一舉一動就全都出賣了妳。一個步伐、一個眼神、一轉頭、妳呼吸時喉間的起伏，甚至是妳動也不動地站著——這些全都向我洩了密。妳讓我疑惑了一陣子，這帶給我些許樂趣，我還挺感謝的。但妳的時間到了。」

他回頭望向大海，忽然間帶著一種年輕人才有的魯莽優雅，朝胸牆走去。「潮汐轉向了，」他說，「過來看看。來這裡。」他聲音極輕，但岸上那些醜鳥瞬間都止住了啼叫。「過來這裡，」他厲聲道，「過來，我不會碰妳。」

里爾王子唱著：

我會竭盡所能地愛妳長久，
無論那有多久……

他馬鞍上那顆猙獰的頭顱彷彿用一種假聲男高音合唱著。阿茉曦亞小姐站到國王身旁。海浪在厚重、翻騰的天空下湧現，如樹木生長般緩緩隆起，橫越海面。接近岸邊時，它們伏低身子，背越拱越高、越拱越高，然後像要跳出圍牆的困獸般，猛然沖上沙灘，隨即又哀號嘶吼著向後摔落，再一次又一次地躍起，腳爪上結塊破裂，而那些醜陋的鳥兒只是不住哀鳴。一波波的浪湧先是鴿子般的灰綠色，碎裂後，又變得像是飄揚在她眼前的髮絲的顏色。

「那裡，」一個古怪的高亢聲音在她身旁道，「他們就在那裡。」瘋王黑格笑咧了嘴，指向下方白色的海水。「他們在那裡。」他說，笑得像個驚恐的小孩，「他們就在那兒。告訴我，他們不是妳的同類；告訴我，妳來這裡不是為了找尋他們。說啊，現在就親口告訴我，妳是為了愛，才在我的城堡足足待了一整個冬天。」

黑格等不及她回答，便又轉頭望向一波又一波的浪湧。他的面孔出現驚人的變化：愉悅紅潤了他暗沉的肌膚、柔和了他銳利的顴骨、放鬆他緊繃的脣線。「他們都是我的，」他輕聲說，「他們全都屬於我。紅牛替我一隻一隻把他們帶回來，我要他把每一隻都趕進海中。還有哪裡更適合囚禁獨角獸？還有什麼樣的牢籠更能關住他們？紅牛時時刻刻看著他們，無論他清醒或沉睡，況且他早在許久以前就已經讓他們心驚膽怯。如今，他們住在海裡，每一次的漲潮都仍會將他們帶向岸邊，只要一步，他們就可以上岸，但他們不敢跨出那一步。他們不敢離開水，他們懼怕那頭紅牛。」

不遠處，里爾王子唱著：

其他人或許會自不量力，

傾盡自己一生所有……

阿茉曦亞小姐兩手緊抓著牆垛，希望王子能來到她身邊，因為她現在知道了，瘋王黑格確實是瘋了。在他們下方，唯有一道窄窄的灰黃色沙灘、岩石，以及高漲的潮水，除此之外，什麼也沒有。

「我喜歡看他們。他們讓我欣喜萬分。」那孩童般的聲音幾乎要唱了起來，「我很確定那是喜悅。第一次感受到時，我以為我會死去。在那個朦朧的清晨裡，我看見兩隻獨角獸，一隻在溪邊飲水，另一隻母獨角獸將頭枕在他背上。我以為我會死，我對紅牛說：『我一定要擁有他們，全部都要，任何一隻都不放過，因為我的需求無比龐大。』於是，紅牛把他們一隻又一隻地抓回來，這對他來說毫無分別，就算我是要他抓金龜子或鱺魚也一樣。他只能分辨我想要的和我不想要的。」

他趴在牆頭，有那麼一會兒，他忘了阿茉曦亞小姐的存在。那時，她大可逃離塔樓。但她只是留在原地，因為一場古老的惡夢正在她周遭甦醒，儘管此刻仍是白晝。潮水在岩石上碎裂，然後又再次翻湧、匯聚。里爾王子騎著馬，唱著：「但我會竭盡所能地愛妳長久，永不過問妳是否愛我。」

「我想我第一次看見他們的時候還很年輕，」瘋王黑格說，「現在我一定是老了——起碼比起過去，我拿取了更多東西，但又都放了回去。不過我一直都知道，沒有任何東西值得我付出真心，因為沒有任何東西能永久。我是對的，所以我一直都如此蒼老。但每當我看到獨角獸，就像又回到那個清晨的樹林，而我會不由自主地變得年輕，真真切切的年輕。在一個能擁有如斯美麗的世界裡，任何事都是有可能的。」

在夢裡，我低頭看著四條雪白的腿，感受偶蹄下的土地。我額前熾熱，就像此刻。但沒有任何獨角獸隨著潮水而來。國王瘋了，阿茉曦亞小姐心想。他說：「不曉得等我死了之後，他們會變得怎樣。我知道紅牛一定會馬上忘了他們，離開這裡去找新的主人，但我懷疑即便到了那時，他們是否會重拾自由。希望不會，這樣他們就會永遠屬於我。」

說完，國王又轉頭向她看來，而他的眼神就像里爾王子看著她時一樣，如此溫柔又如此貪婪。「妳是最後一個。」他說，「紅牛沒抓妳，是因為妳現在有著女人的形體，但我一直都曉得。說到這，妳是怎麼變的？不可能是妳那魔法師的手筆，我看他連要把乳脂變成奶油都不行。」

這時候，她的雙手若是離開城牆，她就會掉下去，但她仍然相當鎮定地回答：「陛下，我不懂您在說什麼，海裡什麼也沒有啊。」

國王的臉晃動起來，彷彿阿茉曦亞小姐是透過火焰看著他。「妳還要否定自己嗎？」他低聲道：「妳膽敢否定妳自己？不，這樣虛偽、這樣怯懦，好像妳是真正的人類。妳再否定自己，我就親手把妳扔下去，讓妳和妳的同類同歸於盡。」海格朝她走近一步。她睜大眼，看著國王，動彈不得。

阿茉曦亞小姐腦中滿是海水的喧騰聲和里爾王子的歌聲，還有那個名叫盧克的男子臨死的哀號聲。瘋王黑格的陰鷙面孔如槌子般懸在她面前，他喃喃低語：「一定是，我不會看錯的。但她的眼神就像他一樣愚蠢——和任何不曾見過獨角獸、在鏡子裡除了自己什麼也看不見的人一樣蠢。這是什麼騙術？怎麼可能？她眼睛裡沒有綠葉了。」

這時，阿茉曦亞小姐閉上眼，但她關進眼裡的比她阻擋在外的還要多。那個有著女巫面孔、青銅翅膀的生物飛掠而過，一面大笑，一面不知說著什麼；蝴蝶收起翅膀出擊；紅牛無聲穿過樹林，用他慘白的犄角推開光禿禿的樹枝。她知道瘋王黑格離開了，但她沒有睜開眼睛。

許久之後，也或許沒有過了多久，她聽見魔法師的聲音在身後響起。「別怕，別怕，都結束了。」她不曉得自己發出過聲音。

「在海裡。」他說，「原來是在海裡。好吧，別太難過。我也沒看見他們，不只是這次，每次我站在這兒看潮水上漲時都沒見過。可是他看見了——如果黑格看見了，就表示一定在那兒。」他笑了起來，笑聲猶如斧頭劈著木頭。「別難過。這是女巫建造的城堡，住在這裡很難近距離細看任何東西。光是準備好去看並不足夠——妳必須時時刻刻睜大眼瞧。」他又笑了，這次輕柔了些，「好吧，」他說，「我們現在可以去找他們了。來吧，跟我走。」

她轉身面向魔法師，張嘴想要說話，但卻一個字也說不出。魔法師用一雙綠眼打量她面孔：

「妳的臉都溼了，」他擔心地說，「希望只是濺上來的水花。如果妳已經變得像人一樣會哭泣，那世上就沒有魔法可以——啊，一定是水花。來吧，最好只是水花。」

第十二章

瘋王黑格城堡大廳內的鐘響了六下，但實際上，此刻是午夜十二點十一分，不過比起早晨六點或正午時分，也只稍暗了一些。然而，所有住在城堡裡的人，都學會藉由不同程度的黑暗來區分時間。在某些時段裡，大廳會單純因為缺少暖意而讓人覺得寒冷，也因為缺少光線，而顯得幽暗陰森。空氣汙濁窒悶，石牆透著陳年積水的霉臭味，因為沒有窗戶能讓風吹進來透氣。而這種時候是屬於白天。

但到了夜裡，就像有些樹會將陽光儲存在葉背，而且能一直維持到日落許久之後，因此整天都能透著明耀的光芒——同樣的，到了夜裡，城堡也會灌注滿滿的黑暗，生氣蓬勃的黑暗。所以大廳裡會冷是有原因的，還有些在白天沉睡的細微聲響會在夜裡醒來，在角落裡拍打抓扒。也是到了夜晚，石頭腐朽的氣味會隱隱自地板下方深處傳來。

「點個火吧，」莫麗說，「拜託，你能變出點光線來嗎？」

史蒙客嘟噥唸了句簡短並且聽起來很是專業的咒語。一時間，什麼也沒發生，但接著一團詭異的灰黃色光芒開始在地板上蔓延，無數閃閃發亮、嘎吱作響的細小光點急促分散，很快爬滿整個房間。

城堡裡的這種小小夜行動物會像螢火蟲般發光。他們在大廳裡四處奔竄，微弱的光芒製造出一抹抹倏忽的陰影，也讓房裡的黑暗變得比原先更加冰寒。

「我還寧願你沒這麼做。」莫麗說，「你可以把他們弄熄嗎？起碼紫色的那些吧，就是有——有腳的那些，我想。」

「不，我沒辦法。」史蒙客惱怒地回答，「別吵，骷髏頭在哪兒？」

阿茉曦亞小姐可以看見它正在柱子上咧著嘴笑，陰影中的它看起來只有檸檬大小，模糊得有如清晨裡的月亮，但她什麼也沒說，從塔樓下來之後，她就不曾開口。

「那裡。」魔法師說。他大步走到骷髏頭前，從它破裂的眼眶往裡頭瞧，打量了許久，然後自顧自地緩緩點頭，喃喃發出些嚴肅的聲響。

莫麗同樣認真地盯著它看，但不時便向阿茉曦亞小姐瞥上一眼。最後，史蒙客終於開口：「好了，別站那麼近。」

「真的有咒語可以讓骷髏頭開口說話嗎？」莫麗問。魔法師伸展了下手指，對她露出一個「包在我身上」的小小笑容。

「世上所有東西都有咒語能讓它們開口。法力高強的巫師都非常擅長聆聽，他們發明各種咒術，讓世上所有事物——無論是死是活——都能開口對他說話。作為巫師，這是我們最主要的工作——觀察和聆聽。」他深深吸了口氣，忽然間別開目光，搓動雙手。「剩下的就是技巧了。」他說，「好，開始吧。」

他突然轉身面對那顆骷髏頭，一手輕輕放在慘白的頭頂，用一種深沉又威嚴的語調命令它。字句如士兵般從他嘴裡列隊而出，穿過黑暗，每一步都迴盪著魔法的力量。但骷髏頭毫無反應。

「怪了。」魔法師低聲說。他把手從骷髏頭上挪開，再次對它說話。這一次聽起來像在和它說理、勸誘，甚至幾乎是哀求。骷髏頭依舊默不作聲，但莫麗覺得那張無臉的面孔上似乎閃過一抹清醒，旋即消失不見。

發光的小蟲子四處奔竄，在急促閃動的光芒中，阿茉曦亞小姐的長髮閃耀有如花朵。她的表情既不關切，也不冷淡，只是沉默無語，就像有時會出現在戰場上的那種寂靜。她看著史蒙客對發黃的頭骨唸出一個又一個咒語，但骷髏頭就像她一樣，始終一語不發。唸誦咒語的語調一次比一次絕望，但骷髏頭還是沒有說話。不過莫麗相當確定它有意識，不但正在聽，還聽得興味盎然。她太了解無聲的嘲諷，絕不會把它錯認成死亡。

時鐘至少響了二十九下，莫麗數到二十九就沒繼續數了。生硬的鐘鳴仍在地板上迴盪，史蒙客忽然對著骷髏頭揮舞拳頭，大吼：「好啊，厲害嘛你，這個自以為了不起的臭膝蓋骨！給你眼睛來一拳怎麼樣？」說到最後幾個字時，他的聲音已經完全崩潰成痛苦又憤怒的咆哮。

「沒錯，就是這樣，」骷髏頭說，「用吼的。把老黑格吵醒啊。」它的聲音聽起來像是在風裡嘎吱碰撞的枝枒。「再吼大聲點啊，」它說，「老頭八成就在附近，他向來睡得少。」

莫麗開心地輕喊了聲，就連阿茉曦亞小姐都上前一步。史蒙客握緊拳頭，站在原地，臉上一點勝利的表情也沒有。骷髏頭說：「快呀，問我要怎麼找到紅牛。徵詢我意見包管沒錯。我是國王的守門人，被派來看守通往紅牛巢穴的密道。就連里爾王子都不知道那條密道，但我知道。」

莫麗有些怯生生地問：「如果你真的是在這裡看守的，為什麼不示警呢？你為什麼要幫我們，而不是把那些鎧甲騎士叫過來？」

骷髏頭喀拉喀拉地笑了起來。「我在這根柱子上待很久了，」它說，「我以前是黑格的頭號親信，但他後來無緣無故就把我的頭給砍了。那時候啊，他可變態的，只是想看看砍人腦袋是不是他真正喜歡做的事。結果不是。但他想，砍都砍了，不如讓我的頭發揮點作用，所以就把我的腦袋塞在這兒，替他站哨。在這種情況下，我自然不會對黑格國王多忠誠呀。」

史蒙客壓低音量道：「那就解開謎底，告訴我們紅牛的密道在哪兒。」

「不要。」骷髏頭回答，開始瘋狂大笑。

「為什麼？」莫麗氣沖沖地問，「你在玩什麼把戲——？」骷髏頭又長又黃的下巴沒有動過，但它惡劣的笑聲持續了好一陣子才終於打住。就連那些行色匆匆的夜行生物都暫停片刻，困在自己糖晶似的光芒裡，直到它停止大笑。

「我已經死了，」骷髏頭說，「死都死了，還吊在黑暗裡，看守黑格的財產。我現在僅有的小小樂趣，就是惹活人生氣發怒，而這種機會可不多。這實在是個不幸的損失啊，因為我活著的時候特別惹人厭。如果我放縱自己，跟你們開個小玩笑，相信你們也不會放在心上。明天再來吧，說不定我明天就告訴你們了。」

「但我們沒時間了啊。」莫麗哀求。史蒙客用手肘頂了頂她，但她衝上前，靠近骷髏頭，直接對著那雙空洞的眼窩懇求。「我們沒時間了，現在恐怕都已經遲了。」

「但我有的是時間啊。」骷髏頭意味深長地說，「有時間其實也不是什麼好事。匆匆忙忙、爭先恐後、著急絕望，錯過這個，遺漏那個，好多東西都太大了，塞不進這麼狹小的空間——生活本該是這樣。你們本來就該錯過某些事物。不用擔心啦。」

莫麗本想再乞求，但魔法師抓住她手臂，將她拉到一旁。「閉嘴！」他飛快厲聲制止她，「不要再說了，一個字都別說。這該死的東西開口了，不是嗎？或許謎語要的只是這樣。」

「不是喔。」骷髏頭告訴他，「你要的話，我可以一直說下去，但我什麼也不會告訴你們。很惡劣，對不對？你該看看我還活著時的模樣。」

史蒙客沒理他。「酒在哪兒？」他問莫麗，「我看看我能拿酒怎麼辦。」

「我找不到酒。」莫麗不安地回答，「我到處都找遍了，但城堡裡一滴酒都沒有。」沉默無邊無際地擴大，魔法師瞪著她，一語不發。「我**真的**找過了。」莫麗說。

史蒙客緩緩舉起雙臂，又頹然放下。「好吧，」他說，「唉，找不到酒，也只能這樣了。我是懂點幻術，但無法憑空變出酒來。」

骷髏頭發出喀拉喀拉的尖銳笑聲。「世上的物質無法被創造，也無法被摧毀。」它說，「起碼大部分的魔法師都做不到。」

莫麗從裙子口袋裡掏出一只扁平的小酒瓶，酒瓶在黑暗中閃耀著微光。她說：「我在想，如果給你些水試試……」史蒙客和骷髏頭看向她的表情幾乎一模一樣。「哎唷，你以前也做過啊。」她大聲說，「又不是要你變個全新的東西出來。我從來沒那樣要求過你。」

聽見自己的話，她不由悄悄瞥了阿茉曦亞小姐一眼，但史蒙客從她手裡抽走酒瓶，仔仔細細、翻來覆去地打量，還自言自語喃喃唸著些奇怪又零碎的話。最後他說：「有何不可呢？就像妳說的，這是個典型的戲法，曾經風行一時，我記得，但現在確實有點過氣了。」他一手緩緩在酒瓶上方移動，同時對著空氣吐出一個字。

「你在做什麼？」骷髏頭熱切地問，「嘿，靠近一點，過來這裡弄。我什麼都看不到。」

魔法師轉過身，將酒瓶舉在胸前，弓背擋住骷髏頭的視線，開始低聲吟誦，莫麗覺得那音調就像最後一塊煤炭在燃盡許久之後，熄滅的火焰仍繼續發出的聲響。

「妳知道嗎，」魔法師突然停下來說，「這不會是什麼特別的東西，就普通的酒而已。」莫麗一臉嚴肅地點了點頭。他又接著道：「而且口味往往會太甜，至於要怎麼讓酒喝掉自己，我就毫無頭緒了。」他繼續唸誦咒語，語調極其柔和，骷髏頭在旁一個勁兒地抱怨它什麼也看不見、什麼也聽不到。莫麗壓低音量，滿懷希望地對阿茉曦亞小姐說了些什麼，但阿茉曦亞小姐沒有看她，也沒有回答。

咒語倏然停止，史蒙客將酒瓶舉至脣邊，先是聞了聞，然後嘀咕道：「太淡了，太淡了，根本沒什麼香氣。從來就沒任何人能用魔法造出好酒。」說完，他舉瓶喝了一口——然後搖了搖酒瓶，直瞪著它看。接著，他露出一抹讓人毛骨悚然的淺笑，將酒瓶倒了過來。沒有任何酒滴出，什麼也沒有。

「成功了。」史蒙客幾乎是興高采烈地說。他用乾燥的舌頭舔了舔乾燥的嘴脣，又說一次：「太好了，終於成功了。」他臉上笑容不減，再次舉起酒瓶，準備扔過大廳。

「不，等等——嘿，別扔！」骷髏頭喀拉喀拉地大聲抗議，語氣激動到史蒙客猛然收手，沒把酒瓶扔出。他和莫麗同時轉身看向那顆骷髏頭——它一副痛苦至極的模樣，甚至開始猛力扭動，風乾的後腦勺用力撞著柱子，彷彿死命想要離開。「不要扔！」它哀號，「你們這些人肯定都瘋了，竟然要把酒扔掉。不喝的話給我，別丟！」它抽抽搭搭地哭著，在柱子上又搖又晃。

史蒙客臉上閃過一絲恍恍惚惚的詫異神情，彷彿烏雲飄過乾涸的土地。他緩緩問道：「你要酒做什麼？你又沒有舌頭可以品嘗，也沒有口腔讓你細細品味，更沒有喉嚨可以把它大口吞下肚。你都死了五十年了，難道你還記得、還想要——？」

「都死了五十年，我還能幹什麼？」骷髏頭已停止它詭異的抽搐，但沮喪讓它的聲音聽起來和人類沒兩樣。「我記得，」它說，「我記得的不只是酒。讓我喝一口，一口就夠——稍微嚐一下——我能品嘗到的，是你那副鬆塌的肉體、你全身上下所有器官、所有味蕾都嘗不到的。我有的是時間思考。我知道酒是什麼滋味。快給我。」

史蒙客搖搖頭，露出大大的笑容，說：「說得好，但我啊，覺得自己最近還挺壞心的。」他第三次舉起空酒瓶，骷髏頭開始像凡人一樣痛苦呻吟。

莫麗在旁看得有些不忍心，便說：「但是——」魔法師踩了她一腳。「當然啦，」他若有所思地說，「如果你碰巧記得紅牛巢穴的入口，就像你記得酒的滋味一樣，那我們或許可以商量商量。」他用兩根手指輕鬆寫意地把玩著酒瓶。

「成交！」骷髏頭立刻大喊，「成交，一小口就好，但現在就把酒瓶給我！在我活著還有嘴巴還有喉嚨的時候，都沒有像現在一樣想喝酒想到口乾舌燥的程度。只要現在讓我喝上一口，你想知道什麼，我通通告訴你。」骷髏頭那副僵硬的下頷骨開始左右磨了起來，石板似的牙齒也不停格格打顫、裂開。

「給它吧。」莫麗低聲對史蒙客說。她怕淚水會開始湧現在那雙空蕩蕩的眼窩裡頭。但史蒙客還是搖頭。

「我可以把整瓶酒都給你，」他對骷髏頭說，「但你要先告訴我們怎麼找到紅牛。」

骷髏頭嘆了口氣，但半點猶豫也沒有。「方法就是穿過那座鐘。」它說，「只要穿過那座立鐘，你就進入密道了。現在可以把酒給我了嗎？」

「穿過立鐘。」魔法師轉身望向矗立於大廳另一頭角落的時鐘。那口鐘又高、又黑、又窄，彷彿落日時分裡的一抹鐘形幽影。鐘面上的玻璃破了，時針也不見蹤影。在灰濛濛的玻璃之後，只能勉強看見機械零件像焦躁不安的魚一樣抽搐轉動。史蒙客說：「你的意思是，等鐘正確敲響，入口就會打開，裡頭會有一條通道和一道隱藏的階梯？」他語氣充滿懷疑，因為那座鐘實在是太薄太窄，不像能藏什麼祕密通道。

「這我就不知道了。」骷髏頭回答，「如果你要等鐘正確敲響，那你會在這裡等到和我一樣頂上無毛。明明就是個簡單的祕密，幹嘛搞那麼複雜？反正你就穿過鐘，紅牛就在另一頭。快給我。」

「但那隻貓說——」史蒙客又說，但隨即轉身朝大鐘走去。黑暗中，他看起來彷彿正往山下走，身影越來越矮、越來越小。走到大鐘前方時，他停也沒停，繼續往前走，就像鐘真的只是道影子，但鼻子卻撞了個扎扎實實。

「這太蠢了。」他回來後冷冷地對骷髏頭說，「你還想騙我們？要找紅牛或許確實是要穿過那口鐘，但一定還有些別的事需要知道。告訴我，要不然我就把酒灑在地上，讓你好好回味酒的味道和色澤。快說！」

但骷髏頭又笑了起來，這回發出一種體貼、甚至近乎仁慈的聲音。「記得我是怎麼跟你描述時間的嗎？」它說，「活著的時候，我跟你一樣，相信時間和我自身一樣，是真實不虛的存在，甚至更真實不虛。我說『一點鐘』，說得好像我真能看見它；說『星期一』，說得好像我能在地圖上找到它。我讓自己跟隨時間，匆匆忙忙從這一分鐘走到下一分鐘、這一天走到下一天、這一年走到下一年，好像我真的從一個地方移動到了另一個地方。和所有人一樣，我住在一間用分秒、用周末、用新年堆砌而出的磚屋裡，到死都不曾踏出一步，因為那裡沒有其他出口。但我現在知道了，我大可直接穿牆而出。」

莫麗滿頭霧水地眨了眨眼，但史蒙客點點頭說，「沒錯，真正的魔法師就會這麼做。但那座鐘——」

「那座鐘永遠不可能正確敲響，」骷髏頭說，「黑格早就把它搞亂了。那一天，他試圖在時間晃走前抓住它。但重要的是，你必須明白，不管那座鐘接下來是響十下、七下或十五下，其實都無關緊要。你可以敲響你自己的時間，從哪一刻開始計時都可以。等你明白這點後——任何時間對你來說都會是正確的時間。」

這時候，鐘響了四下。最後一聲鳴響尚未消散，大廳底下就傳來回應的聲音。那並不是紅牛平常會在睡夢裡發出的咆哮和凶狠的低吼，而是一種低沉、試探的聲音，好像他醒來，感到夜裡出現某種不一樣的事物。每塊石磚都像蛇一般嘶嘶作響，發光的夜行生物瘋狂逃到大廳邊緣，讓黑暗看起來就像在簌簌顫抖。莫麗忽然間確確實實地知道，瘋王黑格就在左右。

「把酒給我，」骷髏頭說，「我依約做完我該做的事了。」史蒙客默默將空酒瓶對著空蕩蕩的嘴巴傾倒，骷髏頭咕嚕咕嚕吞飲，嘆了口氣，咂了咂嘴。「啊。」它終於說，「啊，貨真價實的玩意兒，真的是酒啊！我小看你這魔法師了。你現在懂了嗎，有關時間的事？」

「懂了。」史蒙客回答，「我想是吧。」紅牛再次發出那奇怪的聲音，骷髏頭在柱子上喀拉作響。史蒙客說：「不，我不確定。就沒有其他方法嗎？」

「怎麼可能有？」莫麗聽見腳步聲，接著又安靜下來，然後是一陣謹慎又微弱的呼吸聲。她聽不出聲音是從何而來。史蒙客轉頭向她看去，臉上蒙著一層陰霾，透著恐懼和困惑，彷彿從內裡燻黑了，就像玻璃燈罩的內部。裡頭也亮著光，但搖晃得就像暴風雨中的燈籠。

「我覺得我懂了。」他說，「不，我確定我不懂。我試試看。」

「我還是覺得那是一口真的鐘。」莫麗說，「但也不要緊。我可以穿過一座真正的鐘。」她這麼說，有部分是想安慰史蒙客，但話一出口，她就整個人豁然開朗，因為她發現自己說的沒錯。「我知道我們要去哪兒了，」她說，「就像知道正確的時間一樣。」

骷髏頭打斷她，說：「再給你們一個小小建議，因為那酒實在太美味了。」史蒙客一臉心虛。骷髏頭說：「把我打碎。直接把我砸在地上，讓我摔成碎片。不要問我為什麼，動手就是了。」它說得飛快，聲音低的幾乎像是耳語。

史蒙客和莫麗異口同聲地問：「什麼？為什麼？」骷髏頭重複一遍他的要求。史蒙客又問：「你在說什麼？我們為什麼要把你摔碎？」

「動手！」骷髏頭堅持，「快動手！」呼吸聲自四面八方逼近，但腳步聲卻只有一雙。

「不，」史蒙客說，「你瘋了。」他背轉過身，又朝那座黝暗破舊的大鐘走去。莫麗牽起阿茉曦亞小姐冰冷的手，跟在史蒙客後頭。她像拉著風箏般，拖著那名白皙少女。

「好吧，」骷髏頭悲傷地說，「我警告過你們了。」說完，它立刻用一種像是冰雹落在鐵板上的可怕聲音高喊：「來人啊，國王！士兵，快過來！這裡有強盜、土匪、壞人、綁架犯、闖空門的、殺人犯、刺客、剽竊犯！黑格國王！快來，黑格國王！」

這時，腳步聲乒乒乓乓在他們頭頂上方和四周響起，那些老騎士一面跑，一面吹哨音呼喊。但他們沒有點燃火把，因為除非是國王本人下令，否則城堡內不許點亮絲毫火光，而黑格此時依舊沉默。三名小偷不知所措地站在原地，束手無策、張口結舌地看著骷髏頭。

「對不起，」它說，「我就是這樣，叛徒一個。但我努力了。」隨即，它那雙消失的眼睛忽然看見阿茉曦亞小姐，儘管沒了眼珠，還是瞪得又大又亮。「喔，不，」它輕聲說，「不，不可能。我是不忠誠，但也沒那麼不忠誠。」

「跑啊。」史蒙客說，就像許久以前，他一釋放那頭白如海沫的神奇生物便高喊的一樣。他們跑過大廳，鎧甲騎士在黑暗中大聲地跌跌撞撞，骷髏頭尖叫：「獨角獸！獨角獸！黑格，黑格，她往那邊跑了，她要去找紅牛了！留意那座鐘，黑格——你在哪？獨角獸！是獨角獸！」

國王沙啞殘暴的聲音自喧鬧中響起。「蠢貨，叛徒，就是你告訴她的！」他迅速又神祕的腳步聲聽起來很接近，史蒙客轉身準備迎戰，但這時傳來一陣咕噥聲和破裂聲，扒抓聲繼之而起，最後是陳年老骨頭砸落在陳年石磚地上的脆響。魔法師又拔腿就跑。

當他們站定在大鐘前時，已經沒時間去懷疑或了解。鎧甲騎士已趕至大廳，響亮的腳步聲在石牆間轟然迴盪，黑格國王厲聲咒罵，催促他們上前。阿茉曦亞小姐沒有半點猶豫，她踏進鐘裡，轉眼就無影無蹤，彷彿月亮消失在雲層之後——是被雲層所遮掩，但非藏在雲層之中，而是獨自隱身在千里之外。

莫麗瘋狂地想著，彷彿她是森林裡的精靈，而時間就是她的樹木。透過骯髒模糊的玻璃，莫麗可以看見裡頭的重錘、鐘擺，還有腐朽的報時器，它們就在她的目光之下開始搖晃燃燒。阿茉曦亞小姐可能穿進的門並不在後面，裡頭只有一條由生鏽零件組成的路，帶領她的目光走進雨中，重錘如海草般左右飄蕩。

瘋王黑格大喊：「阻止他們！砸了那座鐘！」莫麗正要轉頭，想告訴史蒙客她覺得自己明白骷髏頭的意思了，但魔法師的身影已然消失不見，瘋王黑格的大廳亦然。那座鐘也消失了，她和阿茉曦亞小姐並肩站在一個寒冷的地方。

國王的聲音從好遠好遠的地方傳來，模糊得不像是聽見，更像是記起。莫麗又轉頭張望，卻赫然看見里爾王子的臉就在她面前。他身後起了一團明亮的霧，彷彿魚腹般顫抖，這裡和鐘裡腐蝕的機械零件沒有半點相似處。史蒙客仍不見蹤影。

里爾王子慎重地對莫麗低頭行禮，但先對著阿茉曦亞小姐開口說話。「所以，妳打算棄我而去。」他說，「原來我說的話妳都沒在聽。」

阿茉曦亞小姐一直沒對莫麗或魔法師開口，但現在她回答王子了，用低沉且清晰的聲音說：「我會回來的。我不知道我為什麼在這兒，也不知道我是誰，但我會回來的。」

「不，」王子說，「妳永遠都不會回來了。」

他還沒來得及說下去，就被莫麗大聲打斷——這舉動莫麗自己也很意外，「別管那些了！史蒙客呢？」這兩個對外界恍若未覺的人禮貌而詫異地看向她，好像沒想到這世上還有其他人能開口說話。莫麗感到自己從頭到腳打了個冷顫。「他在哪兒？」她問，「如果你們不回去，我就自己回去找他。」她又轉過身。

這時候，史蒙客從霧中走出，低垂著頭，就像側身抵抗強風。他一手按在太陽穴上，放開手時，鮮血便涓涓流下。

「沒事。」他看見自己的血滴到莫麗手上，便安慰道，「不要緊。傷口不深。我本來一直無法穿過那座鐘。」他搖搖晃晃地對里爾王子鞠了個躬，「我就想在黑暗中和我擦身而過的人是你。」他說，「告訴我，你為什麼如此輕易就穿過那座鐘？骷髏頭說你不知道路啊。」

王子一臉困惑。「什麼路？」他問，「我有什麼需要知道的嗎？我看見她走過去，就跟上來了。」

史蒙客突然笑了起來，笑聲硬生生地摩擦在凹凸不平的牆上。他們的眼睛適應了新的黑暗環境後，就看見那些牆無聲無息地聳立四周。「果然。」他說，「有些事情該發生的時候就會發生。」他又笑了起來，搖搖頭，血珠四濺。莫麗從衣服上撕下一塊布。

「那些可憐的老頭子。」魔法師說，「他們不想傷害我，可以的話，我也不想傷害他們。我們不停閃避、對彼此道歉，黑格在旁邊大吼大叫，我一直撞上那口鐘。我知道那不是一座真正的鐘，但感覺很真，所以我很著急。然後黑格提著劍向我砍來，他刺中了。」他閉上眼，莫麗替他包紮頭部。「黑格，」他說，「我才開始有點喜歡他了。現在還是。他看起來是那麼害怕。」國王和他手下遙遠又模糊的聲音似乎越來越響亮。

「我不懂，」里爾王子開口，「他有什麼好怕的——我的父王？他做了什麼——？」但就在這時候，他們聽見時鐘另一頭傳來勝利的吶喊，巨大的撞擊聲緊接而起。閃爍的霧靄瞬間消失，黑暗的沉默籠罩四周。

「黑格毀了那座鐘。」史蒙客立刻說，「我們沒有回頭路了，除了紅牛的密道，也沒有別的出口。」說完，便有一道混濁黏膩的風緩緩颳起。

第十三章

通道夠寬，足以讓四人並肩而行，但他們還是魚貫前進。阿茉曦亞小姐主動走在最前頭，里爾王子、史蒙客、莫麗跟隨在後，這裡唯一的光源是她的長髮，她自己前方一點光亮也沒有，但阿茉曦亞小姐腳步依舊從容，彷彿以前便走過這條路。

他們始終不曉得自己身在何處。那道冷風似乎是真的，如同隨風而來的那股寒冷惡臭，而周遭的黑暗比方才的立鐘更不願他們通過。腳下的路扎扎實實，走得人腳都痛了，有些地方還有自洞穴牆面崩落的真實石塊與泥沙阻擋去路。但那條路是夢裡一條不可能存在的道路：陡峭歪斜，曲折迂迴，有時幾乎是垂直下墜，有時又微微上升；有時候快無路可走，有時候又繞回原路，或許要將他們帶回大廳下方，老瘋王黑格一定還對著倒塌的大鐘和簌簌顫抖的骷髏頭大發雷霆。一定是巫術，不會錯的，史蒙客思忖，只要是女巫造出來的東西，到最後都不會是真的。接著他又想，這一定是最後了吧，若不是，那這一切也太真了。

在他們蹣跚前進的途中，史蒙客匆匆向里爾王子說了一遍他們的冒險經過，從他自己古怪的來歷和那更加古怪的宿命說起，接著講到午夜嘉年華的毀滅，他和獨角獸一起逃跑，然後遇到莫麗，大家一起前去巫門鎮，德林告訴他們有關小鎮和堡塔的雙重詛咒。他說到這就打住了，因為再講下去就是紅牛出現那一夜：無論幸與不幸，那晚總歸在魔法中結束——還出現了一名赤裸的女孩，困在自己的身軀中苦苦掙扎，彷彿陷在流沙裡的牛。他希望王子對他自己英雄般的誕生比較有興趣，而非阿茉曦亞小姐的來歷。

里爾王子心有疑慮，但仍表現出驚嘆，這可不是件容易的事。「我很久以前就知道國王不是我父親。」他說，「但我依然努力去當他兒子。誰敢陰謀算計他，誰就是我的敵人，我不可能光憑一個老巫婆的胡言亂語就為他招來毀滅。至於另外一件事，我不認為世上還有獨角獸，而且我知道黑格國王從來沒有見過他們。任何人只要見過一次獨角獸——更不用說每次漲潮都會見到上千隻——怎麼可能還會像黑格國王一樣憂傷？如果我只見過她一次，就從此再也見不到——」說到這，他自己也有些困惑地住了口，因為他也感覺到了這場對話會帶領他們走向某種無可挽回的悲傷。莫麗的脖子和肩膀都顯露出她正專注聆聽，但從阿茉曦亞小姐身上，看不出她是否能聽見兩人的談話。

「但國王的生命之中確實有份喜悅，只是不知藏在哪兒。」史蒙客指出這一點，「你就一點蛛絲馬跡都不曾見過嗎？說真的——從他眼裡也一點點痕跡都沒見過？我看過。你再好好想一想，里爾王子。」

王子沉默不語，他們繼續前行，蜿蜒走進汙濁的黑暗之中，有時會分不清自己是在往上或往下走，有時候搞不清楚路是不是又轉了個彎，直到原本貼著他們肩膀的崎嶇石壁忽然矗立臉前，宛如一把冰冷殘酷的釘耙。

周遭沒有絲毫紅牛的聲響，也沒有閃爍著邪惡的微光，但當史蒙客摸向自己潮溼的臉頰時，他可以聞到紅牛的氣味從指尖散發。

里爾王子說：「有時候，如果他去了塔樓一趟，臉上是會透露出某種神情。也不是容光煥發，而是一種明確感。在我記憶中是這樣。我那時還小，他無論是看著我或看著任何東西的時候，都從來不曾流露過那樣的神情。我做過一個夢。」他現在拖著腳步前進，走得非常緩慢，「我以前做過一個夢。」他說，「同樣的夢不停反覆出現。夢到深夜裡，我站在窗前，看見一頭公牛，那頭紅色的公牛——」他沒有說完。

「你看見紅牛把獨角獸趕進海裡。」史蒙客說，「那不是夢。他們現在全是黑格的了，隨著潮水來來去去，只為了讓他開心——全部的獨角獸，只有一隻除外。」魔法師深吸了口氣，「而那一隻就是阿茉曦亞小姐。」

「對。」里爾王子回答，「我知道。」

史蒙客瞪著他。「什麼意思？你知道？」他氣沖沖地問，「你怎麼可能知道阿茉曦亞小姐是獨角獸？她不可能告訴你，因為她自己都不記得了。自從她喜歡上你之後，就只想著要當個凡人女子。」他很清楚事實恰好相反，但此時此刻，這點並不重要。「你是怎麼知道的？」他再次追問。

里爾王子停下腳步，轉身面向他。周遭太黑了，史蒙客什麼也看不見，除了王子那雙睜大的眼睛，與在其中閃耀的清冷柔和的光芒。

「我也是到了現在才知道。」他說，「但第一眼看到她，我就知道，她不只是我眼裡所見到的那個模樣。獨角獸、人魚、蛇身女妖、女巫、蛇髮女怪——無論你告訴我她是什麼，我都不會驚訝或害怕。我就是愛她。」

「很感人，」史蒙客說，「但等我把她變回原來的樣貌，好讓她能迎戰紅牛，解救她的同胞——」

「我就是愛她，」里爾王子又說了一遍，語調堅決，「你沒有辦法掌控所有事。」

魔法師還來不及回答，阿茉曦亞小姐就已站到兩人之間，但不管是史蒙客或王子都沒有看見或聽見她從前方折返。黑暗中，她如流水般閃爍顫抖，說：「我不要再往前走了。」

她開口說話的對象是王子，但回答的是史蒙客：「我們別無選擇，只能前進。」莫麗靠上前，顯露一隻焦灼的眼和半張透著蒼白和驚訝的面孔。魔法師又說了一遍：「我們只能繼續往前走。」

阿茉曦亞小姐不肯直視他。「不要讓他改變我。」她對里爾王子說，「不要讓他在我身上施展魔法。那頭公牛不在乎人類——我們說不定能直接從他身旁走過去，逃離這裡。那頭公牛要的是獨角獸。告訴他，不要把我變成獨角獸。」

里爾王子用力擰著指頭，弄得喀啦作響。史蒙客說：「沒錯，就算到了現在，我們還是很可能用這個方法逃離紅牛，就像上次一樣。但如果我們那麼做，以後就再也沒有機會了。世上所有獨角獸都將永遠是他的階下囚，除了一隻以外，而她終將死去。她會變老，然後死去。」

「世上所有一切都有死去的一天。」阿茉曦亞小姐依然對著里爾王子說，「那是好事。我想跟著你一起死去。不要讓他對我施展魔法，不要讓他把我變成永生不死。我不是獨角獸，不是魔法生物。我是人，我愛你。」

王子溫柔地回答她：「我對魔法所知不多，只知道要如何破除。但我知道，即便是世上最偉大的巫師，也無法打散堅守彼此的兩人——何況這還不過是可憐的史蒙客。別怕，什麼都不用怕。無論妳曾經是什麼，現在都是我的了。我可以保護妳。」

阿茉曦亞小姐終於轉頭望向魔法師，即便在黑暗中，史蒙客也能感受到她眼裡的恐懼。「不。」她說，「不，我們不夠強大。他會改變我，在那之後，無論發生什麼事，你和我都會失去彼此。我若變成獨角獸，就不會再愛你，而你仍會愛著我，只因你情不自禁。我會變得比世上一切都還要美麗，而且永生永世活著，不會死去。」

史蒙客開始說話，但他的聲音令阿茉曦亞小姐如燭焰般瑟縮。「我不要。我不要那樣。」她的目光在王子和魔法師之間不停來去，像是要壓住傷口不讓它繼續擴大般穩住自己聲音。她說：「等他改變我之後，如果還能留住片刻的愛，你會知道的，因為我會讓紅牛把我趕進海裡，和其他獨角獸一起。如此一來，我起碼能夠留在你附近。」

「沒必要這樣。」史蒙客輕輕地說，笑了出來，「就算妳想，我也不見得有辦法把妳變回去。就連尼可斯都無法把人變成獨角獸——而且妳現在已經是個真真正正的人類了。妳懂得愛、懂得害怕、懂得否定事物的本質，還懂得舉止浮誇。那就到此為止吧，讓這個任務結束吧。這世界會因為失去獨角獸而變得更糟嗎？如果他們重獲自由，又會變得更好嗎？和讓世上所有獨角獸消失相比，世上多一個好女人也是值得的。到此為止吧。和王子結婚，從此過著幸福快樂的日子。」

通道似乎變亮了，史蒙客想像紅牛無聲無息地朝他們接近，帶著一種怪誕的謹慎，一步步如蒼鷺般一板一眼地踏下他的牛蹄。莫麗別開臉，臉頰上的微光也跟著消失。「對，」阿茉曦亞小姐說，「那就是我想要的。」

但同時間，里爾王子也開口說：「不行。」

話語從他脣間逃逸，突然變得像陣噴嚏，聽起來像是尖促的質疑——那是一個傻里傻氣的年輕人，因為收到一份豐厚又可怕的禮物而感到極其不安，因而發出的聲音。「不行。」他又說一遍，這次發出的是另一種不同的聲音，一種屬於國王的聲音：但不是黑格，而是一名悲傷的國王，他不是因為無法擁有的東西而悲傷，而是因為他無法給予。

「吾愛，」他說，「我是個英雄，但那只是個工作，僅此而已，就像織布或釀酒，這門工藝有它自己的訣竅、技巧，和一點小小的藝術。有很多方法可以察覺女巫的存在、辨識有毒的溪流；每一頭龍都有自己的弱點，還有藏頭藏臉的陌生人設下謎語等你破解。但做一個英雄，真正的祕訣在於知曉事物的秩序。養豬的農夫在出發冒險前不能先與公主結婚，小男孩不能在女巫外出度假時去敲她的門，邪惡的叔叔也不能在沒做壞事前就先被察覺和阻撓。一定要等時機到了，事情才能夠發生。任務不能輕易放棄，預言不能像沒有摘下的水果，任其腐爛。獨角獸或許能許久不去拯救，但不能永遠被囚禁。快樂的結局不能在故事一半就到來。」

阿茉曦亞小姐沒有回答他。是史蒙客問：「為什麼不能？誰說的？」

「英雄。」里爾王子哀傷地回答，「英雄了解事物的秩序、了解快樂的結局——英雄知道有些東西就是比其他東西更好，如同木匠了解木頭的紋理、了解怎麼用木板釘成屋頂，了解直線的重要。」他向阿茉曦亞小姐伸出雙手，也朝她走近一步。阿茉曦亞小姐沒有躲開，也沒有轉開臉；事實上，她將頭抬得更高，是王子別開了他的視線。

「這些都是妳教會我的。」他說，「每次看著妳，我都能見到這世界是如此美妙地和諧共存，或是為了它的分崩離析而悲傷。我成為英雄，是為了服侍妳，和妳所有的同類；還有也是為了找話題和妳聊。」但阿茉曦亞小姐沒有回應。

洞穴裡，石灰般慘白的光線逐漸明亮。現在他們可以清楚看見彼此了，每個人臉上都因恐懼而流露出蒼白古怪的神情。就連阿茉曦亞小姐的美貌都在這陰沉荒涼的光線下變得衰敗，看起來比其他三人還更像平凡的人類。

「紅牛來了。」里爾王子說。他踏著英雄勇敢急切的步伐，轉身繼續沿著通道前進。阿茉曦亞小姐跟在後方，腳步輕盈尊貴，一如公主該有的模樣。莫麗緊緊挨著魔法師，並握住他的手，就像她過去寂寞時會撫摸獨角獸那樣。史蒙客低頭對她露出笑容，看起來相當沾沾自喜。

莫麗說：「讓她保持這樣子吧。隨她去吧。」

「這話該跟里爾說。」他愉快地回答，「是我說秩序就是一切的嗎？是我說她必須迎戰紅牛，因為那樣才更合乎體統和正確的嗎？我才不在乎什麼合乎常規的拯救和官方認可的快樂結局。在乎的人是里爾。」

「但是你要他那麼做的。」她說，「你明知道里爾唯一想要的，就是阿茉曦亞小姐放棄找尋，和他在一起。她本來也要這麼做了，但你提醒他英雄的身分，所以現在他必須要採取英雄會有的舉動。他愛阿茉曦亞小姐，是你操弄了他。」

「我永遠不會那麼做。」史蒙客說，「安靜點，他會聽見。」莫麗覺得自己頭昏腦脹，因為紅牛的逼近，她變得難以思考。那股光線和氣味變成一片黏稠的汪洋，她只能像那些獨角獸般永無止盡地絕望掙扎。通道開始向下傾斜，朝著越來越濃密的光線而去。遠遠的前方，里爾王子和阿茉曦亞小姐一步步朝著苦難走去，冷靜有如將要熄滅的蠟燭。莫麗低低竊笑。

她又說：「我知道你為什麼要那麼做。除非你把她變回去，否則你自己也無法變回常人，對不對？只要最後能讓你變成一個真正的魔法師，你根本不在乎她或其他人會發生什麼事，對不對？哼，就算你能把那頭紅牛變成牛蛙，你也永遠無法變成真正的魔法師，因為你依然只是在變把戲。除了魔法，你什麼都不在乎，這算哪門子魔法師？史蒙客，我不舒服，我得坐下。」

史蒙客一定是抱著她走了一段時間，因為她絕對沒有在走路，而他那雙綠眼不停在莫麗腦袋裡搖晃。「沒錯，除了魔法，世上一切對我來說都不重要。就算只能讓我的力量提升一點點，我也會親自幫黑格驅趕那些獨角獸。對，我沒有任何偏好，也沒有忠誠，我只有魔法。」他的語調冷酷而哀傷。

「真的嗎？」她問，在驚恐中做夢似的搖搖晃晃，看著光芒從她身旁飄過。「那太可怕了。」她大為震驚，「你真是那樣嗎？」

「不。」在那當下或是過了一會兒後，他回答，「不，那不是真的。我如果真是那樣，又怎麼會惹上那麼多麻煩？」隨後他又說，「莫麗，妳得自己走了。他在這兒，他就在這兒。」

莫麗先是看見那雙角。那光芒令她不由摀住臉，但慘白的牛角卻狠狠地刺透她雙手與眼皮，直抵她意識深處。她看見里爾王子和阿茉曦亞小姐站在那對犄角前，火焰在洞穴的岩壁上熾烈舞動，往上竄至無邊無際的漆黑。里爾王子已拔出長劍，長劍卻在他手中熊熊燃燒，他甩手一扔，長劍便如冰塊碎裂。紅牛猛力踩跺他的牛蹄，所有人都摔跌在地。

史蒙客本以為紅牛會等在他的巢穴，或在某個寬闊、有足夠空間可以對戰的地方，完全沒想到他會靜悄悄地來到通道，與他們面對面。此刻，他就橫攔在他們眼前，身影不僅填滿兩側燃燒的岩壁之間，似乎也融入岩壁之中，甚至延伸其後，無止無盡地蜿蜒。但他並非幻影，他依舊是那頭紅牛，散發著騰騰熱氣，呼哧著鼻息，甩著他盲眼的頭顱，嘴在一吸一吐間用力咬合，發出可怕的滾動聲。

現在，就是現在，我要不成功，要不慘敗，這就是最後的結局。魔法師緩緩站起，無視那頭公牛，只是像聆聽海螺般，聆聽內心的自我。但他體內沒有任何魔法擾動或話語，他什麼也聽不到，唯有一種遙遠飄渺的空洞聲響在耳邊呼號。老瘋王黑格無論是清醒或沉睡時，一定也都是只聽見這樣的聲音，再無其他。**它不肯現身。尼可斯錯了，我就只有這點能耐。**

阿茉曦亞小姐從公牛面前退開一步，就一步。她靜靜地打量紅牛，看著他用前蹄刨地，巨大的鼻孔中噴出轟隆隆如狂風暴雨般的猛烈氣息。紅牛似乎對她感到困惑不已，那樣子看起來幾乎是愚蠢。他沒有吼叫。阿茉曦亞小姐站在他冰冷的光芒中，仰起頭想要看清紅牛全貌。她沒有轉頭，只是伸出手，要握住里爾王子的手。

史蒙客心想：**很好，很好，我什麼也做不了，這樣也好。紅牛會讓她走，她會和王子遠走高飛，**

*這再天經地義不過。我只是為其他獨角獸難過。*王子還沒發現她伸出的手，但不多久，他就會轉頭看到，並第一次觸摸她。*他永遠不會知道阿茉曦亞小姐給了他什麼，她自己也一樣。*紅牛低下頭，向前撲擊。

他來得毫無預警，除了腳蹄的衝撞外，一點聲音也沒有。如果他想，他大可在那沉默的一擊中把他們所有人壓成肉泥。但他任他們在他面前潰散，緊貼進岩壁的凹縫中。他就這麼從旁經過，沒有傷害他們，儘管他可以像挖螺肉一樣，輕而易舉就用牛角把他們從淺淺的藏身處挑出來。他像火焰般柔軟，在完全無法轉身的地方一個迴轉，再次面對他們，口鼻幾乎貼地，脖子拱起如浪濤。這時候，他開始咆哮。

他們奔逃，他緊追在後，雖然不若攻擊時迅捷，但也快到讓他們無法聚集，只能獨自在蠻橫的黑暗中孤軍奮戰。地面在他們腳下崩裂，他們驚叫出聲，但連自己的聲音都聽不到。紅牛的每一聲怒吼都帶來天崩地裂，大片大片的石塊和沙土往他們身上傾瀉。但他們仍像受傷的蟲子般倉皇爬動，他也同樣緊追在後。在他瘋狂的吼叫聲中，他們聽見另一個聲音：那是城堡用力拉扯根基所發出的深沉悲咽，在紅牛的盛怒下如風中旗幟般啪啪作響。隱隱約約地，通道裡飄進海的氣味。

他知道，他知道！我用這方法騙過他一次，騙不了第二次。無論是女人或獨角獸，這一次他都會遵照命令，將她趕進海裡，我沒有任何魔法能夠阻止他。黑格贏了。

魔法師一面跑，一面這麼想著。在他漫長並奇特的人生中，這是他第一次感到所有希望都消失無蹤。通道忽然開闊起來，他們跑進某種洞窟內，想必是紅牛的巢穴。這裡，他沉睡時散發的臭味日積月累，濃烈地瀰漫空中，如此難聞，反而透著一股令人作嘔的甜味。洞裡籠罩著一片腥紅，彷彿他身上的光芒沾染到岩壁上，填滿裂口與隙縫。洞窟後方又是一條地道，以及碎浪發出的朦朧微光。

阿茉曦亞小姐像折斷的花朵般無可挽回地摔倒在地。史蒙客跳到一旁，轉身拉著莫麗就跑。他們突然緊貼著一面裂開的岩塊停下來，又一起蹲低身子，看怒火高漲的紅牛頭也不回地猛然從他們身旁衝過去。但在舉步之際紅牛忽然又煞住腳步，那突如其來的靜止——周遭唯一能聽聞的只有紅牛的呼吸聲及大海遙遠的浪濤聲——若不是現在這種情況，那畫面看起來很是滑稽。

阿茉曦亞小姐側身倒地，一腳彎曲著，壓在身體之下。她慢慢移動，但沒發出絲毫聲響。里爾王子擋在她和紅牛之間，手無寸鐵，但依然高舉雙手，彷彿握著劍與盾。在這無盡的夜裡，王子又說了一次：「不行。」

他看起來非常愚蠢，而且不多久就會被踩扁。紅牛看不見他，但會在完全不知道他攔在路中央的情況下要了他的命。訝異、愛和巨大的悲傷深深搖撼著魔法師史蒙客，這些情感匯聚他體內，充盈他、填滿他，直到他感到有些什麼別的在他周身滿溢、流淌。他不相信它，但它還是來了，就像它過去曾來過兩次，但離開後只讓他變得更加荒涼。這一次，力量龐大到超出他所能承受，開始從他皮膚溢出、自手指和腳趾噴灑，還從他的眼睛、頭髮，以及肩膀上的凹陷處湧出，多到無法承載，多到永遠也用不完。儘管如此，他還是發現自己為了那無窮貪婪所帶來的痛苦而悲泣。他心裡想著，抑或說了出口或唱了出來，**我不曉得原來我如此空洞，才能被如此充盈。**

阿茉曦亞小姐倒臥在她跌落之處，儘管她努力想站起，里爾王子依然護著她，舉著一雙赤手空拳，抵擋他面前那令人望而生畏的巨大形體。王子的舌尖微微突出在脣角之外，讓他看起來就像正在拆解東西的小孩般嚴肅。許多年後，當史蒙客的名號變得比尼可斯還要偉大、也比聽了他名字便投降退卻的惡魔還要可怕時，即便只是施展最微不足道的魔法，他也一定會看見里爾王子的身影浮現眼前，吐著舌，還因強光瞇了起眼。

紅牛再次跺足，里爾王子趴倒在地，臉上淌著血，又爬了起來。紅牛發出低沉的咆哮，那顆盲眼又腫大的腦袋壓得低低的，彷彿末日之秤的其中一端沉沉壓落。里爾一顆英勇的心就懸在那雙慘白的犄角之間，宛如勾在角尖上，汩汩淌血，而他也彷彿已被踐踏得四分五裂。他微微抿著嘴，但不曾移動半分。紅牛壓低犄角，更加大聲咆哮。

這時候，史蒙客走進洞穴的開闊處，說了幾個字。字句很短，聽不出是悠揚或刺耳。也因為紅牛可怕的咆哮聲，史蒙客完全聽不見自己說了什麼，但他明瞭它們的意義，也知道該如何正確地說出來，更清楚只要他想，他隨時可以再說一遍，不管是不是相同的說法都無所謂。此刻，他輕鬆愉快地柔聲唸出咒語，同時間，他感到他的永生不死如盔甲或壽衣般從他身上褪落。

咒語的第一個字一出，阿茉曦亞小姐就發出一聲痛苦微弱的吶喊。她再次向里爾王子伸出手，但王子背對著她，保護她，而且他沒有聽見。莫麗傷心地抓住史蒙客手臂，但魔法師沒有停止。然而，即便奇蹟已開始在她倒臥的地方綻放——白如海沫，白如海沫，美麗無窮無盡，就如紅牛的力量無止無邊——阿茉曦亞小姐仍堅持了一會兒。她已經不在那裡了，但她的臉龐依舊懸浮了片刻，猶如氣息在煙霧迷漫的冰冷光芒中繚繞不去。

若里爾王子能等她完全消失後再轉身就好了。但他轉身了。他看見那頭獨角獸，她在王子心中閃閃發亮，就像在玻璃內散發著光芒，但他呼喊的是另一個人——那個被捨棄的阿茉曦亞小姐。他的聲音畫下她的句點：就在里爾王子吶喊她名字時，她便完全消失不見，宛如晨雞報曉，驅走最後一縷夜。

事情發生地既快且慢，一如在夢裡，兩者並無差別。獨角獸動也不動，靜靜站著，用一雙恍恍惚惚的迷失眼神看著他們。她看起來甚至比史蒙客記憶中還要美麗，因為沒有人能將獨角獸留在腦海中長久不放；但她和從前不一樣了，就像史蒙客也不再是從前的他。莫麗朝她走去，輕柔又傻氣地對她說話，但獨角獸沒有流露絲毫認得她的跡象。那根神奇的獨角依舊如雨絲般黯淡。

紅牛發出一聲怒吼，巢穴的岩壁被震得像馬戲團的帳篷般鼓脹裂開。他再次出擊。獨角獸穿過洞穴，跑進黑暗之中。里爾王子轉身，腳才稍稍往旁邊踏了一步，還來不及退回，就被凶猛追擊的紅牛撞倒在地，他訝異地合不攏嘴。

莫麗本要趕到他身旁，卻被史蒙客一把抓住，拉著她向紅牛和獨角獸追去。兩頭野獸都不見蹤影，但地道仍因他們迫切的腳步震動搖撼，轟然作響。莫麗暈眩又茫然地蹣跚跟在這名情緒高漲的陌生人身旁，史蒙客不讓她跌倒，也不讓她放慢腳步。在她頭頂上方和四周左右，她能感到城堡彷彿一顆快要鬆脫的牙，在岩石間不停呻吟、嘎吱作響。女巫的詛咒一遍又一遍在她記憶中迴盪。

唯有一名巫門鎮人
能讓城堡化為粉塵。

忽然間，他們慢了下來，因為沙，還有海的氣味——它和其他味道一樣冰冷，但聞起來如此舒服、如此親切，他們於是停下腳步，開懷大笑。在他們上方的懸崖之上，瘋王黑格的城堡斜斜朝著青灰色的晨空延伸而去，薄薄的乳白色雲朵潑灑在四周。莫麗確信國王一定就在某座搖搖欲墜的塔樓上觀看，但她看不見他的身影。海面上仍有幾點星辰在深藍色的空中輕顫。潮水退去了，光禿禿的沙灘猶如一只脫了殼的海貝，閃爍著溼漉漉的灰色微光，但在海面遠處，浪濤拱起如弓，莫麗知道，要漲潮了。

獨角獸和紅牛面對面站在弓形沙灘的頂點，獨角獸背對大海。紅牛緩緩上前，沒有攻擊，只是近乎輕柔地將她逼向海水，自始至終不曾碰觸她。她沒有抗拒，她的犄角黯淡，低垂著頭，彷彿紅牛是她的主人，就像她還沒在巫門鎮的曠野上變成阿茉曦亞小姐前那樣。此時此刻，也是跟當初一樣毫無希望的黎明，唯一的不同是這片汪洋。

但她尚未被徹底擊垮。她不停後退，直到一條後腿踏入海水之中。這時，她一躍而起，從怒火鬱積的紅牛頭上跳過，沿著沙灘逃開：如此敏捷、如此輕盈，經過時揚起的氣流將她留在沙上的蹄印吹散空中。紅牛追了上去。

「想想辦法啊。」一個嘶啞的聲音對史蒙客說，就像許久許久之前，莫麗也曾對他這麼說過一樣。里爾王子站在他身後，臉上滿是鮮血，眼神狂烈，看起來和瘋王黑格好像。「做些什麼啊。」他說，「你有法力，你已經把她變成獨角獸了——現在快想想法子，救救她。你不動手，我就殺了你。」他直接了當地威脅他。

「我無能為力。」史蒙客用平靜的語調回答他，「現在世界上沒有任何魔法能救她了。如果她不反抗，就只能像其他獨角獸一樣，被趕進海裡。魔法幫不了她，殺人也是。」

莫麗聽見細碎的海浪拍打在沙灘上——潮水轉向了。儘管她拚命尋找，用意念要求他們出現，依然看不見任何獨角獸在海裡翻騰。如果一切都太晚了呢？如果他們都已隨著最後一波浪潮退去，漂流到連船隻都去不了的海洋最深處，因為有海怪和海龍守在那兒，還有漂浮的船隻殘骸如叢林般縱橫交錯，把一切都絞碎淹沒。那她就永遠找不到他們了。她會留在我身邊嗎？

「那要魔法有何用？」里爾王子激動地問，「如果連一隻獨角獸都救不了，魔法又有何用？」他緊緊抓住魔法師的肩頭，以免自己倒下。

史蒙客沒有轉頭。他聲音裡透著一抹悲傷的嘲諷，說：「這就是英雄派上用場的時候了。」

紅牛巍峨的身影令他們無法看見獨角獸，但她突然掉頭折返，飛快跑過沙灘，朝他們奔來。紅牛如大海一般盲目又深具耐性，緊追不捨，腳蹄在潮溼的沙上扒出巨大的溝渠。煙霧與火焰，浪花與風暴同時出現，互不相讓。里爾王子輕輕發出一聲了悟的嘆息。

「是啊，當然了。」他說，「這正是英雄派上用場的時候。巫師什麼都做不了，所以就說什麼都不管用，但英雄本就該為了獨角獸而死。」他放開史蒙客的肩膀，自顧自地微微一笑。

「你的推論中存在一個基本的謬誤。」史蒙客忿忿不平地駁斥，但王子完全沒聽他在說什麼。獨角獸從他們身旁飛掠而過——她的呼吸透著藍白色的熱氣，頭也仰得太高——里爾王子縱身一躍，攔在紅牛面前。那瞬間，他宛如落入火焰的羽毛，身影完全消失不見。紅牛直接從他身上輾過去，留下他倒地不起。他的半張臉深深埋進沙中，一條腿在空中抽搐了三下才停止。

他悄然無聲地倒落，史蒙客和莫麗驚駭不已，什麼聲音也發不出，和他一樣安靜，但獨角獸轉身了。她轉身時，紅牛停下腳步，猛然迴身，要再次將她包夾在自己和大海之間。他又開始像跳舞般虛張聲勢地踩著細碎的步伐，但獨角獸理也沒理他，好像他不過是隻求偶的鳥。她動也不動站在原地，凝視里爾王子扭曲的軀體。

此刻，潮水轟隆隆地上漲，海灘已經縮窄了。白色的浪濤湧上曙光漸露的天際，但莫麗依舊沒有看見其他獨角獸，除了她的那一隻。城堡上空一片緋紅，瘋王黑格站在最高一座塔樓上，挺立的身影宛如冬日裡的樹木，黝黑而清晰。莫麗可以看見他的嘴有如一道筆直的疤痕，他緊抓著城牆，用力到指甲都變黑了。但城堡現在還不能倒塌，只有里爾能瓦解它。

獨角獸驟然發出淒厲的尖叫。那聲音完全不像她第一次遇見紅牛時發出的挑戰嘶鳴，而是一種出於悲傷、失落和憤怒發出的粗礪刺耳哭嚎，沒有任何永生不死的動物發出過這樣的聲音。城堡搖撼，瘋王黑格一隻手臂橫擋在臉前，向後退開。紅牛遲疑了，拖著腳在沙上踱步，困惑地哞叫。

獨角獸又是一聲嚎叫，人立而起，宛若彎刀。她曼妙的身影飛掠而過，莫麗不由得閉上眼睛，當她睜開眼睛時，恰巧看見獨角獸朝紅牛撲去。紅牛倏然轉身閃避。獨角獸的犄角再次綻露光芒，如蝴蝶般熾烈顫抖。

她再次出擊，紅牛再次閃避，儘管他困惑不已，但依舊敏捷如魚。他的一雙牛角白如閃電，也形如閃電，只要微微一甩頭，就能使她踉蹌搖晃。但他退了又退，一步步退至沙灘邊緣，就像獨角獸先前那樣。獨角獸朝他撲去，想要殺了他，但卻完全碰不到他，彷彿她的犄角是刺向一道幽影、一段記憶。

紅牛沒有迎戰，只是後退，直到獨角獸將他逼至海水邊緣。到了那裡，他站穩腳步，浪花在他腳蹄旁翻湧打旋，將細沙沖刷而去。他不戰，也不逃，獨角獸現在明白了，她永遠無法把他消滅。但她依舊再次出擊，紅牛喉間滾動著低沉疑惑的聲音。

在莫麗眼中，世界彷彿凍結在這一刻，一切都靜了下來，動也不動，就像她站在一座比瘋王黑格的塔樓還要高的高塔上，低頭俯視一小片蒼白的陸地，那裡有一雙玩具人偶般的男女，皺眉瞇眼看著一隻泥土捏出來的公牛和一頭小小的白色獨角獸。都是被丟棄的玩具——在這其中，還有另一個半埋在沙裡的人偶，以及一座沙雕城堡，上頭有個用火柴做成的國王立在傾斜的塔樓上。潮水很快會將它們全都帶走，到時候，除了蹦蹦跳跳兜著圈的虛弱鳥兒外，沙灘上將什麼也不留。

史蒙客搖晃她，讓她回過神來。他喊了聲：「莫麗。」遠遠的海面上掀起層層巨浪，洶湧綿長的白色浪潮席捲前進，橫越海水綠色的心臟，然後在沙丘和黏滑的礁石上撞個粉碎，化為團團水霧，爬上沙灘，發出火焰般的聲響。鳥兒成群尖啼，飛上天空，刺耳的怒吼卻像細針般淹沒在海浪聲中。

而從這片白浪之中，也可能是白浪本身，有什麼如花一般在破碎的海裡綻放，他們的身軀順著浪潮那大理石紋般的凹陷拱起，鬃毛、尾巴和公獸纖細的鬍鬚在陽光下灼灼生輝，眼瞳如深海漆黑，又如寶石閃耀——還有那些璀璨生光的犄角，那貝殼般閃閃發亮的犄角！一根根宛如銀船上的虹彩桅杆，破浪而出。

但只要紅牛在，他們就不會上岸。他們在淺灘中翻騰，像收網時網內驚恐的魚群瘋狂打轉，他們不再屬於大海，而是失去大海。每一次浪潮湧現，就會帶來上百隻的獨角獸，並將他們朝著那些掙扎著不要被擠上岸的同伴推去。這些獨角獸也跟著激動反抗，直立而起，跌跌撞撞，高高仰起他們如雲朵般雪白的長頸。

獨角獸最後一次低下頭，朝紅牛衝去。無論他是真真切切的血肉之軀，或風一般的飄渺鬼影，這一次衝擊都足以讓他像腐爛的水果般爆裂。但紅牛毫無所覺，只是轉身緩緩走進海裡。海中的其他獨角獸瘋狂閃避，讓紅牛過去，將海浪攪碎、踏散成一片翻湧的水霧，他們的角又在水霧中幻化出虹影。但在沙灘上、懸崖頂端，以及黑格王國上上下下所有的領地，都隨著紅牛離去而發出聲聲嘆息。

他走了好長一段路後才開始游泳。巨浪在他足踝邊碎裂，膽怯的潮水從他身旁逃開。但當他終於讓自己淹沒在洪流中時，他身後掀起了一片滔天巨浪：黑色和綠色的浪湧如風一般深沉、滑順又猛烈。它無聲匯聚，從地平線的一頭捲至另一頭，直到紅牛隆起的肩膀和傾斜的背部確實消失其中。史蒙客扛起死去的王子，與莫麗一直跑一直跑，直到峭壁阻擋他們去路。海浪如斷裂的鎖鏈傾瀉。

然後，獨角獸上岸了。

莫麗始終沒能看清他們——他們是朝著她撲躍而來的光芒，是眩惑她雙眼的呼喊。她有足夠的智慧，知道沒有任何人應當看見世上所有的獨角獸。她試著找尋屬於她的那一頭，只要看著她就好。但他們實在太多了，也太過美麗。她伸長了手，像紅牛般盲目地朝他們走去。

那群獨角獸原本一定會踩過她，就像紅牛踩過里爾王子那樣，畢竟他們此刻全因重獲自由而欣喜若狂。但史蒙客開口了，他們便從莫麗、里爾和魔法師自己的左右兩側分流而去——有些甚至直接從他們頭上跳過——就像海浪在礁石上碎裂又打轉匯聚。莫麗四周都綻放如雪花燃燒般不可思議的光芒，光彩流溢，數以千計的偶蹄如鐃鈸般鳴響而過。她動也不動地站在原地，沒有哭，也沒有笑，因為她的喜悅是如此強烈，遠超出她身體所能理解。

「妳看上面。」史蒙客說，「城堡要塌了。」

她轉過頭，看見大群獨角獸跳上懸崖，從塔樓旁奔流而過，同時間，一座座高塔也逐漸消融瓦解，彷彿它們是用沙粒堆砌而成，而海水正將它們浸淹。城堡崩解成巨大的冰冷碎塊，翻轉掉落，在空中漸漸變得蒼白細碎，最終消失不見。它無聲無息地坍塌、消散，沒留下半點殘骸，陸地上沒有，也沒留在兩名看著它殞落之人的記憶中。片刻後，他們便記不起城堡原本矗立何處，看起來又是什麼樣貌。

但瘋王黑格，再真實不過的黑格，如刀子扔下雲層般，從他失去魔咒籠罩的城堡殘骸中墜落。莫麗聽見他笑了一聲，彷彿對此刻早有預料。能讓瘋王黑格意外之事，少之又少。

第十四章

海水抹去他們鑽石型的蹄印後，這裡便再也沒有任何獨角獸曾經出現過的痕跡，瘋王黑格的城堡亦是如此。唯一的區別在於，莫麗對獨角獸的記憶再清晰不過。

「她不告而別也好。」她喃喃自語道，「要不然我大概會做出些傻事；算了，反正我不用多久就會做出些傻事，但這樣真的比較好。」這時，一股如陽光般的暖意掠過她臉龐，照進她髮絲，她轉身，雙手摟住獨角獸的頸子。

「喔，妳沒走！」她低聲呼喊，「妳留下來了！」她幾乎就要傻傻地問：「妳會留下來嗎？」但這時獨角獸輕輕掙脫她懷抱，朝里爾王子倒臥之處走去。他那雙深藍色的眼眸已失去光彩。獨角獸站在他身旁，就像他保護阿茉曦亞小姐時那樣。

「她能救活他。」史蒙客輕聲說，「獨角獸的角能驅趕死亡。」莫麗仔細端詳起魔法師，她已經很久沒這麼做了，此刻，她看見他終於得到他的魔法和新生。她說不上來自己是怎麼知道的，因為魔法師周遭並沒有任何絢爛的光輝籠罩他，這時也還看不出是否有任何徵兆因為他而出現。他是魔法師史蒙客，就和過去一樣——但又像是才剛成為魔法師。

獨角獸在里爾王子身旁佇立良久，才終於用角觸碰他。儘管她的故事有個快樂的結局，但她身上卻透著一股疲憊之意，她的美麗之中也流露著一種莫麗不曾見過的悲傷。忽然間，她覺得，獨角獸的憂傷並不是為了里爾王子，而是為了那個已經失去了、而且再也回不來的少女，那個原本可以和王子過著幸福快樂日子的阿茉曦亞小姐。獨角獸低下頭，她的角輕輕撫過里爾的下巴，笨拙得好似初吻。

王子眨眨眼，坐起身，因為好久以前的某件事或某樣東西綻放笑容。「父王。」他飛快地說，臉上有困惑，「父王，我做了個夢。」然後，他看見獨角獸，於是站了起來，臉上的血珠又開始閃耀並滴落。他說：「我死了。」

獨角獸又碰了碰他，在他心口的位置，讓她的角在那兒停留一會兒。他們都在顫抖，里爾王子朝她伸出雙手，一切盡在不言中。獨角獸說：「我記得你。我記得。」

「我死去的時候——」里爾王子才剛開口，她已經離開了。她的腳步不曾擾動一顆石頭，跳上懸崖時，也沒有踩斷任何一叢矮樹。她就如鳥兒的影子般，輕盈離去。她回過頭，一隻偶蹄懸在空中，陽光灑落她身側，頭頸在犄角的重量下顯露一種荒謬的脆弱——下方三人都痛心地呼喚她。她轉身，就此無影無蹤。但莫麗看見他們的呼喊如箭矢般狠狠刺進她要害，因此，比起希望獨角獸回來，她更希望自己不曾出聲呼喊。

里爾王子說：「一看見她，我就知道自己原本已經死了。另一次也一樣，就是我在父王的塔樓上看見她那時。」他抬頭眺望，卻不禁倒抽了口氣。這是世上所有生靈唯一為瘋王黑格發出的悲鳴。

「是我嗎？」他低聲問，「詛咒說會讓城堡瓦解湮滅的人是我，但我絕對不會那麼做。他對我是不好，但那只是因為我並不是他想要的。是我導致他的毀滅嗎？」

史蒙客回答他：「若不是你試圖拯救獨角獸，她就永遠不會反抗紅牛，把他趕進海中。是紅牛引發海水氾濫，讓獨角獸重獲自由並摧毀了城堡。知道這些後，你還會做出不同的選擇嗎？」

里爾王子搖搖頭，但什麼也沒說。莫麗問：「但紅牛為什麼要逃?他為什麼不戰？」

他們向大海望去，儘管紅牛是如此巨大，絕不可能在那麼短時間就游出他們視線範圍，但此刻已完全不見他影蹤。無論他是已抵達另一座海岸，或海水終於將他龐大的身軀拉進海底，他們一直要到很久很久之後才會知道，而他再也不曾在這座王國出現過。

「紅牛從來不戰鬥。」史蒙客說，「他征服，但他從來不戰鬥。」

他轉向里爾王子，一手按上他肩頭。「現在你是國王了。」他說，並伸出另一隻手搭住莫麗，然後說了些什麼，但那聲音聽起來不像話語，反而更像口哨。接著，他們三人便漂浮空中，像是馬利筋的羽絨種子般，輕飄飄地飛上懸崖頂端。莫麗並不害怕，魔法溫柔地將她抬起，彷彿她是一枚音符，而它正歌唱著她。莫麗感覺得出來，那魔法距離瘋狂和危險只有咫尺之遠，但它將她放下時，她依舊感到遺憾。

城堡連一塊石頭、一點痕跡都沒有留下，甚至是它原本所矗立之處的地面，跟其他地方相比，顏色也沒有比較淡。四名年輕人穿著破破爛爛的生鏽鎧甲，瞠目結舌地在已然消失的走廊上遊蕩，在原本該是大廳的地方兜來轉去。看見里爾、莫麗和史蒙客，他們笑容滿面地跑上前，在里爾面前屈膝跪下，齊聲高喊：「國王陛下！里爾國王萬歲，萬歲，萬萬歲！」

里爾臉都紅了，伸手要拉他們起來。「別這樣，」他嘟囔道，「別這樣。你們是誰？」他驚訝地看著每一張面孔。「我認得你們——我確實認得你們——但這怎麼可能？」

「是真的，陛下，」第一名年輕人開心地說，「我們是黑格國王的鎧甲騎士沒錯——就是我們四人服侍了他無數寒冷又疲憊的年頭。你消失在大鐘裡後，我們就逃出城堡外，因為紅牛開始咆哮起來，所有塔樓都在搖晃，我們很害怕。我們知道那古老的詛咒一定是要應驗了。」

「一道巨浪沖垮了城堡，」第二名鎧甲騎士說，「完全和女巫預言的一樣。我看見城堡崩解，像雪花一樣慢慢地從懸崖上墜落，但我們為什麼沒有一起掉下去，我也不知道。」

「海浪避開我們，從旁邊沖刷而過，」另一人說，「我從沒見過這樣的浪。那海水好奇特，像是海浪的幽靈，沸騰著彩虹的光芒，有那麼瞬間，我覺得——」他揉揉眼，聳了聳肩，無助地微微一笑，「我不知道，好像做夢一樣。」

「但你們身上發生了什麼事？」里爾問，「我出生的時候，你們年紀就已經很大了，現在卻變得比我還要年輕。這是什麼奇蹟啊？」

先前開口的三人輕聲笑了起來，臉上寫著尷尬。回答的是第四人：「這奇蹟就是我們說過的話成真了。我們對阿茉曦亞小姐說過，只要她希望，我們就會恢復年輕，想來那一定是實話。她在哪兒？就算得迎戰紅牛，我們也要去幫她。」

里爾國王說：「她走了。把我的馬找來，裝上馬鞍。快去找我的馬。」他的語調急迫又嚴厲，四名騎士慌忙聽從新國王的命令。

但站在他身後的史蒙客悄聲說：「陛下，不能這麼做。你不能去找她。」

國王轉身，他現在的樣子看起來好像黑格。「她是我的，魔法師！」他沉默片刻，再開口時語氣和緩了些，幾乎是懇求地說，「她讓我起死回生了兩次，少了她，除了再死第三次，我還能怎麼辦？」他抓住史蒙客的手腕，力道之大，足以將骨頭捏得粉碎，但魔法師動也不動。里爾又說：「我不是黑格國王，我不想占有她，只想傾盡我一生追隨她——不管多遠，不管去哪兒，不管多久——或許永遠都無法再見到她，我也心滿意足。這是我的權利。到了終了，英雄理當得到他的快樂結局。」

但史蒙客回答：「這並非結局，無論是對你或對她，這都不是結局。你是這片荒土的國王，在這裡，除了恐懼，不曾有過任何統治者。你真正的使命才要開始，而你或許終其一生都不會知道自己是否成功，只會知道自己是否失敗。至於她，她是一個沒有結局的故事，無論那結局是好是壞。她永遠也不會屬於任何想擁有她的俗世之人。」

然後，他極為反常地伸出手擁抱這名年輕的國王，抱了好一會兒。「知足吧，陛下，」他低聲說，「再也沒有人像你一樣，得到過她那麼多眷顧，也再也沒有人能擁有她緬懷的祝福。你愛過她、也曾為她竭心盡力——該滿足了，好好當個國王吧。」

「但這不是我想要的！」里爾吶喊。魔法師沒有回答，只是望著他。藍眼也同樣凝視著綠眼，一張變得削瘦且威嚴的面孔，對著一張既不英俊也不勇敢的臉龐。國王開始又瞇眼又眨眼，彷彿他注視的是太陽。不久後，他垂下目光，喃喃道：「那就這樣吧。我會留下來，獨自在我憎恨的土地上統治一群悲慘的人民。但統治帶給我的喜悅，不會比可憐的黑格擁有過的多多少。」

一隻歪耳的秋色小貓彷彿悄悄憑空冒了出來，對著莫麗打了個呵欠。她將貓抱起來，貼在自己的臉旁，小貓伸出腳爪玩著她髮絲。史蒙客微微一笑，對國王說：「我們得離開了。你願意出於朋友的情誼陪我們走一程，送我們到你領土的邊境嗎？路途上有許多東西值得你好好研究——而且我可以向你保證，你一定會看見獨角獸出現過的蹤跡。」

里爾國王再次大聲下令備馬。他的手下四處尋找，最後終於找到他的馬，但史蒙客和莫麗無馬可騎。然而，當他們牽著國王的馬回來時，看見國王驚訝的目光，於是轉過頭，只見多了兩匹馬溫馴地跟在他們身後，一匹黑馬，一匹棕馬，而且兩匹都已經上了馬鞍和馬轡。史蒙客自己牽過黑馬，將棕馬交給莫麗。

她起初很怕他們。「這兩隻是你的馬嗎？」她問魔法師。「是你變出來的嗎？你現在能做到了——憑空變出東西來？」國王也低聲詢問，他和莫麗同樣疑惑。

「是我發現他們的。」魔法師回答，「但我說的發現，和你們理解中的意思不盡相同。別再問了。」他攙扶莫麗上馬，自己也跳上馬背。

三人策馬前行，鎧甲騎士徒步跟隨。沒有人回望，因為已經沒什麼值得看的了。里爾國王頭也不回地說：「感覺好奇怪，在一個地方長大成人，然後那地方就這麼消失了，一切都變了——自己忽然又成了個國王。還是這些都不是真的？我是真的嗎？」史蒙客沒有回答。

里爾國王希望能盡快趕路，史蒙客卻領著他們悠悠哉哉地繞道而行。當國王急著想快馬加鞭時，史蒙客便提醒他別忘了他的手下是用走的——雖然他們奇蹟般地走了整路都不覺疲憊。不過莫麗很快便明白魔法師是在拖延，好讓里爾能多花點時間，仔細看看他的領土。她自己也很驚訝，這片土地原來真的值得好好欣賞。

因為，春天正緩緩降臨在這片原屬於黑格的貧瘠國度。一名外地來的陌生人，或許不會察覺其中的變化，但莫麗能看見枯槁的大地正閃耀著一層如輕煙般羞怯的綠意。不曾開過花的殘枝矮樹，此刻正如派出偵查兵的軍隊般，小心翼翼地開出花朵。乾涸已久的河床上開始出現潺潺水流，小動物們相互呼喚。各種氣味絲絲縷縷地飄散空中：淺綠色的青草、黑色的泥土、蜂蜜與胡桃、薄荷和乾草，還有腐朽的蘋果樹；就連午後的陽光都散發著一種讓人想打噴嚏的柔和香氣，這樣的陽光和莫麗在其他地方感受到的沒有不同。她騎馬跟在史蒙客身旁，看著春日徐徐到來，想著它也曾降臨在自己身上，儘管姍姍來遲，卻延續長久。

「那些獨角獸來過這裡。」她悄聲對魔法師說，「是這個原因嗎？還是因為黑格的殞落和紅牛的離去？到底是為什麼？發生了什麼事？」

「是所有的一切。」他回答，「所有一切同時發生。這不僅是一個春季，而是五十個；也不只是一兩個極為恐怖的可怕事物離去，而是無數的微小陰影從這片土地上消散。妳等著看吧。」

他又補了一句，是刻意要說給里爾聽的。「這也不是春天第一次降臨這土地。很久以前，它也曾經是一片沃土，只要能擁有一名真正的國王，它就能豐饒如故。妳看，它在妳眼前變得有多柔美。」

里爾國王一語不發，但騎馬的同時，眼神不斷左右張望，他無法不去注意到那份欣欣向榮的蓬勃生機。就連曾帶來過可怕回憶的巫門鎮谷地，也搖曳著形形色色的野花身影——耬斗菜和藍鈴花、薰衣草和羽扇豆、毛地黃和洋蓍草。紅牛留下的深深蹄印中長滿了錦葵，顯得如此柔和嬌美。

但當他們在近晚時分來到巫門鎮時，眼前卻是一片詭異又殘酷的景象等著他們。犁過的田地被狠狠破壞搗毀，原本豐饒的果園和葡萄園都被踏為平地，沒留下任何完好的果樹或藤架。如此殘破的景象彷彿是紅牛的傑作，但莫麗覺得是足足掩藏了五十年的哀傷，一舉摧毀了巫門鎮，就如同那積累多年的春天終於溫暖了其它地方。夕陽餘暉中，這片滿目瘡痍的土地看起來異樣蒼白。

里爾國王低聲問：「這是怎麼回事？」

「繼續走吧，陛下。」魔法師回答，「繼續走就是了。」

太陽西下，一行人穿過倒塌的城門，緩緩領著馬匹走過堵滿木板、私人物品和碎玻璃的街道；隨處可見各式各樣的殘骸碎片，牆壁、窗戶、煙囪、椅子、廚具、屋頂、浴缸、床、壁爐、梳妝臺。巫門鎮上的每一棟房屋都倒了、每一件能破壞的東西都毀了。小鎮看起來像被踐踏過一樣。

巫門鎮的居民坐在殘破的門階上，望著眼前的廢墟細細思量。即便在生活富裕的時候，他們也一直透著股窮人的氣息，而此刻，真正的破滅讓他們看起來幾乎像是終於得到了解脫一樣，並沒有更加貧困的感覺。他們沒有察覺里爾騎馬來到他們面前，直到他開口說：「我是國王，你們這裡出了什麼事？」

「是地震。」一名男子夢囈似的喃喃道，另一人反駁他，說：「是暴風雨，直接從海上颳來的東北颶風，把小鎮都吹垮了，冰雹還像獸蹄一樣落下。」但又有另一人堅持是巨浪沖垮了巫門鎮，那道浪白得有如山茱萸，沉重有如大理石，沒有人或牲口被淹死，但卻沖毀了一切。里爾國王聽著所有人的說法，臉上露出殘酷的笑容。

「聽著，」眾人說完後，他開口道，「黑格國王死了，他的城堡也崩解了。我是里爾，巫門鎮之子，一出生即被遺棄，就是為了要防止女巫的詛咒應驗，以及這一切發生。」他伸長手臂，對著周遭的斷垣殘壁一揮。「可憐又愚蠢的人們啊，是獨角獸回來了——那些獨角獸，你們看著紅牛追獵他們，卻假裝沒有看見。是他們令城堡倒塌，令小鎮瓦解，但摧毀你們的，是你們自己的貪婪和恐懼。」

鎮民認命地嘆氣，但一名中年婦人走上前，鼓起勇氣說：「請陛下恕罪，但您這麼說似乎有些不公平。我們要怎麼救那些獨角獸呢？我們同樣害怕紅牛，我們能做什麼呢？」

「或許只要一個字就夠了。」里爾國王說，「但你們現在永遠不會知道了。」

就在他要掉轉馬頭離開時，一個虛弱又嘶啞的聲音喊住他：「里爾——小里爾——我的孩子，我的國王！」莫麗和史蒙客認得這名張開雙臂、拖著腳上前的男人，他氣喘吁吁，步履蹣跚，看起來比他實際年齡還要老邁。那是德林。

「你是誰？」國王質問，「你要做什麼？」

德林笨拙地撫摸著他的馬鐙，鼻子在他靴子上磨蹭。「你不認得我了嗎？我的孩子？不——你怎麼會認得？我哪有資格指望你認得？我是你父親——你那可憐可悲又欣喜若狂的老父親。是我在多年前的冬夜裡把你留在市集，把你交給你注定擁有的英雄宿命。我當時多麼睿智啊，這麼多年來我又是多麼悲傷，現在又是多麼驕傲！我的孩子，我的寶貝兒子！」他擠不出真正的淚水，鼻涕倒是源源不絕。

里爾國王一個字也沒說，只是拉緊轡繩，要退出人群之外。老德林伸長的手臂頹然垂落兩側。「這就是有小孩的下場！」他尖叫，「忘恩負義的兒子，你要在你父親最悲慘的時刻扔下他不管嗎？明明只要你那個寵物巫師說個字，一切就能恢復原狀。你要看不起我，隨便你，但我也是盡了我的力，你才能走到今天，你最好不要否認！就算是反派也有屬於他們的權利。」

國王依舊打算轉身離去，但史蒙客碰了碰他臂膀，靠上前低聲道：「確實如此，你也知道的。要不是他——要不是他們所有人——這故事或許會走向另一個截然不同的結局，而誰能說那結局會比現在的更好？你必須當他們的國王，也必須用仁心統治他們，就像你統治其它更勇敢也更忠誠的子民一樣。因為他們也是你命運的一部分。」

聽完魔法師的話，里爾朝巫門鎮的居民舉起一隻手。他們彼此用手肘推撞，要對方安靜。他說：「我必須和我朋友一同上路，送他們一程，但我會留下我的鎧甲騎士，他們會幫你們重建這座小鎮。我很快就會回來，到時我也會幫忙。直到巫門鎮復原之前，我不會著手修建自己的新城堡。」

眾人怨聲載道，認為史蒙客明明就可以用他的魔法，在轉眼間完成一切。但魔法師回答他們：「就算我願意，我也做不到。巫師這門技藝自有一套法則需要遵從，就像季節與大海也須受到法則的規範。當其他所有地方都貧困潦倒時，魔法曾讓你們富裕，但你們的好日子已經結束了，現在必須重新開始。黑格統治時期的荒土，如今將變得青翠又富饒，但巫門鎮將只能過著和你們心地一樣貧瘠的生活。你們可以重新耕種你們的田地，重建被摧毀的果園和葡萄園，但它們永遠不會再像往日那樣繁盛，永遠不會——直到你們學會不求回報，樂在其中。」

他注視默然無語的居民，眼裡沒有憤怒，只有憐憫。「如果我是你們，我會生兒育女。」他說，然後又對里爾國王道，「您說呢，陛下？我們該在這裡過一晚，天一亮再出發嗎？」

但國王已掉轉馬頭，用最快的速度策馬離開已成廢墟的巫門鎮。莫麗和魔法師追了好久才追上他，三人又走了更久之後才歇下安睡。

他們在里爾國王的領地內旅行多日，眼前的景象一天比一天還要陌生，他們卻是一天比一天還要喜歡這裡。春日如野火，迅速在他們眼前蔓延，覆蓋了原本光禿禿的景色，也讓封閉許久的萬物綻放，春日如獨角獸觸碰里爾般觸碰大地，每一種動物，從熊到黑甲蟲，都紛紛現身，有的遊玩嬉戲、有的步履蹣跚、也有些跑得飛快，而曾經如大地般又黃又乾的高遠天空，此刻也像開滿花般飛鳥處處，他們密集地盤旋飛舞，以至於幾乎整天看起來都像黃昏。魚兒在湍急的溪水中搖擺游動，野花好似越獄的逃犯，在山坡地上競相奔走。每一寸土地都充滿生命的喧鬧，但是花朵無聲的歡愉，令三名旅人在夜裡依舊清醒。

各地的村民都小心翼翼地接待他們，比起史蒙客和莫麗初次造訪時，他們現在少了些陰沉和嚴厲。只有最年長的村民曾見過春季，因此許多人都懷疑那張狂的綠意其實是瘟疫或某種東西入侵。里爾國王告訴他們黑格死了，紅牛也永永遠遠地離開了，並邀請大家，等他的新城堡落成後來看看他，然後便往下一個地方前進。「他們需要點時間來習慣花朵的存在。」他說。

無論他們駐足何處，里爾都會留下詔令，赦免所有的罪犯。莫麗希望這消息會傳到首領老哥和他那群快活的夥伴耳裡。確實傳到了，所有的歡樂夥伴都立刻拋下綠林的生活，除了首領老哥和叮噹傑克之外。他們一同改當吟遊詩人，據說在各地都相當受到歡迎。

一天夜裡，三人落腳在里爾王國最遠的邊境，在長草間鋪好床席，國王早晨便會和他們道別，回到巫門鎮去。「以後的日子會很寂寞，」他在黑暗中說，「我寧願和你們一塊兒離開，不當國王。」

「喔，你慢慢會喜歡那樣的生活的。」史蒙客對他說，「村裡最優秀的年輕人會前往你的宮殿，你會教他們如何成為騎士和英雄。最有智慧的官員會來輔佐你，最頂尖的音樂家、雜耍藝人和說書人，都會前來尋求你的賞識。最後還會出現一名公主——無論她是要逃離她那邪惡到難以形容的父親和兄弟，或是要為了他們伸張正義。或許你會聽說過她的事，傳聞她被關在一座固若金湯的堡壘裡，唯一的陪伴是隻同情她的蜘蛛——」

「我不在乎這些。」里爾國王說，然後沉默良久，久到史蒙客都以為他睡著了。但他又說：「我多希望能再見她一面，對她傾訴我所有的心意，否則她永遠不會知道我真正想說的話。你承諾過我會再見到她的。」

魔法師毫不留情地回答：「我只承諾你會看見獨角獸的蹤跡，而你確實也見到了。世上沒有一個地方配得上這樣的祝福，但你的國土得到了，因為獨角獸曾自由地走在這片土地上。至於你和你的心意，還有那些你說過和沒說過的話，等到人類成為兔子筆下的童話，她就會全部記起來了。想想這些吧，別說了。」之後，國王再也沒開過口，史蒙客卻懊悔自己說了那些話。

「她碰了你兩次，」一會兒後他說，「第一次是為了救活你，第二次則完全是為了你。」

里爾沒有回答，魔法師始終不曉得他有沒有聽見。

史蒙客夢見獨角獸在月升時分到來，站在他身旁。夜風輕徐，吹起她的鬃毛，翩然飛揚，月光照耀在她那如雪花般小巧精緻的頭顱上。他知道是夢，但還是很開心能見到她。「妳好美，」他說，「我從來沒對妳明說過。」他本想喚醒其他人，但她的眼神宛如一雙受驚的鳥兒，清清楚楚地警告他，於是他知道，只要自己動上一動，去叫醒莫麗和里爾，他也同樣會醒來，而獨角獸就會消失不見。所以他只是說：「我想他們比我更愛妳，但我盡力了。」

「這就是原因。」她說，但史蒙客不懂她是在回答什麼。他直挺挺地躺著，動也不動，希望等自己早晨醒轉時，還能記住她耳朵確切的形狀。她說：「你現在是個真真正正的魔法師、也重新擁有凡人之軀了，就像你一直以來期望的那樣。你快樂嗎？」

「快樂。」他輕輕笑了起來，回答，「我不是可憐的黑格，在追求內心欲望的同時，也失去內心欲望。但世上有許許多多的巫師，有黑魔法和白魔法，以及兩者之間無止無盡、深淺不一的灰——不過我現在明白了，其實通通都是一樣的。無論我是決定要成為人們口中那個善良睿智的好巫師——輔助英雄，阻止巫婆、邪惡的君主和不講道理的父母；或是造雨、治好炭疽病和蹣跚病、把貓從樹上救下來——還是選擇那些裝滿靈藥精華的玻璃瓶、各式各樣的粉末、藥草和毒藥，還有那些上了鎖的魔法書，至於那些書是用什麼皮裝幀而成的還是不要知道的好；房裡光線陰暗，濁霧繚繞，還迴盪著甜美的聲音，說著模糊不清的話語——這些有什麼分別呢？人生苦短，我能幫忙多少人，又能傷害多少人？我終於擁有自己的魔法，但這世界對我而言依舊過於沉重，無法撼動，不過，我的朋友里爾不這麼想就是。」他又在夢裡笑了，這回有些哀傷。

獨角獸說：「確實如此。你是人類，人類所有作為都不會帶來任何改變。」但她的聲音卻異樣地緩慢與沉重。她問：「你會怎麼選？」

這是魔法師第三次笑了。「喔，不用說，我會選善良的魔法，因為妳會比較喜歡。我想我應該不會再見到妳，但我會盡量去做那些若妳知道了會開心的事。而妳——在我往後的日子裡，妳又會在哪裡？我還以為妳早已回到妳的林子裡了。」

獨角獸微微轉開身子，星光乍然在她肩上閃現，讓他方才那些關於魔法的高談闊論一下變得好像喉嚨裡的沙。飛蛾、蚊蚋和其他小到難以分辨的夜間昆蟲都出現了，圍繞在她閃耀的犄角旁緩緩飛舞，這並不讓她顯得滑稽，而是讓那些讚頌她的小蟲子們看起來聰明可愛。莫麗的小貓在她的前腳間又鑽又蹭。

「其他獨角獸都離開了。」她說，「回到他們自己的林子裡，都是獨自回去。人類想見到他們，會比他們仍在海裡時還不容易。我也會回去我的林子，但我不曉得自己是否還能心滿意足地待在那裡，或是任何地方。我曾是人類，有部分的我依然是。儘管我無法哭泣，無欲無求，也不會死去，但我卻仍充滿淚水、渴望，以及對死亡的恐懼。我變得和其他獨角獸不同了，因為獨角獸不會後悔，但我會。我覺得後悔。」

儘管史蒙客已是個偉大的魔法師，但他仍像孩子般摀住自己的臉。「對不起，對不起。」他對著自己的手喃喃道，「我傷害了妳，就像尼可斯對另一隻獨角獸做的那樣。我們都是好意，但我也和他一樣，無法挽回。好運嬤嬤、瘋王黑格和紅牛他們三個加起來都比我還要仁慈。」

但她柔聲回答他，說：「我的同胞又重回這世間了。沒有悲傷會勝過那份喜悅——唯有一件事除外，而關於那件事，我也要謝謝你。別了，善良的魔法師。我會試著回家去的。」

她離開時沒有發出半點聲響，但史蒙客還是醒了，那隻歪耳的小貓正寂寞地喵喵叫著。他轉過頭，看見月光在里爾國王和莫麗睜開的眼中顫抖。他們三個人就這麼清醒地躺著，直到天明，沒有人開口說過一句話。

天亮時，里爾國王起身，裝好馬鞍。在他上馬前，他對史蒙客和莫麗說：「希望你們有天會再來看我。」他們向他保證一定會，但他依舊躑躅不前，手指擰絞著懸垂的韁繩。

「我昨晚夢見她了。」他說。

莫麗驚呼：「我也是！」史蒙客張開嘴，但又旋即閉上。

里爾國王啞著嗓子道：「看在我們友誼的份上，求求你們——告訴我她對你們說了什麼。」他兩手分別緊抓住他們的手，手掌冰涼，把他們的手都握痛了。

史蒙客對他無力地笑了笑：「陛下，我鮮少記得自己的夢。我和她好像只是一本正經地說了些傻話，就跟大部分人一樣——毫無意義，內容空洞，說完就忘——」國王放開他的手，轉過那雙已半陷入瘋狂的目光，望向莫麗。

「我不會說的。」莫麗說，她有些害怕，臉卻莫名地紅了起來，「我記得，但我永遠不會告訴任何人，死也不說——就算是你也一樣，陛下。」她說話時沒有看著里爾，而是史蒙客。

里爾國王也放開了她的手，腳一蹬便翻身上馬，力道之猛，連馬兒都迎著晨曦直立而起，還如雄鹿般嘶鳴。但里爾穩穩坐在馬上，居高臨下地瞪著莫麗和史蒙客，神色冷峻，卻也憔悴滄桑，彷彿他已經像黑格一樣當了許久的國王。

「她什麼也沒對我說。」他低聲道，「你們明白嗎？她什麼也沒對我說，一個字也沒有。」說完，他神色和緩下來，即便是瘋王黑格在看著海裡的獨角獸時，臉色都會柔和些許。這一刻，他又變回那個喜歡和莫麗一同坐在廚房裡的年輕王子。他說：「她看著我。在我夢裡，她只是看著我，什麼也沒說。」

他沒有道別，便這麼策馬而去。他們目送他離開，直到山嶺遮蔽他身影：一名挺拔而憂傷的騎士，歸返家園，做一個國王。莫麗終於開口：「唉，可憐人啊。可憐的里爾。」

「也沒那麼糟。」魔法師說：「偉大的英雄需要經歷刻骨的傷悲，承擔沉重的負荷，否則世人只會知道他們一半的偉大。這都是童話的一部分。」但他的語調也透著幾分猶疑。他一手輕輕摟住莫麗肩頭，「愛上一隻獨角獸絕不是件不幸的事，」他說，「恰恰相反，那絕對是所有好運中最為珍貴的一種，也是最難得到的一種。」

最後，他鬆開手，拉開他和莫麗的距離，伸直手臂，指尖搭在她肩頭，問：「現在，妳可以告訴我，她對妳說了什麼嗎？」但莫麗只是笑著搖頭，搖到髮絲都散落了，此刻的她看起來比阿茉曦亞小姐還要美麗。魔法師說：「好吧。那我只好再去找獨角獸，或許她會告訴我。」他平靜地轉過身，用口哨招來他們的馬。

他替自己的馬裝馬鞍時，莫麗什麼也沒說，但等史蒙客替她的馬裝馬鞍時，她伸手按住他臂膀。「你覺得——你真的希望我們找到她嗎？有件事我忘了說了。」

史蒙客轉頭向她望去。早晨的陽光將他雙眼映照得有如青草般歡欣雀躍，但有時候，當他俯身籠罩在馬兒的影子裡時，他眼裡會翻湧著一抹更深沉的綠意——那種綠宛若松針，透著一種涼淡而細微的痛苦。他說：「其實我反而替她擔心，怕我們真能找到她，因為那代表她現在也成了流浪者，而那是屬於人類的命運，而非獨角獸。但我確實希望能找到她，我當然這麼希望了。」他對莫麗微微一笑，握住她的手。「總之，既然妳和我必須從那麼多殊途同歸的路中選一條走，那不如就選一條獨角獸走過的路吧。我們或許永遠不會再見到她，但永遠都將知道她去過哪兒。來吧，和我一塊兒走吧。」

於是，他們踏上新的旅程，這一次幾乎踏遍這既美好又邪惡又滄桑的世上的每一個角落，最後終於迎向自己奇特又精彩的命運。但這都是後來的事了。起初呢，離開里爾的王國還不到十分鐘，他們就遇到一名倉皇朝他們跑來的少女。雖然她的衣服又髒又破，但還是一眼就能看出做工精緻、材質華貴。而儘管她的長髮糾結凌亂，雙臂傷痕累累，一張白皙美麗的面孔也髒兮兮的，但無論誰見了，都可以立刻看出她是個處境極為悲慘的落難公主。史蒙客下馬攙扶她，她緊緊抓住魔法師。

「救我！」她對史蒙客哭喊，「救救我！救命！勇敢又善良的先生，趕緊幫幫我。我是艾莉森．喬瑟琳公主，賢明的吉爾斯國王之女，他被他的兄弟——殘忍的沃夫公爵——用卑鄙的手段謀殺了。他還抓了我三個兄弟，柯令、柯林和柯文王子，把他們關進可怕的監獄當人質，逼我嫁給他痴肥的兒子戴德利勳爵。但我收買了守衛、用食物賄賂狗兒——」

魔法師史蒙客舉起一隻手，她立刻住嘴，睜著一雙淡紫色的大眼詫異又疑惑地看著他。「美麗的公主，」他慎重地對她說，「你要找的人剛往那裡去了。」他回頭指向他們方才離開的那片土地，「騎我的馬去吧，中午前妳就能追上他了。」

他將兩手捧成杯狀，艾莉森．喬瑟琳公主便拖著疲憊著身子，有點困惑地踩著他的手爬上馬背。史蒙客掉轉馬頭，說：「他騎得很慢，所以很容易就能追上他。他是個好人，還是個偉大無比的英雄。只要是我認識的公主，我都叫她們去找他。他叫里爾。」

他拍了下馬臀，讓馬兒沿著里爾國王離開的方向追去。然後他笑了好久好久，笑到力氣都沒了，沒辦法爬上馬背坐在莫麗身後，只能跟在她的馬旁走上一段路。等他終於緩過氣，便開始唱起歌來，莫麗也跟著他一起唱。他們便這樣一面唱歌，一面相偕離去，離開這故事，走進下個故事裡。歌是這樣唱的：

「我不是國王，不是爵爺，
也不是披著鎧甲的騎士。」他說。
「我只是個豎琴師，很窮很窮的豎琴師，

來到這兒與妳結連理。」

「若你是爵爺，就該做我的爵爺，
即便你是小偷也一樣。」她說。
「如果你是豎琴師，就做我的豎琴師，
因為我不在意，我不在意，
我完完全全不在意。」

「但若我壓根不會彈琴呢？
若我是為了得到妳的愛編造這彌天大謊呢？」
「那我就教你彈琴和歌唱，
因為我是真心喜愛一把好豎琴。」她這麼回答。

「四歲時，我母親——她是一名學校老師——有天帶我去她班上，最後我和她的學生講了個獨角獸的故事。據她所說，我講完之後，還正經八百地告訴大家：「謝謝，我有天會再回來告訴你們更多獨角獸的故事。」我想，當我二十年後寫下《最後的獨角獸》這本書時，可以說是我終於實現了我的承諾。」

——彼得・畢格

超脫時空的生命歌者：彼得・畢格

譚光磊（版權經紀人）

一九六八年是奇幻文學史上的一個重要年份。那時托爾金的《魔戒》和勞勃・霍華的《蠻王科南》在平裝書市場叱吒風雲，法蘭克・赫柏特的《沙丘》剛開始累積口碑，三十九歲的娥蘇拉・勒瑰恩出版了《地海巫師》，比她小十歲的彼得・畢格則發表了《最後的獨角獸》。

這本小說描寫世界上最後一隻獨角獸尋找同類、也尋找自身存在意義，畢格以詩意之筆寫獨角獸「再也不是那飛揚奔放的浪花白，而是雪落月夜的色彩」，「眼神依舊清亮奕奕，行動也依舊宛如海面飛掠的光影」。除了獨角獸的自我追尋之旅，這也是對童話的後設解構，書中角色彷彿都自知是「故事中人」，一邊拿英雄旅程的套路自我解嘲，卻也「恰如其份」地向故事終點邁進。

《最後的獨角獸》篇幅輕短，然而餘韻無窮，成為傳唱超過半個世紀的經典名作，全球銷量超過六百萬冊，被翻譯成二十多種語言，曾入選《時代》雜誌百大奇幻好書和《軌跡》雜誌的史上五大奇幻小說，畢格更榮獲世界奇幻獎的「終身成就獎」和美國奇幻／科幻作家協會的

「大師獎」殊榮。

如此輝煌的創作生涯，是從何開始的呢？

彼得·畢格出生於紐約布朗克斯區的猶太家庭，從小愛看書，因為《柳林中的風聲》愛上幻想文學，繼而立志創作。在雙親鼓勵下，他在高中校刊上大量發表文章，拿到全額獎學金，進入匹茲堡大學攻讀創作，而且還沒畢業就出版第一本長篇小說《美好的安息地》（*A Fine and Private Place*），堪稱少年得志。

《安息地》是一個別具創意的鬼故事，主角強納森隱居在墓園，靠一隻能通人語的烏鴉啣食維生，與不能安息的鬼魂為伍。畢格從「記憶」的觀點去定義鬼魂：世間一切死後都已不具意義，鬼魂被生前未解之事所困，因而無法安息，強納森的一段話尤其令人難忘：「你不覺得他們都搞錯了嗎？鬼故事裡總是說死人回來糾纏人間，事實上正好相反。」

除了自己寫作，畢格也是狂熱的奇幻讀者。在他的求學時期，「奇幻」尚未成為出版市場上獨立的類型，往往要依託在科幻外衣之下（例如把幻想世界改成「外星球」），不然就是被當成童書。某天，他在大學圖書館裡讀到托爾金的《魔戒》，當時這套書還沒正式引進美國，但畢格立即驚為天人，開始到處推薦，成了第一代的美國書迷。

一九六五年，《魔戒》在美國推出平裝版，畢格受邀作序，後來還為《托爾金讀本》（*The Tolkien Reader*）撰寫長篇評論，「資深狂粉」的身分得到認證。十多年後，名導拉爾夫·巴克希將《魔戒》改編成動畫，也找上畢格操刀劇本。這部動畫啟發了年輕的彼得．傑克森，也才會有後來的電影三部曲。

一九八二年，《最後的獨角獸》被拍成動畫，由《魔戒》原班人馬製作，畢格親自執筆劇本。這家動畫公司 Topcraft 就是吉卜力工作室前身。除了劇情和美術，由吉米．韋伯譜寫、亞美利加合唱團（America）演唱的主題曲優美空靈、哀傷婉轉，至今依舊令人難忘。

《最後的獨角獸》有如難以超越的高峰，以至於畢格花了十八年反覆琢磨，才終於寫成第三部長篇《虛空的子民》（*Folk of the Air*），講述音樂家喬．費洛和「復古同好聯盟」（League of Archaic Pleasures）的故事。畢格自己喜歡音樂，也時常填詞演唱，「喬．費洛」可說是他的自我投射。復古同好聯盟則是影射加州的「復古協會」（Society of Creative Anachronism, SCA），這是專門研究與重現十七世紀歐洲歷史的國際性組織，成員各自擁有（虛擬的）古代名號與頭銜，時常舉辦活動，打扮成古代人，大名鼎鼎的電腦遊戲《創世紀》設計者理察．蓋瑞特也是成員之一。小說中的聯盟成員照例裝扮成騎士和女巫，結果怪事接連發生，初來乍到的喬．費洛因而被捲進了一連串超自然事件。

一九九三年的《旅店主人之歌》（*The Innkeeper's Song*）同樣和音樂有關。此書原本是畢格寫的一首歌，後來為了探究歌詞背後的故事，才動手創作小說，敘述一間鄉下旅店裡突然來了三位膚色各異的神祕佳麗，把旅館搞得雞犬不寧。位於故事核心的是一位年邁魔法師，由種種蛛絲馬跡顯示，他其實正是《最後的獨角獸》裡的史蒙克。小說起因於他的得意門生渴望超越老師，不惜與惡魔訂定契約，年老力衰的史蒙克遂召喚另外兩位門徒前來相助。雙方人馬齊聚鄉下小旅店，與固執的老闆、孤苦無依的馬僮，以及尋找兒時戀人的鄉下男孩，譜出一曲動人的生命之歌。

《旅店主人之歌》採用多重敘事觀點，並將故事設定在全新的「第二世界」（Secondary World），畢格一反傳統奇幻的中古歐風，用印度、中亞和中東文化為基礎，營造出一個真實而迷人的虛幻國度。本書推出後得到極高評價，獲選《紐約時報》年度好書，入圍世界奇幻獎和創神奇幻獎，更榮獲軌跡獎的年度奇幻小說大獎，為畢格的寫作事業再創高峰。

作品國際暢銷又屢獲大獎，還有影視改編加持，彼得．畢格的作家生涯簡直一帆風順對吧？那你就錯了。

由於畢格每部作品都曠日廢時，得獎也未必保證銷量，他的經濟一直不算寬裕。進入新世紀以後，他在朋友康納．考克蘭（Connor Cochran）提議下，把作品的出版授權事宜都交給對方打理。可是多年過去，整體狀況還是不見改善，甚至傳出「畢格年老失智」的說法。如此偉大的奇幻創作者，卻遭人矇騙和操弄，落入經濟窘迫，甚至連作品權利都拿不回來的困境。

經過多年纏訟，畢格終於在二〇二一年打贏官司，取回所有作品的權利，並在專家協助下成立了「畢格宇宙」（Beagleverse）的產權公司，進行全方位的授權、改編和出版規劃，翻譯版權也交到了頂級經紀人手裡。美國出版社重金簽下《最後的獨角獸》和續集《回家之路》，收錄榮獲星雲、雨果兩大獎的續集中篇《雙心》及全新的續作，還有新的電影和音樂劇在運作當中。

二〇二二年，《最後的獨角獸》新版上市，象徵彼得．畢格的重新出發。當年他以年輕粉絲身分替《魔戒》寫序，這次則要輪到另一位後輩——《風之名》的作者派崔克．羅斯弗斯——來擔任啦啦隊，在推薦文中解釋為何自己讀遍萬卷書，眾裡尋他，最愛仍是《最後的獨角獸》。文學的世代交替、薪火相傳，盡皆在此。

十歲那年，懵懂無知的我看了《最後的獨角獸》動畫，從此深深著迷。上大學以後，我扮演狂粉的角色把書推薦給出版社，搭上新世紀的奇幻熱潮，《最後的獨角獸》有了第一個中譯版。後來我進入出版產業，想以版權代理的身分進一步推動畢格作品中譯，卻碰上他的版權官司，權利狀況渾沌未明。

歷經多年等待，我們總算盼到《最後的獨角獸》重出江湖，而且有著更好的譯筆、更美麗的封面、更懂奇幻的編輯和讀者。

我相信這只是開始。畢格還有許多作品尚待譯介，他出道半個多世紀，寫作題材廣泛、類型多變，不論長短篇幅，是童話、都會奇幻、鬼故事，或傳統奇幻，皆有極高的成就。他對生死意義的追索，人類夢想的肯定，現實生活的反思，正如所有偉大的作家，觸及了生命和人性的本源。稱他為一代大師，確實當之無愧。

更重要的是，他至今仍筆耕不輟，我們還有更多新作值得期待。

主要名詞對照表

Arachne of Lydia	呂底亞的奧拉克妮
Captain Cully	首領老哥
Cat Mountain	貓山
Celaeno	塞萊諾
Cerberus	賽伯勒斯
Child	查爾德
Dick Fancy	花哨狄克
Drinn	德林
Duke Alban	亞爾班公爵
Duke Wulf	沃夫公爵
Elli	厄厲
Hagsgate	巫門鎮
Jack Jingly	叮噹傑克
King Giles	吉爾斯國王
King Haggard	瘋王黑格
Lady Amalthea	阿茉曦亞小姐
Mabruk	馬布魯克
Manticore	蠍尾獅
Molly Grue	莫麗・格魯
Mommy Fortuna	好運嬤嬤
Nikos	尼可斯
Prince Calvin	柯文王子
Prince Colin	柯林王子
Prince Corin	柯令王子
Prince Lír	里爾王子
Princess Alison Jocelyn	艾莉森・喬瑟琳公主
Rukh	盧克
Satyr	薩特
Schmendrick	史蒙客
Willie Gentle	乖巧威利

最後的獨角獸

The Last Unicorn

作　　者　彼得・畢格（Peter S. Beagle）
譯　　者　劉曉樺
封面插畫　Agathe Xu
封面設計　石頁一匕
內文排版　高巧怡
行銷企畫　蕭浩仰、陳慧敏
行銷統籌　駱漢琪
業務發行　邱紹溢
營運顧問　郭其彬
責任編輯　吳佳珍
總 編 輯　李亞南
出　　版　漫遊者文化事業股份有限公司
地　　址　台北市105松山區復興北路331號4樓
電　　話　（02）27152022
傳　　真　（02）27152021
服務信箱　service@azothbooks.com
營運統籌　大雁文化事業股份有限公司
地　　址　台北市105松山區復興北路333號11樓之4
劃撥帳號　50022001
戶　　名　漫遊者文化事業股份有限公司
初版一刷　2023年02月
定　　價　新台幣390元
I S B N　978-986-489-746-9

國家圖書館出版品預行編目(CIP)資料

最後的獨角獸/ 彼得・畢格（Peter S. Beagle）著；劉曉樺譯. -- 初版. -- 臺北市：漫遊者文化事業股份有限公司, 2023.02
280面；14.8×21公分
譯自：The Last Unicorn
ISBN 978-986-489-746-9(平裝)

874.57　　　　111021905